Les Inconnus
de Central Park

Laurence Burger

Les Inconnus de Central Park

Roman

Éditions Slatkine
GENÈVE
2023

Cet ouvrage bénéficie du soutien de la
République et canton de Genève

REPUBLIQUE
ET CANTON
DE GENEVE

POST TENEBRAS LUX

Les Éditions Slatkine bénéficient d'un soutien
de l'Office fédéral de la culture pour les années 2021-2024

www.slatkine.com

ISBN 978-2-8321-1243-4

Remerciements

À Laure Mi Hyun Croset, pour son enthousiasme qui m'a mis le pied à l'étrier ;

à Philippe Lafitte, pour ses conseils éclairés ;

à Céline Bezençon, pour sa relecture minutieuse ;

et à tous les autres, parents et amis, pour leur soutien inconditionnel et leur enthousiasme indéfectible.

Dramatis personae

Rashid Al-Bashir	Ambassadeur d'Arabie saoudite aux États-Unis
David Bernstein	Inspecteur-chef du poste de police de l'Upper West Side
Céline Bracco	Compagne de Daniel Jones
Grace Brown	Infirmière au Veterans Hospital de Manhattan
Rebecca Cohen	Secrétaire du poste de police de l'Upper West Side
Marco Debiosi	Mafieux
Jason Duncan	Rédacteur en chef du *New York Times*
Umberto Diaz	Gardien de prison à Miami
Douglas Freeman	Membre du département de l'Économie du gouvernement américain
François Gaudard	Inspecteur de la Sûreté publique de la principauté de Monaco

Olivier Gaudard	Frère jumeau de François, informaticien travaillant pour la Direction départementale des Finances publiques des Alpes-Maritimes en France
Guido Giolli	Ex-procureur de la principauté de Monaco
Mohammed Husseini	Directeur de la Fondation Al-Amal
Daniel Jones	Magnat de la télévision
James Jones	Demi-frère de Leyla, travaille à la National Rifle Association
Leyla Jones	Étudiante en journalisme à l'université Columbia
Luke Jones	Demi-frère de Leyla, travaille à la chaîne de télévision Tox News
Adam Liebstovski	Ténor du barreau new-yorkais
John Maculoso	Directeur du cabinet du Président
Karen Maghee	Inspectrice du poste de police de l'Upper West Side
Zacharia Mitsakis	Ancien sergent de l'armée américaine
Rose McGawn	Inspectrice de Scotland Yard
Park Nam-Ji	Tueuse nord-coréenne
Patrick O'Brien	Procureur du Southern District de Manhattan, New York
Eduardo Ramon	Membre d'un cartel de la drogue à Miami

Mélissa Sanchez	Inspectrice de la police de Miami
Rick Simmons	Ex-inspecteur du FBI
Don Tang	Inspecteur du FBI
Zhang Ting	Employée du consulat de Chine
Imam Tursun	Chef religieux ouïghour
Liang Wú	Professeur à l'université Columbia

Prologue

Manhattan, N.Y.

Quelle poisse, cette insomnie ! Il était 4 h du matin, et elle se sentait fraîche comme un gardon.

Rose McGawn sortit sur le petit balcon attenant à la chambre de l'appartement qu'on lui prêtait. De là, elle avait une vue sur tout Central Park qui, à cette heure très matinale, n'était encore qu'une grande masse sombre où l'on distinguait à peine le halo des réverbères éclairant les allées du parc. Au loin s'élevait le Willis Avenue Bridge, dont les câbles illuminés se découpaient en surpiqûres blanches sur les ombres noires des immeubles du Bronx.

Elle était arrivée la veille pour rencontrer les représentants du ministère public du Southern District de New York en prévision de son audition dans l'affaire du cartel colombien. Le procès commençait la semaine suivante et le procureur adjoint désirait passer en revue avec elle son témoignage. Il était certain que les avocats de la défense allaient l'interroger sans relâche.

Le ministère public voulait la préparer à la *cross-examination*, cette forme d'interrogatoire propre à la procédure américaine. Bref, il fallait qu'elle soit reposée; sinon les heures qu'elle allait passer dans les bureaux de l'administration judiciaire new-yorkaise tourneraient au cauchemar.

Rose regarda, juste au-dessous d'elle, l'intersection où la 96e Rue coupait Central Park West puis disparaissait sous la voûte des arbres. De jour, de nombreux piétons traversaient l'avenue qui courait le long du parc pour aller y promener leur chien ou faire du jogging, mais à cette heure-ci le carrefour était désert.

Soudain, du côté de la bouche de métro située à l'opposé du bâtiment où elle se trouvait, un mouvement attira son attention. Sa vision était en partie obstruée par les travaux de ravalement de façade sur l'immeuble en face, pourtant elle était sûre d'avoir vu quelque chose bouger. Un sans-abri, sans doute, délogé par quelque agent de sécurité de la Metropolitan Transportation Authority. L'ombre semblait monter les escaliers avec peine. Elle atteignit le trottoir et Rose crut alors distinguer deux silhouettes accrochées l'une à l'autre. Déjà, elles disparaissaient derrière un abribus. Ce n'est que lorsqu'elles se mirent à traverser l'avenue que Rose put les compter.

Il n'y avait pas deux invidivus, mais trois. Deux vêtus de pardessus et de bonnets sombres soutenaient un troisième qui portait un long manteau. Celui au centre avait de la peine à marcher et semblait s'appuyer sur les deux autres, ses pieds traînant sur les bandes blanches du passage piétons. Parvenu sur le trottoir d'en face, le trio s'arrêta. Rose eut l'impression qu'une dispute avait éclaté, la personne du milieu gesticulant comme pour se défaire de l'emprise des deux autres, qui le maintenaient malgré tout fermement. Au bout de quelques instants, ils reprirent leur progression en direction de Central Park. Juste avant qu'ils ne disparaissent sous le feuillage dense des premiers arbres, Rose crut le voir se débattre à nouveau.

Elle hésita. Fallait-il prévenir la police ? Mais pour leur dire quoi ? Que trois pochards étaient entrés bras dessus, bras dessous dans le parc vers 3 h du matin ? Bien sûr, son accès était officiellement interdit pendant la nuit, cependant sa fermeture n'était que théorique et de nombreuses personnes en quête de sensations fortes s'y promenaient après minuit pour y côtoyer les habitants du parc, dealers, vagabonds et marginaux en tout genre.

Convaincue qu'on lui rirait au nez, Rose retourna dans sa chambre, se glissa sous les draps frais, et se rendormit immédiatement.

* * *

L'enfer vert. La jungle. Les bruits effrayants, dont on ne savait pas d'où ils venaient. Le sol, sous lui, humide et froid. L'odeur de la sueur, de la peur... du sang.

Se cacher sous les feuillages. Fallait pas que les Niaques le voient ! Comment l'avaient-ils retrouvé ? Il y en avait deux, là, pas loin ; il les avait aperçus entre les arbres. Ils avaient dû mettre la main sur l'un des siens, car il entendait des coups. Ils le tabassaient, les salopards ! Il devait réagir. Lève-toi, soldat, et va leur régler leur compte ! Impossible... son corps lui faisait trop mal. Tout son être n'était que douleur. Ses jambes ne répondaient plus. Se battre ne servirait à rien. L'autre rejoindrait les rangs des dizaines de morts inutiles dont il avait été témoin.

Il but une gorgée et retomba rapidement dans un sommeil comateux.

Chapitre 1

25 avril

Washington, D.C.

Rashid Al-Bashir, l'ambassadeur d'Arabie saoudite aux États-Unis, s'assit à son bureau d'onyx aux pieds dorés. Il avait forcé sur le *kabsa*, la spécialité culinaire saoudienne au riz et poulet épicé, lors d'une réception donnée dans les opulents locaux de l'ambassade le soir précédent, et sa nuit en avait été quelque peu chamboulée. Il se mit à consulter les mémorandums que ses assistants avaient laissés sur son bureau. Visites protocolaires à venir et organisation de la fête nationale, rien de très excitant. Soudain, une note attira son attention. Il s'agissait d'un rapport sur l'imam Tursun, ce Chinois sunnite et turcophone, l'un des chefs religieux de la communauté musulmane chinoise, les Ouïghours. Les Turcs avaient obtenu un visa de sortie de Chine afin de lui permettre de demander l'asile aux États-Unis. Il séjournait dans une résidence fournie par la délégation turque, mais les Turcs ne voulaient désormais plus assurer sa protection sur le sol américain et réclamaient aux Saoudiens de prendre la relève.

L'ambassadeur s'apprêtait à laisser tomber le mémo dans sa corbeille à papier, dans un geste de classement vertical qui lui était cher, quand le téléphone sonna. Son assistant l'informait de la visite d'un membre du gouvernement américain. À peine eut-il reposé le combiné qu'un homme en costume foncé, aux épaules carrées, poussa la porte de son bureau.

« Je ne vous dérange pas, j'espère », dit-il en guise de bonjour.

Al-Bashir pouvait pressentir des myriades de raisons pour lesquelles cette visite le perturbait ; toutefois, il jugea qu'il était plus prudent de ne pas les énumérer.

– Non, bien sûr. Asseyez-vous. Un loukoum ?

Devant le refus de l'Américain, Al-Bashir n'osa pas se servir, ce qui augmenta son exaspération.

– Vous avez vu la note sur l'imam Tursun ? continua l'Américain.

– Je viens de la lire.

– Les Turcs ne veulent plus s'occuper de la protection de Tursun, invoquant son coût ; à notre avis, ils recherchent plutôt un positionnement favorable dans le cadre de l'achat d'hélicoptères de combat chinois.

– Et en quoi cela concerne l'Arabie saoudite ? demanda Al-Bashir.

Son interlocuteur se racla la gorge.

– Je ne pensais pas avoir à vous rappeler pourquoi nous avons accepté, à la demande de la Turquie, que Tursun entre sur notre territoire. Accueillir ce dissident chinois sur le sol américain n'était pas particulièrement adéquat dans le contexte de nos propres négociations commerciales avec la Chine. Néanmoins, comme vous aviez une dette envers la Turquie, nous avons décidé de l'honorer à votre place. Entre alliés, on se doit bien un petit coup de main de temps en temps. Nous trouvons cependant maintenant que vous pouvez faire un effort pour assurer la protection de l'imam.

Al-Bashir détestait qu'on lui parle sur un ton paternaliste. Il choisit toutefois de se montrer conciliant.

– Bien. Que souhaitez-vous que nous fassions ?

– Commencez par lui offrir une sécurité. Rapprochée, mais discrète.

– Comment cela ?

L'homme soupira, irrité par le manque de bonne volonté criant d'Al-Bashir.

– Des gardes du corps qui le veillent. Les Turcs sont disposés à le laisser résider dans la maison qu'ils ont mise à sa disposition. Par contre, ils ne veulent plus assurer sa protection physique. Et il vaudrait mieux que les personnes affectées à sa surveillance n'appartiennent pas à votre ambassade. Vous travaillez avec des fondations, non ?

– Oui.

– Alors, voyez si l'une d'elles peut engager des agents de sécurité pour le protéger.

– D'accord.

– Je compte sur votre célérité, souligna l'homme en s'apprêtant à sortir.

Al-Bashir posa la question qui lui brûlait les lèvres.

– Excusez-moi monsieur, mais je ne crois pas vous connaître. Vous êtes ?

– John Maculoso, fit l'homme en sortant sans se retourner.

Al-Bashir soupira. À peine était-il de retour que les contrariétés recommençaient. Il attrapa de ses doigts potelés un loukoum qu'il avala gloutonnement. Il avait besoin de sucre pour se donner du cœur à l'ouvrage.

Il entreprit d'appeler la fondation Al-Amal et leur demanda que l'on fasse le nécessaire pour assurer la garde rapprochée de Tursun. Puis il se décida à rechercher le nom de l'homme qui lui avait rendu visite. Google lui fournit immédiatement la réponse : John Maculoso était l'âme damnée du Président nouvellement élu et, dans cette Maison-Blanche déjà en proie à un jeu constant de chaises musicales, il en était l'indéboulonnable directeur de cabinet. Comment avait-il pu l'oublier ? Tout le petit corps rond d'Al-Bashir fut secoué par un frémissement. Les instructions venaient de haut. Il valait mieux qu'il ne foire pas cette mission.

Manhattan, N.Y.

« Bien dormi ? » demanda François en se penchant vers Rose, une tasse de café fumant à la main.

Comme il redoublait d'attention ! À l'évidence, il souhaitait continuer à se voiler la face et prétendre qu'il ne s'était rien passé. Après ses grandes déclarations, lors de leur précédente enquête à Miami, sur les sentiments qu'il lui portait, suivies d'une cour effrénée de plusieurs mois, elle avait cédé et décidé de lui redonner une chance. Elle avait pris ses dispositions pour aller le voir à Monaco, pensant qu'une visite surprise serait drapée du romantisme nécessaire pour remettre leur relation sur une bonne voie. Qu'elle avait été naïve ! Pour être interloqués, ils l'avaient été lorsque, utilisant la clef qu'elle avait conservée, elle était rentrée dans son appartement en jetant un « c'est moi ! » sonore et enthousiaste. Lequel avait été suivi par un bruit de chute et de pas paniqués dans la chambre ; elle avait trouvé François dans un lit défait et Mélissa, la jolie inspectrice qu'il avait rencontrée à Miami, en tenue d'Ève dans la salle de bains attenante.

Rose n'avait pas jugé nécessaire d'expliquer à François, qui lui répétait depuis plusieurs mois qu'elle était la femme de sa vie, pourquoi elle avait prestement tourné les talons et était revenue à Londres. Depuis, drapée dans son orgueil bafoué, elle avait ignoré ses appels et ses messages. Toutefois, quand tous deux avaient été convoqués à New York pour témoigner dans le procès du cartel, il lui avait demandé où elle prévoyait de loger. Elle avait répondu que, vu la longue durée du séjour, on lui prêtait un appartement. Il l'avait alors suppliée de le laisser le partager avec elle, « pour sceller leur amitié », comme il disait. Chacun aurait sa chambre et serait libre de ses faits et gestes. Tu parles ! Depuis Paris, où il l'avait rejointe pour prendre le vol pour New York, il la couvrait d'attentions qui n'avaient d'autre effet que de profondément l'exaspérer.

Dieu, qu'il était lourd ! S'il continuait ainsi, elle allait finir par ramener un inconnu à la maison un soir.

Lorsqu'il se retrouverait au petit déjeuner avec un autre type, il se résoudrait peut-être finalement à l'évidence : leur histoire était du passé. Toutefois, elle devait, pour le moment, se coltiner un François ridiculement empressé et prêt à tout pour se faire pardonner.

Il posa le café sur la table de nuit. Rose se frotta les yeux et regarda l'heure sur son téléphone portable. 9 h 30. Zut ! Elle allait être en retard.

– Bof, répondit-elle en sautant du lit. Avec ce fichu jet-lag, j'étais debout à l'aube.

– Ma pauvre ! compatit François.

– Toi, ça ne te fait rien, bien sûr, poursuivit-elle en cherchant ses affaires de jogging qu'elle n'avait pas encore sorties de sa valise.

– Non, c'est l'avantage d'être un vieux schnock, soupira François en se poussant pour la laisser passer. Les fuseaux horaires n'ont plus d'effet sur moi.

– Il faut bien un privilège à être âgé, dit Rose en enfilant son collant. Se soustrayant à son regard, elle enfila une brassière de sport et mit ses chaussures de course à pied. Elle jeta un coup d'œil à sa montre. Elle serait de retour à temps pour être prête pour le tribunal à 11 h.

Rose prit l'ascenseur jusqu'au rez-de-chaussée. D'habitude, elle utilisait les escaliers lorsqu'elle partait faire du jogging, mais descendre puis monter les quatorze étages lui aurait coûté trop de temps.

Elle salua le portier et se retrouva dans la rue. Elle fut immédiatement happée par la frénésie ambiante. Un taxi passa devant elle à grande vitesse, un éclair jaune cahotant sur des nids-de-poule. New York dégageait une onde d'énergie qu'elle ressentait dès qu'elle voyait se dessiner la haie de gratte-ciels, la Manhattan skyline, en arrivant depuis JFK. À quoi était-ce dû, à l'air, aux bruits, aux gens ? Au côté de bric et de broc de la mégapole, buildings luxueux, enceintes multicolores, chaussées déformées et bouches d'aération à la vapeur blanchâtre, jungle urbaine qui s'arrêtait net aux confins de Central Park, comme repoussée par ce poumon vert ? Ou alors à ses habitants, de toutes ethnies et de toutes origines, sans-le-sou ou multimillionnaires, pourtant tous grouillants, bavards et opiniâtres, ces New-Yorkais au caractère si opposé au flegme et à la retenue des Londoniens et parmi lesquels elle se trouvait toutefois tellement à l'aise ?

Rose se mit à courir en direction de l'entrée de Central Park. Elle traversa l'avenue et continua dans les allées du côté du *Reservoir*, ce lac artificiel niché au milieu des arbres. Ayant dépassé le *Loop*, la route carrossable entourant le parc, elle rejoignit la piste équestre. Au lieu de chevaux, qui se faisaient rares depuis que les écuries de la Claremont Academy avaient définitivement fermé leurs portes, ce chemin de terre accueillait maintenant le petit trot des coureurs, les robes baies et alezanes ayant cédé la place aux leggings multicolores des adeptes du jogging.

Rose arriva sur le sentier recouvert de gravier noir qui bordait le *Reservoir*. Les rayons du soleil levant embrasaient les immeubles, lui rappelant ces films de science-fiction où New York était le théâtre d'attaques extraterrestres.

Elle commença une boucle à un rythme tranquille. Sous ses pas, les gravillons crissaient. Rose se concentrait sur sa respiration tout en contemplant la surface miroitante de l'eau. Après avoir achevé le premier tour, elle augmenta sa cadence. Elle sentit sur elle le regard d'un homme qu'elle venait de dépasser, et qui se mit à lui emboîter le pas. C'était une nouvelle tendance, en réaction au mouvement MeToo, certains frustrés suivaient maintenant les joggeuses tout en prétendant se focaliser sur leur propre entraînement. Elle hâta son allure pour se débarrasser de son poursuivant, sa foulée s'allongeant, son rythme cardiaque accélérant. En un rien de temps, elle avait distancé l'importun.

* * *

Leyla Jones passa la grille monumentale qui délimitait l'entrée de l'université Columbia, et suivit la route bordée d'arbres qui traversait le campus. À cette époque de l'année, les ginkgos bilobas affichaient un vert tendre, et Leyla s'engagea avec bonheur sous leur voûte fraîche et apaisante. Après une centaine de mètres, elle atteignit un immense terrain rectangulaire encadré de hauts bâtiments de brique rouge aux toits verts. Sur la gauche se dressait la statue de l'Alma Mater, la patronne de l'université. Des étudiants quadrillaient la place, certains pressés de se rendre à leurs cours et d'autres rejoignant des amis assis sur les pelouses du square. Elle grimpa rapidement quelques marches, passa devant la chapelle Saint-Paul puis par-dessus le pont qui enjambait l'Amsterdam Avenue, et entra dans la faculté de droit.

Arrivée au troisième étage, elle trouva avec surprise le bureau du professeur Liang Wú vide. Pourtant, ils avaient rendez-vous à 10 h 30 et elle avait déjà cinq minutes de retard. D'habitude, le professeur n'était jamais en retard. Leyla regarda autour d'elle et vit, un peu plus loin, une porte entrouverte. Elle frappa doucement, puis y passa la tête.

« Bonjour, j'ai rendez-vous avec le professeur Wú, vous ne l'auriez pas aperçu ? »

L'occupante du bureau leva la tête de sa lecture et dévisagea la jeune femme.

– Et vous êtes qui ? fit-elle.

– Leyla Jones, je suis doctorante à la faculté de journalisme, souffla Leyla.

Son interlocutrice sembla perdre tout intérêt. Leyla avait souvent remarqué que les juristes déconsidéraient toute personne qui n'appartenait pas à leur caste.

– Donc, vous l'avez vu ? osa Leyla malgré sa timidité.

– Non, pas depuis que je suis arrivée, il y a environ une heure, compléta la femme avant de se replonger dans sa lecture. Considérant qu'elle ne pourrait rien en tirer de plus, Leyla repartit, perplexe. Depuis qu'elle travaillait sur sa thèse avec Wú, il avait toujours été d'une parfaite ponctualité.

* * *

Le métro emportait Rose et François à toute vitesse vers le sud de Manhattan. D'abord debout dans un wagon bondé, ils avaient trouvé des places assises lorsqu'ils avaient changé de ligne à Columbus Circle. Rose observait autour d'elle. À chaque fois qu'elle venait à New York, elle était impressionnée par le melting pot de la mégapole. Asiatiques, Africains, Sud-Américains, Européens, tous se mêlaient ici, attirés par une vie meilleure qui se révélait souvent une chimère. Pour combien d'entre eux le rêve américain se réaliserait-il ? Une infime partie, probablement. Pourtant, ils étaient tous là, dans la rame de métro qui les menait à leur travail, habillés de façon similaire – chemises et pantalons pour les hommes, chemisiers et jupes pour les femmes – penchés sur leur smartphone, isolés par leurs écouteurs, savourant les derniers moments de tranquillité avant d'aller affronter les salles de marchés et des piles de paperasse, dans l'espoir d'acquérir un jour un appartement, une voiture et, pour les plus chanceux, une maison en banlieue à proximité d'une bonne école. Rose avait remarqué que le profil des usagers du métro variait en fonction de l'heure. Le matin, c'était la population active, les jeunes qui, n'ayant pas encore fondé de famille, avaient encore les moyens d'habiter à Manhattan. Pendant le reste de la journée, on y trouvait des jeunes femmes en tenue de sport qui se rendaient à leurs cours de yoga, des étudiants, des couples à la retraite et des touristes. Le soir, c'était l'exode en sens inverse : les gens sortant de leur travail, défraîchis, fatigués, certains un peu éméchés après la première bière prise avec leurs collègues dans un bar à côté du bureau.

« C'est notre arrêt », indiqua Rose en arrivant à City Hall, la station qui desservait le quartier de la mairie de Manhattan. Rose connaissait bien cette halte. Elle avait fait un stage avec des enquêteurs new-yorkais au début de sa carrière. Toute cette morne partie de New York – bâtiments administratifs, tribunaux, postes de police – n'avait plus de secret pour elle. François la suivit dans les escaliers qui conduisaient à l'extérieur, prenant garde à bien rester derrière elle pour ne pas déranger le flux de passagers qui descendaient. Il avait remarqué que, dans cette ville, celui qui, mal placé, perturbait les allées et venues des habitants toujours pressés, se faisait vite houspiller. Ils sortirent sur Broadway et traversèrent le parc qui se trouvait devant la mairie, le New York City Hall, contournèrent un gigantesque édifice, la Tweed Courthouse, l'ancien palais de justice du comté de New York, qui mêlait les styles grec antique et Renaissance, pour finalement arriver sur une place pavée.

« C'est par là », continua Rose. Se faufilant entre les barrières en béton destinées à protéger les bâtiments des voitures-béliers, ils s'approchèrent d'un immeuble moderne. Une fois à l'intérieur, ils durent passer sous un portique de sécurité avant d'être escortés jusqu'au cinquième étage, où se trouvait le bureau de l'assistant district attorney, le procureur adjoint.

– Bienvenue !

Un homme aux cheveux noirs, imposant et mince, s'avança vers eux, la main tendue. Rose remarqua immédiatement ses yeux très bleus.

– Je suis Patrick O'Brien, dit-il avec un grand sourire jovial.

– Rose McGawn, se présenta Rose en le lui rendant.

– Ah, nous venons de la même région, je vois, continua O'Brien en serrant chaleureusement sa main, tout en plantant ses iris céruléens dans ceux de Rose.

– Je suis d'origine écossaise, rétorqua Rose.

– Avec une belle chevelure rousse et des yeux verts comme les vôtres, vous pourriez être de chez moi, poursuivit le procureur adjoint avec un petit clin d'œil. D'ailleurs, je peux t'appeler par ton prénom ? termina-t-il d'une voix que Rose trouva presque suave. Elle lui rendit son sourire en assentiment.

À ce moment, François toussota. O'Brien se tourna vers lui.

– Et vous devez être François Gôdarde ?

– C'est Gaudard, articula François. À chaque fois, les anglophones estropiaient son nom, ce qui avait le don de l'agacer suprêmement. À votre service, grinça-t-il d'un ton sarcastique, en faisant une petite courbette. O'Brien le dévisagea un instant d'un air étonné, puis regarda vers Rose.

– Je peux vous offrir un café ? proposa-t-il en indiquant une cafetière.

– Pas pour moi, merci, répondit Rose.

– Cette espèce de jus de chaussette américain, sans-façon ! siffla François entre ses dents. Rose lui décocha un coup d'œil réprobateur.

– Je ne vais pas trop vous ennuyer aujourd'hui, assura O'Brien en les invitant d'un geste à s'asseoir. Le calendrier de procédure a maintenant été arrêté, le procès commence lundi prochain, néanmoins, vous ne serez pas appelés à témoigner avant une dizaine de jours.

– Chouette, on va pouvoir jouer les touristes, railla François.

O'Brien ne releva pas.

– Je vais vous remettre les mémoires des parties, il va falloir que vous les lisiez ces deux prochains jours, conseilla-t-il. Ensuite, nous allons nous voir pour vous préparer à répondre à nos questions et à celles de la défense, qui promettent d'être corsées.

En disant cela, il attrapa derrière lui six gros classeurs. Il en posa trois devant Rose et trois devant François.

– Voici donc vos devoirs. Je vous propose que nous nous retrouvions jeudi, même endroit, même heure, est-ce que cela vous va ?

– Mais je croyais que nous avions le temps ! protesta François.

– Vous avez le temps, assura O'Brien en lui lançant un regard vide. Juste assez pour apprendre le contenu de ces dossiers.

Rose et François s'emparèrent des documents et prirent congé d'O'Brien. Une fois dehors, Rose invectiva François :

– Non, mais tu es sérieux ? Qu'est-ce qu'il t'a pris ?

– Quoi ?

– Tu étais super désagréable avec Patrick !

– Tu as vu un peu son ton paternaliste ? On n'est pas des écoliers !

– Ça va te prendre du temps de lire tout ça en anglais, déclara Rose, conciliante.

– C'est ça, défends-le, s'énerva François en s'éloignant en direction de la bouche de métro.

– Attends, coupa Rose. Avec tous ces documents, il vaut mieux qu'on prenne une voiture.

Calant ses lourds dossiers sous un bras, elle leva l'autre main pour héler un taxi. À peine eut-elle accompli ce geste qu'un véhicule jaune s'arrêta en faisant crisser ses pneus. Rose ouvrit la portière arrière. Elle fut assaillie par une odeur de curry. Elle regarda le conducteur. Il était d'origine indienne. François se glissa après elle en grimaçant.

– Ça pue !

– Tu as avalé de la vache enragée aujourd'hui ou quoi ? Bienvenue à New York ! Ces gars bossent douze heures quotidiennement et ne veulent pas perdre une minute, alors ils mangent leurs repas dans leur voiture. Tu vas t'habituer, tu verras.

Le chauffeur avait démarré en trombe. Il ne paraissait maîtriser que deux modes de conduite, l'accélération et le freinage. Son véhicule, qui avait connu des heures meilleures, rebondissait sur le patchwork de bitume caractéristique des rues de New York. Lorsqu'il heurta un trou particulièrement profond, la tête de François tapa contre le plafond du taxi.

« Aïe, maugréa-t-il. Je sens que je vais apprécier ce séjour ! »

Chapitre 2

26 avril

Manhattan, N.Y.

Rose se leva sur un coude et regarda l'heure. 4 h 15. Elle avait presque gagné une heure de sommeil sur la nuit passée. Quel succès !

Elle sortit de sa chambre, et alla prendre une brique de lait dans le frigo. Zéro pour cent de matière grasse, dix vitamines, sans lactose pour une meilleure digestion. Les aliments américains, avec leurs multiples réductions, ajouts et innombrables améliorations, la fascinaient toujours. Et malgré cela, plus de la moitié de la population était obèse ou en surpoids.

À travers les lamelles des stores, elle observa le parc. Dans la nuit noire, la crête des arbres créait un océan déchaîné, aux vagues inégales. Elle porta son regard sur les immeubles en face. À part le cube éclairé du Mount Sinaï Hospital, aucune lumière. Était-elle vraiment la seule à souffrir ainsi d'insomnie sur tout l'Upper East Side? La «ville qui ne dormait jamais», chantée par Sinatra, restait semble-t-il un mythe dans ces quartiers bourgeois.

La vision de la nuit précédente lui revint soudain à l'esprit. Occupée pendant la journée par la visite à O'Brien et la lecture qui s'était ensuivie, elle n'y avait pas pensé. S'était-il passé quelque chose de grave, ou avait-elle seulement été spectatrice de la vie nocturne du parc ? Elle regarda en bas, en direction de l'entrée du métro. Pourtant, ce matin, personne ne montait ou ne descendait les escaliers. Quand elle reviendrait de sa séance de course à pied, elle consulterait le journal.

Elle passa dans le salon. Elle était encore trop troublée pour pouvoir immédiatement retrouver le sommeil. Elle mit en marche la télévision, en prenant garde à laisser le volume très bas pour ne pas réveiller François. Les chaînes câblées ne connaissaient pas de repos, et diffusaient des nouvelles toute la nuit. Guerre en Syrie, conflits au Venezuela, bataille des tarifs entre la Chine et les États-Unis. C'était certain, le besoin de l'être humain d'en découdre avec ses congénères avait de beaux jours devant lui. Dégoûtée par l'état du monde, elle retourna se coucher.

* * *

Leyla Jones regardait l'écran de son ordinateur. Elle se levait tous les jours à 5 h du matin pour finir la rédaction de sa thèse car elle avait du retard dans son programme. De plus, c'était à l'aube qu'elle écrivait le mieux. Elle pouvait ouvrir la fenêtre de son appartement, qui donnait sur Riverside Park, sans être trop dérangée par le bruit des voitures alors que, pendant la journée, la circulation intense rendait la concentration difficile. À travers les arbres, elle entrevoyait l'Hudson River, dont les eaux grises dissimulaient toujours un redoutable courant. Souvent, elle observait avec amusement les bateaux filer avec le flux, ou quand ils le remontaient, batailler de la toute-puissance de leurs moteurs.

Son logement n'était pas grand, mais elle l'avait joliment décoré et s'y trouvait bien pour écrire. Elle aurait pu louer un espace beaucoup plus vaste et plus luxueux, si elle n'avait pas refusé de vivre différemment des autres étudiants. Elle aimait ce quartier du nord-ouest de Manhattan, avec ses bâtiments de brique rouge aux toits verts, qui vivait au rythme de l'université Columbia, et, pour rien au monde, elle ne serait allée habiter ailleurs.

Ce matin, sa rédaction peinait. Les mots ne lui venaient pas, construire ses phrases lui demandait un gros effort. Elle était très soucieuse de la disparition du professeur Wú. Après sa visite, elle avait essayé de l'appeler plusieurs fois et était même retournée à la Law School, en vain. En désespoir de cause, elle s'était rendue dans l'immeuble où il résidait. Le portier lui avait répondu qu'il l'avait vu sortir le soir précédent, sans l'avoir vu rentrer. Elle craignait que sa disparition ne soit liée à leur projet.

Leyla avait contacté le professeur Wú six mois auparavant, alors qu'elle commençait la thèse qui devait couronner la fin de ses études de journalisme. Elle avait choisi comme sujet la répression des minorités musulmanes en Chine. Comme le professeur, un ressortissant chinois, enseignait les droits de l'homme, elle l'avait rencontré pour obtenir des informations, et l'aide de l'intellectuel avait été précieuse. Il lui avait transmis de nombreux documents attestant les disparitions et les internements de Chinois de confession musulmane, qui lui avaient ainsi fourni une trame pour la rédaction de son travail universitaire. Wú avait récemment approché l'un de ses compatriotes, un imam, qui était demandeur d'asile aux États-Unis et habitait du côté de Washington, D.C. Elle savait que Wú était allé rendre visite à cet homme, et c'était pour discuter de cet entretien qu'elle avait pris rendez-vous avec lui. Et maintenant, il avait disparu sans laisser de trace.

Pensive, Leyla caressa son chat, qui avait grimpé sur son bureau pour venir se coucher sur son cahier de notes. Elle se demandait toujours si l'animal recherchait sa présence ou exerçait seulement un contrôle rapproché sur l'être qui avait l'accès au garde-manger. Quoi qu'il en soit, il restait son plus fidèle compagnon, elle que sa timidité maladive coupait souvent du reste du monde.

Elle regarda sa montre. 6 h. Le livreur du *New York Times* devait déjà être passé. Elle descendit au rez-de-chaussée et récupéra un des exemplaires empilés dans l'entrée de l'immeuble, à même le sol. Visiblement, ce journal restait la lecture de choix des étudiants de Columbia University.

Leyla rentra chez elle, se versa un verre de jus d'orange, et consulta le journal. Son regard fut immédiatement attiré par un titre en première page : « Cadavre retrouvé dans Central Park ».

* * *

Insensible aux cahots du wagon, Rose était plongée dans sa lecture. Elle avait acheté un quotidien en entrant dans le métro et était tombée sur un article relatant la découverte d'un corps dans Central Park le jour précédent. Le journaliste expliquait que la police présumait qu'il s'agissait d'une rencontre à caractère sexuel qui avait mal tourné. En raison de l'état du cadavre, il n'avait pas encore pu être identifié. La dépouille d'un Asiatique de sexe masculin avait été retrouvée dans la partie nord du parc, non loin de la traversée de la 97e Rue. L'article se terminait par un appel à témoins avec le numéro de téléphone de l'inspecteur en charge. Rose le nota sur son portable.

– Qu'est-ce que tu lis ? lui demanda François.

Pour toute réponse, Rose lui tendit le journal. François y jeta un coup d'œil.

– Et alors, c'est fréquent, non ?

– Quoi ? Les meurtres à Central Park ?

– Oui. Il y a eu cette femme, il y a quelques années.

– La joggeuse de Central Park ? C'était il y a trente ans. Et elle n'est pas morte.

– Oui, mais je me souviens qu'elle avait été laissée pour morte et avait souffert de graves séquelles.

– C'est vrai. Cela avait beaucoup choqué l'opinion publique. En plus, l'enquête avait pris une tournure raciste, cinq jeunes afro-américains avaient été incarcérés à tort. Une honte ! Seulement, New York était différent à l'époque. Depuis, deux maires successifs ont nettoyé la ville. Donc non, les homicides à Central Park, même s'ils existent, ne sont pas une chose fréquente. En revanche, dit Rose en pointant son index sur l'article, je pense avoir été témoin des derniers instants de cet homme.

– Comment cela? demanda François, interloqué. Tu étais à Central Park il y a deux nuits?

Rose se mit à rire.

– Oui, tu ne savais pas que j'étais noctambule, et que mon activité préférée était de me promener dans les parcs sombres? plaisanta-t-elle en lui donnant un coup de coude.

Elle lui raconta ce qu'elle avait vu. Elle venait d'achever son histoire quand le métro arriva à leur arrêt. Ils se rendirent rapidement au bureau de Patrick.

– Alors, cette lecture? questionna ce dernier en guise de bonjour.

– Très intéressante, répondit Rose.

– N'exagérons rien! ronchonna François.

Patrick jeta à François un mauvais coup d'œil mais continua sans relever.

– Comme prévu, poursuivit Patrick, François témoignera contre Guido Giolli, le procureur de la principauté de Monaco, et toi, Rose, contre Rick Simmons, l'agent du FBI corrompu avec lequel tu as travaillé.

– Et qu'est-il advenu d'Eduardo Ramon?

– Il a conclu un *plea bargain*[1]. En tant qu'ancien gardien de la prison de Bogotá devenu investisseur de l'argent du cartel dans l'immobilier à Miami, il a adopté

1 Accord en procédure pénale par lequel le procureur concède à l'accusé une sanction moins lourde en échange d'informations ou d'un aveu de culpabilité.

l'attitude commune aux membres de ces organisations, c'est-à-dire transiger en disant une partie de ce qu'ils savent.

– Ah, s'étonna Rose, pourquoi font-ils cela ? Ils ne se mettent pas à mal avec leurs anciens acolytes ?

– Non, cela leur permet d'obtenir une immunité qui les déleste de leur obligation de témoigner au procès. Leurs aveux sont préparés par leurs avocats en collaboration avec les cartels, ce qui permet à ces derniers de s'adapter.

– Étonnant, déclara Rose, les mafias européennes ne fonctionnent pas comme ça. Puis, reprenant le cours de la conversation : Giolli plaide qu'il ne connaissait pas l'étendue des activités criminelles du réseau. Selon lui, il n'était qu'un pion servant à blanchir l'argent à Monaco, est-ce que vous pensez qu'il arrivera à défendre cette thèse ?

– Avec votre aide, nous allons tout faire pour qu'il n'y parvienne pas, assura Patrick en lui adressant un sourire enjoué.

– Bon, on s'y met ? abrégea François.

– Allons-y ! rétorqua Patrick en lui lançant un regard amusé.

Il commença à exposer ce à quoi François devait s'attendre quand il prendrait la place du témoin devant la Cour fédérale du district sud de New York. Contrairement à ce dont François avait l'habitude en France et à Monaco, ce n'était pas à un juge, mais à un jury que reviendrait la décision de condamner, ou non, l'accusé. Le juge serait présent uniquement pour régler les problèmes de procédure. Le jury, composé de douze personnes du grand public, entendrait l'ensemble des plaidoiries et des témoignages avant de délibérer sur la culpabilité des inculpés.

– Vous serez témoins à charge et vous serez par conséquent interrogés avec précision par les avocats qui défendent Giolli et Simmons, poursuivit Patrick en s'adressant à Rose et à François. Vous voyez ce que je veux dire ?

– Comme dans *Law and Order*[2] ? s'enquit François.

– Oui, exactement.

– Bon, ça devrait aller, fanfarona François, j'ai regardé tous les épisodes de cette série.

Patrick lui lança un regard condescendant.

– C'est un bon début, c'est sûr. Mais nous allons quand même vous soumettre à un interrogatoire fictif, car ces avocats sont des spécialistes. Ils vont chercher les moindres contradictions dans votre témoignage pour vous décontenancer et vous déstabiliser.

– Tout se déroulera en anglais ? demanda encore François en pâlissant un peu. Son anglais progressait depuis qu'il connaissait Rose, mais il se voyait mal tenir tête à un avocat dans la langue de Shakespeare.

– Nous avons demandé qu'un interprète soit présent. Même si vous comprenez les questions en anglais, vous pourrez réfléchir à ce que vous voulez répondre pendant qu'il traduira et ce sera toujours ça de gagné.

---

2 « New York Police Judiciaire », série télévisée américaine qui illustre le travail de la police judiciaire et du ministère public new-yorkais.

– Dans ce cas, ça va aller, hâbla François, ce qui lui valut un coup d'œil soucieux de Rose. Si François ne prenait pas plus au sérieux cet exercice, cela pourrait tourner au désastre pour l'issue du procès. De plus, elle n'osait pas imaginer ce qu'elle entendrait sur « les Ricains » et « leurs méthodes » si jamais il perdait la face pendant un interrogatoire. La litanie de critiques serait sans fin. Elle laissa échapper un soupir, alors que Patrick commençait la préparation de François.

* * *

Capuche sur la tête, une fine silhouette enveloppée dans un long manteau noir en cachemire, à la coupe parfaite, marchait à grands pas dans la 42e Rue. Laissant derrière elle les lumières de Times Square, l'Asiatique se dirigeait vers l'Hudson River. À grandes enjambées, indifférente à la foule, elle passait devant les brasseries pour touristes. Un clochard lui tendit sa sébile ; elle frappa dedans, pour le plaisir de voir le pauvre homme essayer de récupérer ses pièces, à quatre pattes.

Teint très pâle, presque blanc, hautes pommettes. Avec ses cheveux de jais, coupés très court, seul un œil entraîné pouvait distinguer qu'il s'agissait d'une femme.

Le soleil de la journée avait laissé place à des nuages menaçants et un vent frais s'engouffrait dans la rue depuis le fleuve. Finalement, la femme arriva en vue d'un grand bâtiment gris dont les étages les plus bas ne possédaient pas de fenêtres, qu'elle longea jusqu'à son extrémité. Face à la porte, elle tira sur sa capuche et remonta le col de son manteau pour cacher son visage à la caméra de surveillance qui filmait les allées et venues devant le consulat général de Chine à New York.

Une fois à l'intérieur, elle se dirigea vers la réception et s'entretint succinctement en chinois avec le réceptionniste. Ce dernier actionna immédiatement le portique de verre puis fit signe au garde en faction de la laisser monter seule. Dans l'ascenseur, elle appuya sur le bouton du 5e étage. Elle baissa sa capuche et se recoiffa rapidement en passant une main agile dans ses cheveux.

« Vous pouvez entrer », dit un des agents des services consulaires en la voyant arriver sur le palier.

La femme le dépassa sans un regard et se dirigea vers le centre de la pièce, où se faisaient face deux canapés de velours rouge. Sur l'un se trouvait un Chinois vêtu d'un costume parfaitement coupé, qui lui fit signe de s'asseoir. Elle s'exécuta sans un mot, posant sa cheville sur son genou, exposant la semelle crantée de ses Dr. Martens. L'homme poussa devant elle une copie du *New York Times*.

– Beau travail, dit-il.

La femme continua de le dévisager en silence.

– Vous avez tout fait pour que la police croie à un crime d'ordre sexuel, c'est bien ça ?

Signe silencieux de la tête.

– Bien.

L'homme élégant se pencha et attrapa sous une table basse en bois laqué une mallette qu'il posa devant son interlocutrice. De ses doigts aux ongles vernis de noir, celle-ci déverrouilla les deux serrures et l'ouvrit. Elle compta les billets en un instant, saisit la petite valise, et quitta la pièce dans un tourbillon obscur sans avoir prononcé un mot de toute l'entrevue.

Chapitre 3

28 avril

Manhattan, N.Y.

Reposant son stylo, l'inspecteur Bernstein regarda avec surprise la personne assise en face de lui. Elle s'était présentée comme Rose McGawn, inspectrice-chef à Scotland Yard. Elle disait avoir aperçu quelque chose le soir du crime à Central Park et voulait apporter son témoignage.

Hasard incroyable, quelques minutes avant l'arrivée de Mlle McGawn, il avait reçu la visite d'une autre jeune femme, une dénommée Leyla Jones, inquiète de la disparition d'un professeur de Columbia Law School après avoir pris connaissance du même homicide. Les deux femmes avaient dû se croiser dans les couloirs du poste de police. Que deux personnes viennent apporter des informations crédibles sur une affaire en l'espace d'une heure, et seulement deux jours après la découverte du cadavre, c'était du jamais vu.

Quand ce Chinois avait été retrouvé assassiné dans Central Park, qui se trouvait sous la juridiction de sa brigade, Bernstein avait vu cette nouvelle d'un mauvais œil. Il devait prendre sa retraite quatre mois plus tard ! L'ultime chose dont il avait besoin, c'était un surplus de travail dans la dernière ligne droite qui le séparait du soleil de Floride. Il préférait se concentrer sur la vente de son appartement de Riverdale qui devrait lui permettre de compléter la maigre rente qu'il recevrait de la police new-yorkaise.

Maintenant qu'une inspectrice de Scotland Yard était impliquée, il entrevoyait la possibilité que l'affaire se corse encore plus. Quelle guigne !

Il sortit de ses pénibles considérations et se focalisa de nouveau sur ce que lui disait Rose McGawn. Elle était jolie, une longue liane aux grands yeux verts et aux boucles rousses. S'il avait été plus jeune, il lui aurait fait du gringue. Il secoua la tête. Il fallait vraiment qu'il se reprenne, ses pensées étaient trop éparpillées. Il se leva pour fermer la porte de son bureau, afin que le brouhaha du poste ne les dérange pas, puis l'invita à continuer.

– À quelle heure les avez-vous aperçus pour la première fois, vous me disiez ?

– Il devait être peu avant 4 h du matin. J'étais réveillée à cause du décalage horaire.

– Et vous avez vu combien de personnes ?

– Trois.

– Vous pouvez me les décrire ?

– Il y en avait deux qui étaient revêtus de pardessus sombres. Elles paraissaient très minces, très élancées. Elles soutenaient la troisième, qui portait un long manteau.

– Où les avez-vous observées pour la première fois ?

– Elles montaient les escaliers de la bouche de métro qui donne sur la 96e Rue.

– Et ensuite ?

– Elles ont traversé Central Park West. Au moment de pénétrer dans le parc, la personne du milieu s'est débattue, en vain. Elles sont tout de même entrées. À ce moment-là, je les ai perdues de vue.

– Est-ce que l'une d'elles a crié ?

– Non, je n'ai rien entendu. Celle que les deux autres maintenaient avait l'air en état d'ébriété, elle avait de la peine à marcher. Je peux vous poser une question ?

Bernstein qui, saisit d'une soudaine et inattendue mélancolie à l'idée de le quitter, avait laissé traîner son regard sur les étagères et les meubles de bois sombre dont était agencé son bureau, sursauta.

– Oui, allez-y.

– Vous pensez qu'il s'agit de l'homme qui a été retrouvé mort ?

– Le timing coïncide. Le médecin estime l'heure du décès entre 3 h et 5 h du matin.

– Et vous n'avez toujours pas son identité ?

Le vieux détective dévisagea Rose en réfléchissant. Elle avait l'air énergique, motivée et compétente. Peut-être allait-il pouvoir se reposer sur elle pour conduire l'enquête, même si cela n'était pas très casher d'engager ainsi un membre de la police d'un autre pays. Il était tenté de l'impliquer dans la procédure en lui donnant quelques renseignements confidentiels.

– Selon la version officielle, non. Les bouts de ses doigts ont été brûlés *post mortem* pour éviter la prise d'empreintes, et comme il était d'origine étrangère, on ne dispose pas d'historique odontologique qui nous permettrait de l'identifier. Mais étant vous-même de la police, je peux vous faire part de quelque chose. La jeune femme que vous avez croisée en entrant venait signaler la disparition d'un professeur de Columbia. Apparemment, il n'a plus donné signe de vie depuis deux jours, et il est Chinois. Comme notre cadavre est asiatique aussi, je me demande si ce n'est pas lui.

– Comment s'appelle-t-il ?

– Professeur Liang Wú. Il enseigne les droits de l'homme à la faculté de droit.

– Et quel est le nom de l'informatrice ?

– Leyla Jones, elle étudie le journalisme à Columbia.

– J'aimerais beaucoup collaborer avec vous sur cette enquête, si vous le permettez. Est-ce que vous croyez que vous pouvez me donner les coordonnées de Mlle Jones ?

Bingo ! Elle avait mordu à l'hameçon. Il se félicitait de cette aubaine, gage de moins de travail ; seulement, il fallait désormais faire passer cela auprès de ses supérieurs… Il allait essayer de le justifier par le fait que l'inspectrice McGawn avait probablement été témoin de l'affaire.

Sans confirmer formellement qu'il acceptait son offre, il tendit à Rose un bout de papier sur lequel étaient inscrits le numéro de portable et l'adresse e-mail de Leyla Jones.

Miami, FL

Eduardo Ramon était assis dans le bureau de son avocat et écoutait les conseils de son défenseur. Maintenant qu'il était sorti de prison où il n'avait passé, grâce aux appuis de certains membres du cartel, qu'un bref séjour de quelques mois, il lui fallait monter un nouveau réseau. L'homme de loi lui apprenait que Rose McGawn venait témoigner, de même que Rick Simmons. Cela lui donnait des raisons de s'inquiéter. En effet, Simmons, un agent du FBI à la solde du cartel qui avait été arrêté lors de son démantèlement, connaissait des détails que la police n'avait pas découverts. Le risque était grand que, lorsqu'il serait soumis à l'interrogatoire tenace de Patrick O'Brien, le procureur adjoint à la redoutable réputation, Simmons révélerait ces informations.

Il demanda à l'avocat ce qu'il en pensait. Ce dernier partageait ses craintes, sans sembler être pressé de l'aider. Il devait pressentir que Ramon voulait faire disparaître Simmons, et les avocats, même ceux dont les clients appartiennent aux cartels de la drogue, n'aimaient pas être mêlés directement à des assassinats.

Ramon se leva et sortit. Il devrait se débrouiller seul. Il réfléchit. Simmons était incarcéré au FDC, la prison fédérale de Miami. Ramon y connaissait un garde qui lui devait une faveur. Il lui avait maintes fois avancé de l'argent pour assouvir sa passion du jeu. L'heure de payer sa dette était arrivée. Ramon composa son numéro.

Manhattan, N.Y.

L'inspecteur Don Tang reposa le *New York Times*. Un homme d'origine asiatique avait été retrouvé mort dans Central Park. Nouvellement diplômé de l'académie du FBI dont il était sorti avec les meilleures recommandations, il s'étonnait encore de la coordination entre la police locale et le FBI, tellement mauvaise que les membres de ce dernier apprenaient par les journaux l'existence d'un crime susceptible de tomber sous leur compétence.

Il ne faisait aucun doute qu'il allait en être chargé. Bien qu'il soit américain, en raison de son physique et de sa maîtrise de la langue chinoise, il avait systématiquement droit aux affaires qui avaient de près ou de loin un lien avec l'Asie.

Il fallait qu'il prenne les devants. Il appela le fichier central de la police new-yorkaise et demanda qui était en charge de l'enquête. On lui répondit que c'était un inspecteur du nom de David Bernstein. Il attrapa sa veste et les clefs de sa voiture. Une visite au poste de l'Upper West Side s'imposait.

* * *

Un café à la main, Rose sortit sur le balcon et s'assit sur une chaise en regardant le parc. À cette heure, il resplendissait sous un ciel limpide. New York comptait de nombreux jours de soleil, beaucoup plus que Londres, ce qui n'était pas pour lui déplaire. Les arbres se paraient du vert tendre des premières feuilles, et elle apercevait au loin les taches roses de quelques cerisiers en fleurs. Par une trouée entre les branches, à cinq cents mètres devant elle, elle voyait le *Loop*, qui à cette heure-ci était ouvert à la circulation.

Pensive, elle regarda sur sa gauche. C'était de ce côté-là que le cadavre avait été retrouvé. Dans cette partie du parc, les allées étaient moins présentes et les arbres plus touffus. L'endroit idéal pour commettre un meurtre. Elle prit le morceau de papier que lui avait donné Bernstein et composa le numéro qui s'y trouvait. Après quelques sonneries, une jeune femme répondit. Elle n'avait pas un fort accent américain, ce qui surprit Rose. Au contraire, sa voix douce avait des inflexions presque anglaises.

– Leyla Jones.

– Bonjour, je m'appelle Rose McGawn, je suis inspectrice à Scotland Yard. Nous nous sommes apparemment croisées dans les locaux de la police ce matin. Je venais relater un événement qui s'est produit la nuit du 24 au 25 avril, qui vous concerne aussi, à ce que m'a dit l'inspecteur Bernstein.

Son interlocutrice ne répondit pas tout de suite, semblant digérer d'abord l'information. Puis elle poursuivit d'un ton suspicieux.

– Je ne peux pas parler au téléphone.

Rose ne lâcha pas le morceau :

– Êtes-vous disponible pour que nous nous rencontrions ?

Il y eut un nouveau silence au bout du fil, puis Leyla reprit la parole :

– Quand ?

– Plus tard cet après-midi, ou demain ? proposa Rose.

– O.K., cet après-midi alors.

– À quelle heure souhaitez-vous que nous nous retrouvions ?

– Où êtes-vous en ce moment ?

– Je ne suis pas loin de Columbia, à la 96e Rue.

– O.K., j'ai un cours à 18h, venez à 16h30 au Hungarian Pastry Shop, à l'angle d'Amsterdam Avenue et de la 111e rue.

Washington, D.C.

Le directeur de cabinet du Président jouait avec un stylo en écoutant d'une oreille distraite les membres de la délégation chinoise donner du fil à retordre à leurs homologues du département américain du Commerce extérieur.

John Maculoso bougea un peu sur sa chaise et se racla la gorge pour rappeler à tous qu'il était là. Le Président lui avait demandé d'assister aux pourparlers pour exercer une pression sur les fonctionnaires de l'administration américaine qu'il ne trouvait pas assez agressifs. Maculoso observa l'assemblée. Douglas Freeman, le chef de la délégation américaine, présentait tous les symptômes de l'homme qui aurait préféré être absent. Les épaules basses, il se tenait avachi sur sa chaise, étudiant un texte pendant que l'un de ses collègues essayait de négocier, sans beaucoup de succès, l'imposition d'un tarif sur certains produits issus de l'industrie de l'acier. Lorsque Maculoso avait rappelé sa présence, Freeman lui avait jeté un coup d'œil inquiet. Maculoso avait la réputation d'être l'âme damnée du Président. Homme glacial et calculateur, il n'avait aucun scrupule et était prêt à tout pour gagner les faveurs de ce dernier. En maintenant dix ans qu'il travaillait exclusivement pour le politicien, il avait soutenu et souvent même fomenté ses coups bas et batailles pour arriver à l'office suprême. Il ne tolérait pas les mièvres, et gare à ceux qui ne servaient pas, selon ses critères, le chef de l'État avec suffisamment de vaillance et de détermination. Il soufflait le chaud et le froid à Washington. Nombreux étaient les fonctionnaires qui avaient perdu leur poste ou avaient été relégués à des tâches insignifiantes après que Maculoso avait décidé que leurs performances ne dénotaient pas un dévouement sans faille au Président.

Maculoso fixa un moment Freeman puis, lentement, avec l'air de celui qui en avait assez entendu, se leva. Sans un mot, il se dirigea vers la porte en prenant le temps de toiser un à un, comme pour retenir leur visage dans sa mémoire, tous les participants à la réunion.

Manhattan, N.Y.

Rose décida de se rendre à pied au rendez-vous. Après tout, le café n'était qu'à deux blocs à l'ouest, et dix-sept rues plus haut. Elle suivit la 96e Rue jusqu'à Amsterdam Avenue, qu'elle commença à remonter. L'Upper West Side, accueillait traditionnellement l'élite intellectuelle de New York, à l'inverse de l'Upper East

Side qui attirait plutôt les très grosses fortunes financières. Si les érudits de l'Upper West Side se regroupaient d'abord dans la partie basse du quartier, autour du Lincoln Center, ils laissaient place, lorsque l'on arrivait vers la 110e Rue, à des résidents d'origines plus variées, notamment hispanique et chinoise. Ce changement se reflétait dans les commerces. Rose passait devant de nombreuses bodegas dont les menus étaient affichés entièrement en espagnol, et des magasins proposant des spécialités asiatiques. Elle remarqua que la chaussée était moins bien entretenue. Les parkings et les terrains de basket étaient entourés de hauts grillages.

Cependant, quand elle eut traversé la 110e Rue, tout cela se métamorphosa. Les trottoirs étaient de nouveau propres et les bâtiments rénovés récemment. Elle observa que quantité de plaques à l'entrée des immeubles indiquaient qu'ils abritaient des services liés à Columbia. Elle était donc arrivée dans ce qui constituait le campus de la prestigieuse institution.

Elle avait lu que l'université avait énormément contribué à l'assainissement de la partie ouest d'Harlem, en achetant des bâtiments qui tombaient en ruine et en les restaurant pour en faire des espaces administratifs ou des dortoirs pour ses étudiants. Bien sûr, cette extension de l'université avait aussi ses détracteurs, car certains habitants se voyaient forcés de quitter leur quartier lorsque les loyers devenaient trop élevés pour eux. Il n'en restait pas moins que l'endroit respirait maintenant une aisance et une tranquillité favorisant l'excellence académique. Tout semblait fait pour que les étudiants, triés sur le volet, puissent accomplir au mieux leurs travaux.

Rose arriva devant le Hungarian Pastry Shop. Avant d'entrer, elle admira, en face sur l'avenue, l'imposante cathédrale néogothique Saint-John The Divine. Elle sourit en pensant à la Christ Church d'Oxford, où elle avait étudié, construite au XVIe siècle. Le désir des universités américaines de se mesurer à leurs consœurs européennes allait jusqu'à leurs monuments.

Elle poussa la porte. Le café était presque plein, ses petites tables accueillant chacune trois ou quatre jeunes qui discutaient ou travaillaient en engloutissant des pâtisseries. Rose regarda autour d'elle et aperçut une fille aux cheveux noirs, courts et ondulés. Elle avait des yeux noisette qu'agrandissaient des lunettes rondes, qui lui donnaient un air très intello. Rose se souvint alors de l'avoir déjà vue dans les couloirs du poste de police et se dirigea vers elle, main tendue.

– Leyla ? Je suis Rose.

– Oui, je vous ai reconnue, acquiesça Leyla en portant son attention sur la crinière rousse de Rose.

– Je sais, avec ça, je ne passe pas inaperçue, accorda Rose. Leyla sourit, tout en paraissant encore rester sur ses gardes. Un silence gêné tomba, jusqu'à ce que Rose rompe la glace.

– Vous reprendrez un café ? s'enquit-elle en montrant la tasse vide devant Leyla. Cette dernière la remercia mais refusa. Elle semblait attendre que Rose continue.

– Je ne suis pas là pour vous interroger, ajouta-t-elle devant l'embarras de Leyla. Je ne conduis pas d'enquête, enfin pas officiellement. En fait, je vous ai contactée parce que, comme je vous l'ai dit au téléphone, j'ai aperçu quelque chose de curieux dans Central Park dans la nuit du 24 au 25 avril.

Rose but une gorgée du cappuccino que venait de lui apporter la serveuse avant de poursuivre. Leyla conservait son expression réservée.

– C'était vers les 4 h du matin, ajouta Rose. J'ai vu deux personnes en emmener une troisième dans le parc. Je n'ai d'abord pas pensé à mal, mais ensuite je suis tombée sur l'article du *New York Times*. Quand je suis allée témoigner, l'inspecteur Bernstein m'a parlé de vous.

– D'accord, je ne suis pas une suspecte, alors ? souffla Leyla.

– Non, pas du tout. Je ne crois pas que cela ait traversé l'esprit de Bernstein, et vous pouvez être sûre que cela n'a jamais effleuré le mien ! affirma gentiment Rose. Bernstein m'a dit que vous pensiez que l'homme retrouvé dans le parc est le professeur Wú, pourquoi ?

Leyla joua quelques instants avec sa tasse vide, comme si elle réfléchissait à la façon de formuler la réponse.

– Je n'en suis pas certaine, hésita-t-elle. Comme il a disparu, qu'il n'est revenu ni à la fac ni à son appartement, et qu'une personne correspondant à son signalement a été découverte, j'ai eu un mauvais pressentiment.

– Je comprends. Que pouvez-vous me dire sur ce professeur ? Vous le connaissez depuis longtemps ?

– Depuis six mois environ. Je rédige une thèse sur la situation des minorités musulmanes turcophones en Chine. Les Ouïghours, vous savez. Ils sont placés dans des camps d'internement.

En parlant de ses travaux, Leyla s'anima soudain. Elle fit signe à la serveuse d'apporter une assiette de petits gâteaux secs qu'elle offrit à Rose avant de continuer.

– Comme il est lui-même d'origine chinoise et spécialiste des droits de l'homme, je me suis adressée à lui dans le cadre de mes recherches. D'abord, le contact n'a pas été facile car il était très introverti, mais nous avons beaucoup travaillé ensemble et j'ai appris ainsi à l'apprécier. Il avait manifesté à Tian'anmen quand il avait vingt ans et avait été interné dans des camps. Quand il a été libéré, il a demandé l'asile politique aux États-Unis et a obtenu une bourse pour étudier à Columbia. De fil en aiguille, il est devenu professeur et y enseigne.

– Mais ce n'était pas votre directeur de thèse ?

– Non, pas du tout. Il ne faisait que partager avec moi des informations.

– Et quand l'avez-vous vu la dernière fois ?

– La semaine passée. J'étais allée lui montrer où j'en étais dans mes recherches. J'ai réuni de nombreux documents, il me manque cependant encore des témoignages. Il a dit qu'il pouvait en trouver, il connaissait un imam d'origine ouïghoure à Washington.

– Les États-Unis sont une terre d'asile, il doit y avoir beaucoup d'Ouïghours exilés ici, non ?

Le visage de Leyla se fendit d'un sourire triste.

– Obtenir le statut de réfugié politique n'est pas aisé pour les musulmans. Il y a des Ouïghours, mais peu, et je me suis aperçue qu'il n'était pas facile de les contacter. Outre leur religion peu appréciée ici, les États-Unis ont l'habitude de leur interdire le territoire pour ne pas mettre à mal leurs relations avec la Chine. Et la xénophobie de l'administration actuelle n'arrange rien. Du coup, les seuls qui se trouvent sur le sol américain sont généralement en situation illégale, et se cachent.

– Vous savez s'il a pu contacter cet imam ?

– Oui, il m'a dit qu'il allait lui rendre visite.

– Il vous avait communiqué son nom ?

Leyla secoua énergiquement la tête tout en croquant dans un biscuit.

– Non ! Il m'avait répondu qu'il préférait ne pas le divulguer, pour sa sécurité.

– Et l'entretien a eu lieu ?

– Je crois, oui. Il devait le rencontrer en milieu de semaine dernière. Comme j'ai été très occupée, je ne m'en suis pas souciée car je savais que j'allais le voir lundi. Nous avions rendez-vous. Je ne l'ai pas trouvé dans son bureau. J'ai essayé de le contacter plusieurs fois, sans obtenir de résultat. Ensuite, je suis passée chez lui. Le portier m'a expliqué qu'il était sorti dimanche soir et n'était pas revenu.

– Où habite le professeur ?

– Pas loin d'ici, au 370 Riverside Drive, où logent beaucoup de membres du corps professoral de Columbia.

Rose nota mentalement l'adresse.

– Voilà, je vous ai dit tout ce que je savais. Qu'est-ce que vous allez faire maintenant ? l'interrogea Leyla en la dévisageant intensément.

– J'ai demandé à l'inspecteur Bernstein l'autorisation d'aller voir le cadavre à la morgue. Voulez-vous m'accompagner ? s'enquit Rose.

– J'ai déjà répondu à l'inspecteur que je préférais ne pas faire cela, rétorqua immédiatement Leyla en se reculant sur sa chaise et en croisant ses bras devant elle.

Rose remarqua le geste de repli mais s'efforça de faire changer d'avis la jeune femme.

– Nous pourrions y aller toutes les deux ? C'est très important pour la suite de l'enquête.

Leyla dévisagea un instant Rose de ses grands yeux noirs, puis risqua dans un souffle :

– Si vous m'y accompagnez, alors je peux essayer.

– Apparemment le corps est conservé dans les locaux de l'École de Médecine légale. Vous savez où c'est ?

– Oui, c'est dans la 175e Rue.

Rose regarda sa montre.

– Zut, avec votre cours à 18 h nous n'avons pas le temps d'y aller maintenant. Êtes-vous libre plus tard ?

– Oui, je n'ai rien prévu pour la soirée.

– Alors je vous propose que nous nous retrouvions là-bas à 20 h.

– C'est d'accord, accepta Leyla en posant vingt dollars sur la table.

– C'est bon, je vous invite, dit Rose en lui tendant son billet.

– Non, ce n'est pas la peine, répondit Leyla en se levant. Elle serra la main de Rose et partit rapidement. Rose la suivit du regard, un peu étonnée. Quand elle était étudiante, elle n'aurait jamais refusé qu'on lui offre quelque chose.

* * *

Délaissant deux secondes sa canette de Coca, François regarda par la fenêtre. Le bâtiment dans lequel il se trouvait surplombait les immeubles avoisinants et offrait une vue imprenable sur le Brooklyn Bridge. François était fasciné par le flux incessant de voitures qui traversaient le pont à toute heure. Cette ville semblait ne jamais s'arrêter.

«On recommence?»

Patrick se tenait derrière lui, arborant un sourire goguenard. Il ne l'avait pas entendu arriver. Il trouvait toujours ces pauses trop courtes, ou les sessions trop longues. Il avait l'impression que Patrick prenait un malin plaisir à le harceler de questions plus désagréables les unes que les autres. Son amour propre était mis à mal par un beau mec aux yeux azur auxquels Rose n'était à l'évidence pas insensible. Quelle poisse de tomber sur lui alors qu'il comptait sur ce voyage pour reconquérir le cœur de la fringante Écossaise!

Il but une lampée de soda – la dernière, de toute façon le liquide gazeux perdait tout intérêt lorsqu'il était tiède – et revint s'asseoir sur la chaise en face de Patrick. Pour une mise en situation, il avait été placé au milieu de la pièce.

Pendant une bonne minute, Patrick ne prononça aucun mot, relisant ses notes sans même le regarder. Énervé, François consulta sa montre et se racla la gorge. Finalement, Patrick prit la parole avec un air détaché.

– Monsieur Gaudard, est-ce que vous êtes détenteur d'une voiture?

– À Monaco, oui.
– Quelle marque de voiture ?
– Une Peugeot.
– Vous avez besoin d'un permis pour la conduire ?

François toisa Patrick d'un air mauvais. Il pensait quoi, qu'il s'agissait d'une trottinette ? Ces Américains ne connaissaient que leurs Chevrolet et leurs Dodge.

– Ma Peugeot fait près de 350 chevaux. Donc oui, j'ai besoin d'un permis.

– Je vois. Et est-ce que ce permis vous permet de conduire aussi une moto ?
– Ça dépend de la cylindrée.
– Une grosse motorisation.
– Sans avoir pris des cours de moto, non.
– Et vous en avez pris ?
– Maintenant, oui.

Patrick répéta l'explication de François d'un air faussement dubitatif.

– Maintenant, oui. Et avant votre dernier séjour en Floride, vous aviez pris des cours ?
– Non.
– Mais vous avez conduit une moto là-bas, est-ce bien correct ?

François hocha la tête de haut en bas et Patrick lui fit remarquer qu'il fallait qu'il réponde verbalement à toutes les questions afin que la sténographe puisse rédiger son rapport. Puis, il continua.

– La moto était une grosse cylindrée, non ?
– Oui.
– Vous auriez donc dû prendre des cours avant de la conduire ?

– Ça dépend.

– Ça dépend de quoi ?

En principe, en *cross-examination*, l'examinateur ne devait pas poser de questions permettant au témoin d'expliquer sa pensée, seulement Patrick voyait bien que François s'enfonçait. Comme ils étaient en séance d'entraînement, il s'autorisait des sujets ouverts afin de le laisser s'embourber un peu plus.

François tomba dans le panneau. Il poussa un gros soupir. Ces Américains, avec leurs questions stupides, il fallait tout leur expliquer. Il répliqua, agacé :

– Ça dépend de sa propre maîtrise du véhicule.

Patrick s'engouffra immédiatement dans la brèche.

– Ah, de votre propre maîtrise. Les conditions légales ne s'appliquent donc pas à vous, c'est bien cela ?

– Ce n'est pas ce que je voulais dire.

L'interrompant, Patrick enchaîna :

– Vous pensiez ainsi que, vous jugeant apte, vous pouviez conduire sans permis aux États-Unis, c'est correct ?

François ne broncha pas. Patrick insista, cinglant.

– Veuillez répondre à ma question.

– Oui.

– Alors que vous venez d'affirmer, on est bien d'accord qu'en France vous n'étiez pas autorisé à conduire une grosse cylindrée ?

– Oui.

– Et qu'est-ce qui vous autorisait à supposer que c'était différent ici ?

– Parce qu'on me l'avait dit.

– On vous l’avait dit, fit Patrick en prenant un air pensif. Mais vous n’avez pas fait de recherche pour confirmer cela, non ?

– Non.

– Pourquoi ?

– Parce que je n’en avais pas le temps.

– Vous n’aviez pas le temps parce que vous étiez en train de traquer des criminels, c’est bien cela ?

– C’est cela, absolument.

– Aviez-vous l’autorisation de les poursuivre ?

– J’avais obtenu une accréditation.

– Monsieur Gaudard, je vous présente un document. Il s’agit bien de votre accréditation auprès de la police de Miami ?

François saisit le document et le regarda. C’était bien le permis d’enquêter qu’il avait obtenu lorsqu’il était venu en Floride après que Rose avait été la victime d’une attaque par les membres d’un cartel colombien.

– Oui.

– Pouvez-vous me lire le titre de cette accréditation ?

– Accréditation d’assistance de la police de Miami.

– Et pouvez-vous me dire où vous voyez que vous étiez autorisé à poursuivre un criminel ? Prenez votre temps pour relire le document, monsieur Gaudard.

François s’exécuta avec l’aide de l’interprète. Il n’en était pas à la moitié, que Patrick l’interrompait de nouveau.

– Cela ne sert à rien de continuer, monsieur Gaudard. Vous ne trouverez rien. Vous étiez uniquement autorisé à assister la police, pas à vous lancer sur la piste de délinquants, qui plus est à moto sans avoir le permis. Vous avez agi en toute illégalité. Vous pensez pouvoir venir aux États-Unis et faire comme bon vous semble, monsieur Gaudard ?

François ne répondit rien. À ce stade, sa colère était à son comble. Il se retenait de mettre son poing dans le beau visage de Patrick. Il détestait ces méthodes d'interrogation. Patrick se leva et annonça, comme s'il se parlait à lui-même :

– Bon. Il vaut mieux arrêter l'exercice. Puis se dirigeant vers François :

– On va discuter un peu de vos réponses. Cela me semble assez nécessaire.

François maugréa. Maintenant il allait avoir droit aux remarques paternalistes de Patrick !

– Comme vous avez pu le constater, reprit ce dernier, j'ai réussi à vous énerver, puis à vous déstabiliser et à démontrer que vous aviez outrepassé vos compétences. Vous mentiez et cela se voyait. Ça m'a permis de m'appuyer sur ce mensonge pour établir que vous avez violé les autorisations qui vous avaient été conférées par ce pays. Il faut éviter cela à tout prix.

– Soit, mais qu'est-ce que cela peut faire ? C'est le procès de membres d'un cartel de drogue, pas le mien.

– Bien sûr, mais un jury américain réagit mal face à un témoin qui ment, monsieur Gaudard. Après avoir insinué que vous avez pris des libertés, les avocats de la défense auront ensuite beau jeu d'instiller le doute dans l'esprit des jurés quant au sérieux de votre conduite de l'enquête. Ils pourraient même essayer d'argumenter que l'arrestation était illégale, ce qui annulerait toute la procédure. S'ils y parviennent, Giolli devra être relâché.

François se leva en bougonnant. Il se sentait incompétent et ridiculisé. Décidément, il n'aimait pas leurs méthodes.

– Je peux y aller maintenant? demanda-t-il. Je suis fatigué.

– Oui, c'est assez pour aujourd'hui, prononça Patrick sur un ton condescendant. Nous reprendrons demain.

Les deux hommes se serrèrent la main sans échanger un sourire.

Chapitre 4

29 avril

Washington, D.C.

John Maculoso entreprit de feuilleter le *New York Times* que son assistante avait déposé sur son bureau. Toute la médiocrité du monde y était étalée, page après page. Il survola les articles consacrés au sport qui ne l'intéressaient guère, pour se concentrer sur la partie dédiée à New York. Originaire des quartiers pauvres de la grande ville, élevé par une mère célibataire dans les *projects* du *South Bronx*, Maculoso gardait une vive curiosité pour tout ce qui se passait dans la Grosse Pomme. Le maire était critiqué, le journal dénonçait la corruption des adjudicateurs de marchés publics. Jusque-là, rien de nouveau. Soudain, Maculoso s'arrêta. Le cadavre de Central Park avait été identifié. Il s'agissait du professeur Liang Wú. Wú ! Cet emmerdeur qui, non content de s'être vu offrir l'asile, avait mis à mal les relations entre son pays d'accueil et ses racines en organisant des manifestations contre le gouvernement chinois sur le sol américain ! Maculoso aurait pu féliciter ceux qui avaient commis cet assassinat. Son visage dur se fendit d'un rictus en regardant le dôme du Congrès à travers la fenêtre de son bureau.

Manhattan, N.Y.

Leyla avait beau fixer l'écran, elle ne parvenait pas à écrire un mot. Les images qu'elle avait vues le soir précédent la hantaient, car c'était bien la dépouille de Liang Wú qui était à la morgue de la faculté de médecine de Columbia. L'homme élégant et raffiné était devenu méconnaissable. Un cadavre tuméfié et mutilé. Le médecin légiste avait précisé qu'il n'était pas certain que l'attaque ait eu un caractère sexuel. Il fallait attendre les résultats de tests plus poussés.

Elle en avait discuté avec l'inspectrice de Scotland Yard, Rose McGawn, alors qu'elles quittaient la morgue. Leyla lui avait fait part de sa surprise quant à la perversité de l'agression. Elle ne considérait pas le professeur Wú comme un proche, mais il leur était arrivé d'aller boire des verres après des séances de travail, et elle pensait le connaître un peu. En tout cas, il ne lui avait jamais paru être un homme à histoires. Au contraire, il semblait plutôt timide. Au registre des sentiments, il n'avait jamais mentionné de petite amie, et elle doutait qu'il en ait eu une. Leyla s'était parfois même demandé s'il était homosexuel.

La violence de l'attaque la choquait et l'effrayait aussi. Si elle ne savait pas pourquoi il avait été tué, elle ne pouvait néanmoins exclure que ce soit en relation avec ses propres recherches. Elle avait fait part de ses craintes à Rose, qui lui avait promis d'en parler à l'inspecteur Bernstein quand elle discuterait avec lui de l'identification du cadavre. Pendant ce temps, Rose lui avait conseillé de ne sortir que de jour, de ne pas répondre si on sonnait à sa porte, et de n'emprunter que des rues très fréquentées pour se rendre à l'université.

Leyla frissonna. Dans quel pétrin sa soif de justice l'avait-elle mise ? En tant que musulmane, elle avait toujours considéré comme importante la cause des fidèles de cette confession. Pour sa part, elle n'avait jamais souffert de discrimination, même si elle s'était souvent sentie différente des personnes appartenant à son milieu social. C'était pour cela qu'elle avait choisi le journalisme. Cette profession lui permettait d'assouvir sa passion pour l'écriture tout en lui offrant la possibilité de soulever des problèmes qui lui tenaient à cœur.

Leyla caressa la tête de son chat. Confiant, le bel animal se mit à ronronner. La jeune femme se redressa. Il fallait qu'elle vainque sa peur et sa timidité pour servir son idéal d'un monde meilleur. Elle sentait que son amitié naissante avec Rose McGawn, cette sympathique policière anglaise, allait l'y aider.

* * *

Rose n'en croyait pas ses yeux. Le *New York Times* avait déjà publié le nom de Wú. Comment étaient-ils au courant ? Serait-ce Leyla ? Elle ne pouvait pas en être sûre, mais son instinct lui disait que ce n'était pas le cas. La jeune femme avait été bouleversée après leur visite à la morgue. Pour la réconforter, Rose l'avait invitée à prendre un verre. D'abord timide, Leyla avait commencé à s'ouvrir à elle et lui avait raconté qu'elle était libano-turque par sa mère et américaine par son père. Bien qu'ayant grandi aux États-Unis, elle était souvent allée au Liban et en Turquie pour rendre visite à ses oncles et tantes. Elle avait passé son enfance à Los Angeles. Quand ses parents avaient divorcé, son père avait déménagé sur la côte Est. Après le décès de sa mère, elle était venue l'y rejoindre pour étudier à l'école de journalisme de Columbia, une des plus réputées du pays.

Rose appréciait la jeune femme, en laquelle elle percevait une fracture qui lui rappelait un peu la sienne. Parents divorcés, éloignement. Elle comprenait mieux que Leyla ne fasse pas immédiatement confiance aux personnes qu'elle rencontrait pour la première fois. Elle la voyait mal contacter le *Times* juste après avoir reconnu Wú.

Ses soupçons se portaient plutôt sur Bernstein et son équipe. Le vieil inspecteur lui paraissait fort paresseux, et les policiers de ce poste semblaient livrés à eux-mêmes. Le soir précédent, lorsqu'elle y était passée, il n'y avait plus qu'un officier et une secrétaire. Elle avait laissé un mot sur le bureau de Bernstein, lui confirmant l'identité du cadavre. Elle s'en voulait maintenant. Elle devrait dorénavant être plus vigilante et fournir les informations au compte-goutte.

* * *

Tang alluma son ordinateur et se mit à chercher dans la banque de données du FBI des informations sur le professeur Wù. Il ne tarda pas à en trouver. Ancien dissident, Liang Wú était arrivé en 1997, huit ans après avoir été mis en détention pour avoir pris part aux manifestations sur la place Tian'anmen. À l'époque, il était étudiant en droit à l'université de Pékin. À la suite de son arrestation, il avait été envoyé dans un camp de travail, dont une organisation non gouvernementale avait réussi à le faire sortir en 1996. Cette même organisation avait obtenu pour lui l'asile et avait trouvé une bourse pour qu'il intègre la prestigieuse institution Columbia, où il avait excellé. Ses études achevées, il avait travaillé quelques mois aux Nations unies, puis avait décidé d'écrire une thèse sur la situation des droits de l'homme en Chine. Fort de son doctorat, il avait commencé à enseigner, d'abord à l'université de Pepperdine en Californie, puis il avait été nommé à la chaire des droits de l'homme de Columbia, qu'il occupait depuis.

Le professeur Wú semblait mener une existence tranquille. Il partageait son temps entre l'université et son appartement, s'offrant de temps à autre un petit passage à Chinatown pour une partie de mah-jong. On ne lui connaissait ni compagne ni compagnon. Il apparaissait que sa présence politique avait pris plus d'importance ces derniers temps. Il prenait souvent position contre le gouvernement chinois et commençait à devenir une figure emblématique de l'opposition au régime, organisant régulièrement des manifestations devant le consulat de Chine à New York.

Cela ne devait pas beaucoup plaire aux Chinois, remarqua Tang.

Il entama la lecture de la copie des documents que lui avait fournie l'inspecteur Bernstein. On l'avait prévenu qu'il était proche de la retraite et pas très motivé à faire du zèle. C'était le moins que l'on puisse dire ! Le dossier contenait quelques photos du cadavre, le CV du professeur Wú imprimé depuis le site de Columbia, et les papiers de demande d'asile. La seule chose intéressante était la mention de témoins, deux femmes, dont l'une travaillait avec la victime et l'autre pensait l'avoir aperçu dans ses dernières minutes. Cette dernière était inspectrice à Scotland Yard, un fait qui n'avait pas échappé à Bernstein, lequel semblait très heureux de la laisser poursuivre les investigations en solitaire. Il fallait qu'il la contacte pour lui dire que le FBI était en charge de l'affaire.

Washington, D.C.

Exaspéré, l'ambassadeur Al-Bashir se laissa tomber dans son fauteuil. Ce n'était pas possible, cela ne pouvait pas lui arriver, à lui ! Pourquoi se retrouvait-il impliqué dans cette affaire de faveurs entre son pays, les États-Unis et la Turquie, qui concernait par-dessus le marché un imam chinois ? Les gardes du corps affectés à la protection de ce dernier venaient de l'appeler. L'imam était paniqué parce qu'il avait appris la mort de Wú. D'abord, les gardes avaient cru comprendre que le chef religieux était triste de la perte d'un ami, mais ensuite, malgré l'anglais plus qu'approximatif du Chinois, ils s'étaient rendu compte qu'il s'agissait d'autre chose. Tursun avait remis quelque chose de très précieux à Wú et il était dans tous ses états à l'idée que cet objet avait vraisemblablement disparu. Les hommes de sécurité ne savaient pas de quoi il retournait ; en tout cas, cela semblait avoir une importance cruciale pour l'imam.

Al-Bashir tira à lui la boîte de loukoums, puis l'écarta. Il en était arrivé à un tel point de frustration que ces ennuis lui coupaient l'appétit, alors qu'en règle générale, face à l'adversité, il se ruait sur la nourriture.

Il poussa un soupir et composa le numéro du directeur de cabinet du Président. Ce dernier décrocha à la deuxième sonnerie.

– Monsieur Al-Bashir, quel plaisir de vous entendre ! J'ai appris que vous aviez fourni à l'imam Tursun des gardes du corps, c'est très bien.

– Merci, dit Al-Bashir, surpris que Maculoso soit déjà au courant. Tout compte fait, s'il y avait une personne qui devait savoir tout ce qui se passait à Washington, c'était bien cet homme. Oui, ce fut difficile, continua-t-il en espérant recueillir plus de louanges, mais c'est réglé.

L'autre resta muet.

– En revanche, reprit Al-Bashir après un court silence, on m'a transmis que Tursun est très stressé. Il semble qu'il connaissait ce professeur qui a été assassiné à New York, Hiu, je crois qu'il s'appelle.

– Wú, le corrigea Maculoso. Qu'ont-ils à voir ensemble ?

Al-Bashir déballa tout d'un seul coup :

– Il paraît que Wú lui a rendu visite peu de temps avant sa mort. Tursun lui avait remis quelque chose et maintenant il craint que ça ait disparu.

– Quoi ?

– Quoi, quoi ? demanda Al-Bashir qui commençait à perdre les pédales. Maculoso laissa échapper un soupir énervé.

– Vous avez dit « quelque chose ». C'est quoi, ce quelque chose ?

– Je n'en sais rien. Ce sont ses gardes du corps qui m'en ont informé, je n'en ai pas discuté directement avec lui.

Al-Bashir entendit un juron étouffé, puis Maculoso parla d'un ton menaçant.

– Vous avez jusqu'à demain pour trouver de quoi il s'agit.

Maculoso raccrocha. Al-Bashir reposa le combiné, oscillant entre paniquer ou pester contre ces malotrus d'Américains.

Manhattan, N.Y.

Lorsque Rose et François entrèrent dans la pièce, Patrick s'approcha de Rose et lui glissa à l'oreille : « Je peux vous voir deux minutes, seule ? »

Rose le regarda avec surprise et acquiesça d'un signe de tête. Tandis que François, l'air résigné devant l'offre minable de boissons, se servait un thé, Rose et Patrick sortirent dans le couloir.

– La préparation avec François ne se passe pas bien, dit Patrick.

– Pourquoi ?

– Il est trop, comment dirais-je, récalcitrant. Il n'aime pas nos méthodes d'interrogatoire et ne se prête pas au jeu. J'ai essayé de lui faire comprendre qu'il n'avait pas le choix, mais il s'entête à répondre par de longues phrases et à avoir une attitude défensive, ce qui va donner aux avocats de la défense tout le loisir de le décrédibiliser. Ensuite, quand je lui prodigue des conseils, il trouve que je suis trop paternaliste.

Les yeux bleus de Patrick reflétaient son malaise. Très orgueilleux, il détestait qu'un de ses témoins se fasse démonter par l'avocat de la partie adverse.

– Ça ne m'étonne pas, soupira Rose. Il est aussi obtus que têtu. Je vais essayer de lui parler après notre réunion.

Quand Rose retourna dans la pièce suivie de Patrick, François la regarda d'un air furibond puis lui glissa à l'oreille.

– C'est quoi, ces messes basses avec Patrick ? Je peux être tenu au courant ?

Rose le toisa d'un air ennuyé.

– Nous en discuterons plus tard, lui lança-t-elle. Maintenant, il faut que nous nous concentrions sur le début du procès.

Au même moment, Patrick les invitait à prendre place autour d'une grande table.

– Comme vous le savez, les audiences vont commencer la semaine prochaine. Les premiers jours seront consacrés aux plaidoiries initiales et vous concerneront donc peu car en tant que témoins, vous n'aurez pas le droit d'y assister. Si tout va bien, vous serez appelés à témoigner en fin de semaine.

Il marqua un silence, regardant tour à tour Rose et François avant de continuer.

– Ce procès va attirer beaucoup d'attention médiatique. Je ne peux pas vous interdire d'en parler, je vous recommande cependant la plus grande prudence. N'en faites pas mention lorsque vous êtes dans des lieux publics, ou même dans les taxis. Souvenez-vous que les murs ont des oreilles. Vous risquez aussi de vous voir interpellés par des journalistes. Pour eux, vous ne savez rien.

– Vous semblez oublier que nous sommes policiers, rétorqua brusquement François.

– On n'est jamais assez prudent, siffla Patrick, cassant. Et vous en particulier, monsieur Gaudard, n'êtes pas familier des procédures américaines. Il faut, par conséquent, que vous soyez très vigilant.

– Nous comprenons, accorda Rose obligeamment.

– C'est tout pour aujourd'hui, fit Patrick en se tournant vers elle pour lui adresser un sourire, je vous laisse rentrer chez vous.

Dès qu'ils furent sortis du bâtiment, François laissa libre cours à sa mauvaise humeur.

– Ce mec se prend pour un cador avec sa procédure américaine à la noix ! Il croit quoi, qu'on en est encore à l'âge de pierre en Europe ? Et je ne supporte plus son air condescendant et ses questions interminables.

– Attends, c'est son boulot ! Les Américains attribuent beaucoup plus d'importance à la parole que les

Européens ! Chez nous, tout ce qui n'est pas écrit n'a pas de valeur. Chez eux, c'est différent.

– Ne me fais pas un cours ! Et puis, cela ne lui donne pas le droit d'être hautain. De toute façon, qu'est-ce que vous alliez faire lorsque vous êtes sortis de la pièce ?

– Ah, c'est pour ça que tu es d'une pareille humeur ? Et bien justement, il voulait me parler de toi. Il m'a laissé entendre que tu as un problème d'attitude et que du coup ton témoignage prête le flanc à la critique.

– Je me fais attaquer, il faut bien que je rétorque, non ?

– Mais François, répliqua Rose en levant les bras au ciel, Patrick ne le fait pas pour te provoquer ! Au contraire, il veut te protéger en te préparant à répondre aux questions que vont t'asséner les avocats de la défense ! S'il ne le fait pas, à la moindre erreur, ils vont détruire ta crédibilité !

François, qui comprenait sa faute tout en n'étant pas encore prêt à admettre que Patrick avait raison, lança alors :

– J'ai un problème d'attitude ? Ce mec te drague devant moi et c'est moi qui ai un problème d'attitude ? Tu te fous de moi, j'espère !

Rose se retourna pour lui faire face, et croisant les bras sur sa poitrine :

– Alors là, c'est le pompon ! D'abord, Patrick ne me drague pas, et en plus, même si c'était le cas, quel est le problème ? Je te rappelle qu'on n'est plus ensemble ! Je te remercie de remballer ta jalousie mal placée !

L'expression de François changea du tout au tout. De fâché, il eut l'air profondément blessé. Il dépassa

Rose et s'engouffra dans la bouche de métro qui se trouvait devant lui.

Rose, perplexe, le regarda disparaître sous terre. Elle hésita à le suivre, puis haussa les épaules, héla un taxi et sauta dedans. Alors que le véhicule filait à grande vitesse sur l'avenue, Rose réfléchit à ce que François venait de lui dire. Était-il vrai que Patrick la draguait ou était-ce uniquement la jalousie de François qui parlait ?

Dès qu'il arriva devant les tourniquets, François se rappela qu'il n'avait encore jamais pris le métro new-yorkais seul. Jusqu'à présent, il avait toujours suivi Rose sans se préoccuper de la ligne qu'il empruntait. Qu'importe ! Il parviendrait à se souvenir du trajet. Ils avaient pris la ligne verte jusqu'à Fulton Street, puis la rouge pour remonter vers l'Upper West Side. C'était facile !

Entendant une rame approcher, il dévala les escaliers jusqu'au quai, sauta dans un wagon et s'y assit. À l'arrêt suivant, il remarqua qu'il n'était pas à Fulton mais à Canal Street. Une rapide consultation du plan de métro lui indiqua qu'il s'était trompé de ligne. Qu'à cela ne tienne, celle qu'il avait prise montait en direction de l'Upper East Side. Il pourrait aisément sortir à la 96e Rue et traverser le parc en bus. Il décida donc de rester dans le même train. Arrivé à la 14e Rue, celui-ci se mit à accélérer et à sauter des arrêts, sans que François s'en soucie plus que ça. Il avait emporté une copie du journal *The Onion* et se plaisait à s'informer des ragots new-yorkais. Plongé dans sa lecture, il ne s'aperçut pas que le métro ne s'arrêtait pas entre la 96e Rue et la 125e Rue. Il ne leva la tête que lorsque la rame sortait de terre et passait sur un pont. Il vit alors que le prochain arrêt serait la 149e Rue. Au beau milieu du Bronx.

Il regarda autour de lui. Il était maintenant le seul Blanc dans tout le wagon. Même s'il n'était pas raciste, il eut le sentiment incongru et inconnu d'appartenir à une minorité.

Arrivé à la station, il sortit. La gare était en mauvais état et de nombreux sans-logis dormaient sur les bancs au centre des quais. François émit l'hypothèse que c'était donc là que New York cachait ses sans-abris, malvenus sur les avenues luxueuses de Manhattan.

Il regarda le plan, bien décidé à revenir dans l'autre sens. Cependant, quand il tenta de retrouver le quai de la ligne qui retournait à Manhattan, ce dernier était fermé pour cause de travaux. Les passagers étaient emmenés en bus pour récupérer la ligne rouge de l'autre côté du Bronx mais François ne voyait pas où il devait aller prendre ce fichu bus. Il s'approcha d'une employée de la MTA, dont l'uniforme peu seyant donnait l'impression qu'il appartenait à l'un de ses collègues masculins, et lui demanda dans un anglais approximatif où était le bus. Elle lui répondit avec un accent tellement prononcé qu'il ne saisit rien. Un homme âgé s'approcha de lui, voulut savoir s'il était français, et sans attendre de réponse il se mit à lui parler en créole. François put seulement comprendre qu'il était haïtien et qu'il l'invitait à le suivre. De guerre lasse, François obtempéra. Il monta et descendit une pléthore d'escaliers aux côtés du vieux qui caquetait sans répit, et ils arrivèrent au départ du transfert pour la ligne rouge.

François s'assit dans un véhicule hors d'âge, qui puait l'essence. Ils se mirent à zigzaguer entre des bâtiments dont certains étaient prêts à tomber en ruine. Les commerces semblaient abandonnés, les rideaux de fer étaient tirés et les noms des entreprises à moitié effacés. La chaussée n'avait plus été goudronnée depuis des lustres. Il ne restait qu'une carcasse des voitures qui avaient eu le malheur d'être laissées dans la rue. Quelques camionnettes encore en état de circuler étaient protégées par de hauts grillages. François eut l'impression d'être en zone de conflit. Puis le bus traversa une avenue et arriva dans un quartier d'immeubles en brique rouge. Les bâtiments, des tours lugubres, étaient bordés de quelques bandes de gazon jauni jonchées de détritus, les fenêtres basses murées ou dotées de barreaux. Des jeunes gens en tenue « ghetto », jeans trop larges qui leur tombaient sur les hanches, t-shirts taille XXL et casquette portée avec la visière sur l'arrière, traînaient sans but apparent.

Finalement, le bus arriva près de la station de métro, où il déversa son lot de passagers. François les suivit, en prenant garde de choisir une ligne qui stoppait à tous les arrêts, et une demi-heure plus tard il sortait à l'intersection de la 96e et Broadway, avec le sentiment de revenir à la civilisation.

Chapitre 5

3 mai

Manhattan, N.Y.

– Don Tang ?

Le numéro qui s'affichait était interne à l'administration américaine, mais venait de Washington. Une voix inconnue s'adressa à lui.

– Je vous appelle concernant l'enquête sur le meurtre du professeur Wú, dit l'homme, c'est bien vous qui vous en chargez ?

Tang acquiesça. Il détestait toute forme d'ingérence du gouvernement. Toutefois, dans ce cas précis, son intuition lui disait qu'il ne fallait pas trop qu'il ramène sa fraise. L'interlocuteur au bout du fil parlait avec autorité, et ne semblait pas ouvert aux questions.

– Bien. Vous savez sans doute qu'il avait rencontré peu avant sa mort un autre dissident chinois.

Tang avala bruyamment sa salive. Il n'en avait aucune idée. Pas étonnant, avec le dossier lacunaire concocté par Bernstein. À l'évidence, il allait devoir cravacher sur cette affaire pour rattraper le retard que la police de New York avait accumulé.

Pour ne pas perdre la face, il bougonna un faible « oui ». L'autre laissa passer un silence lourd de sous-entendus, puis il poursuivit.

– Ce dissident, un imam ouïghour du nom de Tursun, nous a indiqué lui avoir remis une clef USB. Mais nous ne savons pas ce qu'elle contient.

– Ah, dit Tang, de plus en plus mal à l'aise.

– Avez-vous retrouvé quelque chose sur Wú ? Avez-vous fouillé son appartement ? continua la voix.

– Non, pas encore. Je dois réclamer une autorisation à la police locale pour cela. J'allais le faire.

– N'attendez plus.

– Et je dois chercher quoi exactement ? se risqua à demander Tang.

– Une clef USB, justement, fit l'homme, énervé. Il nous la faut rapidement. Sinon, préparez-vous à diriger la circulation à Chinatown.

Tang n'aima pas du tout cette remarque. En réaction, il fit une chose qu'il n'aurait jamais osé faire dans des circonstances différentes. À brûle-pourpoint, il s'enquit, sur un ton cassant, du nom de son interlocuteur. L'autre, surpris par tant d'insolence, lâcha tout de même avant de raccrocher : « John Maculoso ».

Tang posa le combiné, abasourdi. Que venait faire le directeur de cabinet du Président dans cette affaire ?

* * *

En s'étirant, Leyla se leva de sa table de travail. Elle avait bien bossé, toute la journée, et maintenant elle avait besoin d'une pause. Ignorant son chat qui se prélassait sur le dos, offrant son ventre aux caresses, elle attrapa son trousseau de clefs et descendit pour relever son courrier. Elle avait déjà pris et lu le *Times*, où les spéculations allaient bon train sur le meurtre de Wú. De même, les chaînes de télévision, friandes de records d'audience, enchaînaient les reportages sur le sujet. Les plus sensationnalistes émettaient des hypothèses sur le caractère sexuel du crime, en insistant sur les rencontres salaces qui avaient lieu la nuit dans le parc. Ce défoulement de propos injurieux sur Wú l'énervait profondément et la poussait à rédiger au plus vite sa thèse. L'idée d'un article de fond résumant ses recherches s'imposait de plus en plus.

Leyla ouvrit sa boîte aux lettres. Des factures, des factures et encore des factures ! Avec l'avènement des e-mails et autres messages électroniques, on ne recevait plus rien d'excitant par la poste. Au même moment, elle aperçut dans la pile une enveloppe carrée qui paraissait un peu plus épaisse que les autres. Seule son adresse était indiquée, l'expéditeur n'avait pas écrit la sienne. Sans attendre d'être remontée chez elle, Leyla l'ouvrit.

À l'intérieur, elle trouva une feuille pliée en quatre, sur laquelle quelqu'un avait collé des morceaux de texte découpés dans des journaux. Il n'y avait qu'une unique phrase, qui disait : « Si vous ne voulez pas subir le même sort que votre professeur, laissez les Ouïghours tranquilles. »

Leyla sentit ses jambes s'affaisser sous elle. Elle s'adossa au mur et regarda l'enveloppe. Pas de timbre. Celui qui l'avait déposé était donc passé en personne. Comment était-il entré ? Contrairement à beaucoup d'immeubles new-yorkais, le bâtiment n'avait pas de concierge, même s'il possédait un sas constitué de deux portes qui ne s'ouvraient qu'au moyen d'un code. De plus, comme le quartier dans lequel ils habitaient n'était pas très sûr, les résidents faisaient attention à ne pas laisser s'introduire quelqu'un qu'ils ne connaissaient pas. Leyla regarda autour d'elle et vit soudain, dans un coin du plafond, une caméra. Elle ne l'avait jamais remarquée. Fonctionnait-elle ? Et si oui, qui visionnait les images ?

Elle remonta quatre à quatre chez elle et prit une douche. Elle avait besoin de réfléchir. Une fois habillée, elle appela Rose.

* * *

– Tu étais où ?

Rose venait de rentrer pour découvrir François avachi devant la télé. De plus, il ne trouvait rien de mieux à faire que de lui demander des comptes. Le soir précédent, lorsqu'il était revenu choqué de sa balade accidentelle dans les quartiers pauvres de New York, elle avait été attendrie. Mais là, il retombait dans une méfiance lourdingue qui l'exaspérait. Elle répondit lapidairement.

– Avec Leyla.

– Quelle Leyla ?

Rose lâcha « la journaliste » sur un ton impatient et se mit à imprimer l'accréditation d'Interpol qui lui permettait de participer à une enquête sur le sol américain. François, s'apercevant de son irritation, changea son fusil d'épaule et lui demanda de manière plus conciliante ce qui arrivait à la jeune Américaine. Rose l'informa qu'elle avait reçu une lettre anonyme lui intimant d'abandonner ses recherches sur les Ouïghours si elle ne voulait pas subir le même sort que le professeur Wú.

– Merde !

– Comme tu dis.

– Bon, tu lui as donné les recommandations d'usage ? Ne pas sortir de nuit, utiliser les routes où il y a du monde, ne pas répondre à la porte ?

– Oui, bien sûr. Ça fait longtemps que je les lui ai faites. Puis, après avoir déposé son blouson de jean sur le dossier d'une chaise. Il y a également autre chose. Le bâtiment est surveillé par des caméras.

– Ah bon ? Il y a une surveillance directe ?

– Non, mais les vidéos sont conservées par la police de l'université.

– Et ? J'imagine que tu es allée les voir ?

– Oui, la qualité des images est très mauvaise. On distingue une silhouette très fine, vêtue de noir, avec une capuche sur la tête, qui met une enveloppe dans la boîte aux lettres de Leyla.

– Leyla l'a reconnue ?

– Non, mais je trouve qu'il y a une grande ressemblance avec l'une des personnes qui soutenaient Wú quand il a été emmené dans le parc, rajouta Rose. Sans attendre une réponse, elle regarda sa montre et se dirigea vers la porte de l'appartement.

– Hey ! Tu vas où maintenant ? s'écria François.

Rose lui jeta un coup d'œil excédé.

– Apporter cela à Bernstein, s'exclama Rose en brandissant l'accréditation.

– Je t'accompagne.

Rose se figea un instant, comme si elle hésitait à lui dire qu'elle voulait être seule, puis elle lui fit signe de la suivre. Une fois dehors, elle commença à marcher à grands pas pour rejoindre Broadway.

– Ralentis un peu, ronchonna François, je ne suis pas aussi en forme que toi !

– Tu n'as qu'à te mettre au jogging, siffla Rose. Puis, lui jetant un coup d'œil, elle se ravisa. Elle n'était pas correcte avec lui. Même si François avait ses limites sur le plan relationnel, il restait un homme bon, épris de justice, qui méritait son respect.

– Allez, je plaisantais, lâcha-t-elle en décélérant pour l'attendre, tout en s'assurant qu'il n'en profite pas pour lui attraper le coude. À chaque fois qu'elle lui témoignait de l'amitié, il semblait penser qu'il allait pouvoir la reconquérir, et elle voulait à tout prix éviter qu'il se fasse des idées.

Malgré le rythme dicté par la démarche nonchalante de François, qui jouissait de chaque sortie pour découvrir un peu plus la ville, ils arrivèrent bientôt devant le poste de police. Rose poussa la porte et dit à l'officier de garde qu'elle venait trouver le détective Bernstein. Alors qu'ils suivaient le policier dans le dédale de couloirs, François fut étonné de voir une femme qui devait avoir une trentaine d'années tout en étant habillée comme une vieille dame. Elle portait un chandail de couleur indéfinie et une chemise à col Claudine. Il remarqua surtout ses cheveux, coupés à mi-longueur, qui paraissaient être en nylon. Que faisait-elle dans un commissariat ? Elle n'avait pas l'air d'être à sa place. Il ne put pas l'observer plus longtemps car on les invitait déjà à entrer dans le bureau de Bernstein. Rose remit à ce dernier le formulaire et lui exposa pendant une vingtaine de minutes les progrès de l'enquête, ce que Bernstein semblait à peine écouter, jetant sans cesse des coups d'œil sur les prospectus immobiliers qui recouvraient son bureau. François et Rose sortirent en silence du poste, atterrés par le manque de réactivité du vieil inspecteur.

Miami, FL

Les pieds et les mains entravés par de grosses chaînes, l'ancien inspecteur du FBI Rick Simmons avançait péniblement, encadré par deux gardiens, le long des couloirs de la prison fédérale de Miami. Malgré les équipes de nettoyage qui passaient deux fois par jour, il y flottait une odeur d'urine, de cigarette, et de sueur.

Simmons faisait triste figure. Il aurait été difficile de reconnaître en cet homme barbu, au regard hagard, le sémillant inspecteur qui, grâce aux pots-de-vin offerts par les membres du cartel, collectionnait les voitures et les maîtresses.

Les prisonniers proférèrent des injures lorsqu'il passa devant leurs cellules, et des bras se tendirent à travers les barreaux pour tenter de l'attraper, mais il n'y prêta pas attention.

Le gardien qui ouvrait la marche s'arrêta devant une porte. L'autre jeta un coup d'œil dans la pièce et, étonné, lui demanda :

– Tu es sûr que c'est ici ?

Son supérieur lui avait enjoint de l'accompagner pour changer Simmons de place avant son transfert de Miami à New York. Cela avait un peu surpris Umberto Diaz, car Simmons était jusque-là dans la zone de haute sécurité, alors que l'endroit où ils l'amenaient maintenant était la partie réservée aux prisonniers de droit commun. De plus, il venait de s'apercevoir que la cellule devant laquelle ils se trouvaient contenait déjà un détenu.

– Absolument, répondit l'autre sans appel en introduisant sa clef dans la serrure.

Pendant ce temps, Diaz observa d'un œil soucieux celui avec lequel Simmons allait partager sa geôle. Il était couvert de tatouages. Assis sur l'un des lits, il semblait se parler à lui-même en regardant le sol. Un frisson parcourut le gardien. Il n'aurait pas aimé devoir cohabiter avec cet énergumène. Mais, se dit-il pour se donner bonne conscience, ce n'était que pour un jour au plus, et son supérieur paraissait sûr de lui. Ils poussèrent Simmons, qui n'opposa aucune résistance, dans la pièce, et verrouillèrent derrière lui.

À peine Diaz eut-il atteint le bout du couloir que des cris horribles se mirent à résonner. Apparemment, l'agitation s'échappait de la cellule où ils avaient placé Simmons. Les prisonniers des geôles voisines hurlaient comme s'ils assistaient à un combat. Diaz courut dans cette direction. Quand il arriva devant les barreaux, il ne put réprimer un mouvement de dégoût. Simmons gisait au sol dans une mare de sang, la gorge arrachée. Au-dessus de lui, comme une bête sauvage sur sa proie, se tenait son codétenu, la bouche pleine d'hémoglobine.

Chapitre 6

5 mai

Manhattan, N.Y.

« Inspecteur Bernstein, dit Rose dès que l'inspecteur eut décroché, y a-t-il moyen que j'accède à l'appartement du professeur Wú ? » Elle pressentait que la réunion avec l'autre dissident, celui dont lui avait parlé Leyla, avait eu une incidence sur le meurtre de Wú. Est-ce que le but du tueur était politique, ou y avait-il un motif second ? Qu'est-ce qui avait changé dans le quotidien bien rangé du professeur pour que l'on décide soudain d'attenter à sa vie ?

– Oui, l'équipe scientifique a fini son travail, déclara Bernstein. Il y a encore des scellés sur la porte, mais je peux appeler le portier et lui dire de vous laisser entrer.

L'immeuble dans lequel résidait Wú faisait partie de ces édifices construits avant la Seconde Guerre mondiale, qui étaient nombreux dans l'Upper West Side. Ils se ressemblaient tous, hauts d'une dizaine d'étages environ, avec de petites fenêtres au milieu d'une façade grège. Les appartements, spacieux et bien isolés, étaient convoités. L'université Columbia, qui possédait plusieurs de ces bâtisses le long de Riverside Drive, y logeait certains de ses enseignants.

Rose poussa la porte de verre doublée d'une grille en fer forgé et se retrouva dans un foyer de marbre gris similaire à celui de l'immeuble dans lequel elle habitait. Elle se présenta au portier et souhaita être conduite dans le logement du professeur Wú. Le vieil homme, qui devait bien avoir dépassé l'âge de la retraite, se mit à lui faire la conversation pendant qu'ils attendaient l'ascenseur. Il lui confirma ce qu'avait affirmé Leyla, que le professeur Wú menait une existence très tranquille, qu'il sortait rarement, et qu'il ne l'avait jamais vu inviter qui que ce soit, homme ou femme, dans son appartement. Il le disait très poli et réservé. Il remarqua qu'il allait le regretter, concluant que le Wú donnait toujours de très bonnes étrennes à Noël. Rose ne douta pas un instant de la sincérité de cette dernière affirmation.

Arrivée devant l'entrée barrée par des rubans de police jaunes, Rose les écarta, et le portier ouvrit. Rose le remercia et resta seule dans l'appartement.

L'endroit, chichement meublé, avait tout de la tanière d'un célibataire endurci. Il comportait une cuisine ouverte sur le salon, dans lequel trônait une énorme télévision en face d'un canapé défraîchi et d'une table basse couverte de papiers. Rose se demanda pourquoi les policiers qui avaient fouillé l'endroit n'avaient pas pris ces documents. La plupart étaient en chinois, mais ce n'était pas une raison pour les laisser sur place. Sauf s'ils étaient aussi paresseux que Bernstein, leur patron.

Elle passa ensuite dans la chambre à coucher, meublée d'un lit et d'une table de nuit. Elle ouvrit les tiroirs de cette dernière ; ils étaient vides. Rien non plus dans la penderie, à part quelques habits. Elle acheva sa visite par le bureau, qui regroupait des classeurs remplis de documents et un ordinateur portable. Là aussi, les policiers n'avaient apparemment rien pris. Elle consulta les classeurs. La plupart contenaient des travaux écrits par des élèves et des examens à corriger, Rose découvrit pourtant que quelques-uns conservaient les recherches personnelles du professeur. Elle décida de les emporter, ainsi que son ordinateur, et retourna dans le salon pour y collecter les documents en chinois.

Elle s'apprêtait à partir quand elle entendit un bruit. Quelqu'un essayait d'ouvrir la porte. Personne n'était censé pénétrer dans l'appartement puisque les rubans jaunes en barraient l'accès. Ce ne pouvait être la police, qui avait terminé la fouille. Rose se rappela que le portier n'avait pas verrouillé après l'avoir laissée entrer et lui avait dit qu'il sonnerait s'il revenait. Ce n'était donc pas lui non plus. Cette intrusion était louche. Elle posa les affaires qu'elle portait sur la table de travail et s'accroupit derrière le meuble. L'intrus arrivait. Rose entendit des pas avancer dans le salon, puis commencer à se diriger dans la direction de la pièce où elle se trouvait. Elle retint son souffle. L'inconnu était maintenant dans le bureau, à quelques mètres d'elle. Elle apercevait des chaussures de ville soigneusement cirées. Elle les vit se tourner du côté de la bibliothèque et jugea que c'était le bon moment pour risquer un plus long coup d'œil.

L'homme était asiatique, mince et assez grand, pouvait ressembler à une des personnes qui avaient emmené Wú dans le parc. Si c'était le cas, Rose était seule dans un appartement avec un assassin, et sans arme. Elle était experte en kickboxing, mais elle savait que le bureau exigu se prêterait peu à l'usage de ses talents. De plus, elle ne pouvait pas attaquer quelqu'un sans connaître son identité. Elle se résolut à attendre dans sa cachette. L'homme était passé dans la pièce d'à côté. Rose ne l'entendait plus.

À force d'être accroupie, elle commençait à avoir une crampe dans le mollet. En essayant de faire le moins de bruit possible, elle se releva un peu pour étendre sa jambe. Mais au cours de ce mouvement, sa tête heurta le pied d'une lampe qui dépassait légèrement du bureau. Le luminaire vacilla et s'écrasa par terre, l'ampoule éclatant en mille morceaux.

Rose eut à peine le temps de se redresser qu'elle se trouva face à face avec l'Asiatique. Il était plus petit qu'il ne lui avait semblé depuis sa cachette, et portait des lunettes rondes. Il lui fit penser à l'un des personnages chinois dans l'album de Tintin, *Le Lotus bleu*. Alors qu'elle cherchait des yeux quelque chose pour se défendre sur le bureau, elle fut surprise de l'entendre s'adresser à elle par son nom :

– Rose McGawn ?

Elle le regarda, étonnée, alors qu'il lui souriait. Elle trouva qu'il avait l'air affable.

– Don Tang, inspecteur au FBI, dit-il en montrant son badge. J'ai vu votre photo dans le dossier de l'inspecteur Bernstein. Avec votre chevelure, il est difficile de se tromper, s'excusa-t-il. Elle lui rendit son sourire en lui disant :

– Je suis rassurée. Je n'étais pas sûre de vos intentions.

Tang restait immobile en face d'elle, paraissant passablement emprunté. Il semblait très jeune. Rose pensa qu'il devait être une nouvelle recrue.

– Nous avons sans doute des informations à échanger. Si nous allions dans le salon ? proposa-t-elle en contournant le bureau.

Ils s'assirent sur le canapé. Rose lui expliqua où en était son enquête. Instinctivement, elle faisait confiance au jeune homme, mais comme ses dernières expériences avec le FBI n'étaient pas vraiment probantes, elle ne donna à Tang que les renseignements qu'elle jugeait nécessaires, taisant notamment sa collaboration avec Leyla.

Tang confirma qu'il venait d'être affecté à l'affaire. Ses supérieurs la lui avaient confiée parce qu'il parlait couramment le chinois. Rose eut un sourire en coin, désignant la pile de documents qu'elle s'apprêtait à prendre lorsqu'il était arrivé.

– J'allais demander à un traducteur de s'y attaquer, mais puisque vous êtes là, que diriez-vous d'un peu de lecture ?

Don Tang parcourut brièvement les articles et sans rechigner, répondit : « Je m'en charge ! » Rose resta assise, estomaquée. La plupart de ses collègues de Scotland Yard auraient, au mieux, fait la grimace, au pire refusé. Décidément, ce petit jeune homme lui faisait bonne impression.

Washington, D.C.

Douglas Freeman contemplait son homologue chinois avec ennui. Il détestait son travail. Alors qu'il savait qu'une guerre des tarifs n'entraînerait à long terme que des effets négatifs aussi bien pour la Chine que pour les États-Unis, il se trouvait obligé par le Président, qui n'avait en tête que de courtiser les électeurs, de durcir le ton et d'imposer des taxes à l'importation sur des biens de manufacture chinoise. Pour couronner le tout, le lobby des paysans du Midwest, un des piliers de la base présidentielle, voyait d'un mauvais œil l'impact sur ses propres exportations des coûts des représailles dictées par les Chinois. Le Président ne se gênait pas pour en imputer la responsabilité au département du Commerce, qu'il discréditait auprès de ses supporteurs comme étant à la solde de l'*establishment*.

Face à l'agressivité de la position américaine, l'attitude des Chinois était surprenante. Ils agissaient avec l'assurance de ceux à qui l'on doit quelque chose. Aussi loin qu'il remonte dans ses cours d'histoire, il ne semblait pas à Freeman que les Américains aient une dette envers les Chinois. Enfin, certainement pas plus qu'envers les Japonais, ou les Coréens, ou toutes les autres nations auxquelles l'ingérence américaine avait tant nui, sans toutefois ne jamais le reconnaître.

Et comme si la position américaine n'était pas déjà suffisamment difficile à tenir pour son équipe, voilà qu'un dissident chinois, professeur à l'université Columbia, était assassiné à Central Park. Le matin après que la nouvelle était sortie, les Chinois étaient arrivés goguenards à la réunion de négociations, trop contents de montrer aux Américains, qui n'hésitaient pas à leur rappeler à chaque occasion leurs mauvais antécédents dans le domaine des droits de l'homme, qu'ils n'étaient même pas capables de protéger l'un des champions de cette catégorie sur leur propre territoire.

Bref. Il ne faisait pas bon représenter l'administration en ce moment, et Douglas Freeman était déprimé. Comme à chaque fois, quand il commençait sa journée, il n'avait qu'une idée en tête, retrouver son appartement dans une jolie rue de Georgetown, se laisser tomber sur son canapé un généreux verre de scotch à la main et regarder MasterChef à la télé.

Manhattan, N.Y.

Pendant que François était de nouveau chez Patrick pour se préparer à témoigner, Rose se plongea dans une recherche sur Wú.

Le professeur, spécialiste des questions sur les droits humains en République populaire de Chine, avait rédigé de nombreux articles traitant de disparitions de journalistes et d'avocats qui avaient condamné le régime de Pékin. Plus récemment, il paraissait avoir porté son attention sur la situation des Ouïghours. Ses fouilles confirmaient l'internement de ces minorités dans des camps situés dans la région du Xinjiang, dans le nord-ouest de la Chine. Ils étaient soumis à des séances de propagande et subissaient des sévices corporels lorsqu'ils refusaient de critiquer la religion musulmane. Entassés à plusieurs dizaines dans des cellules exiguës, dans des conditions d'hygiène déplorables, nombre d'entre eux périssaient.

Le portable de Rose sonna. Elle décrocha distraitement, sans prêter attention à l'origine de l'appel. Elle entendit la voix de Patrick, qui, contrairement à son flegme habituel, semblait extrêmement stressé.

– Rose, il faut que tu viennes nous rejoindre.

– Pourquoi ? Que s'est-il passé ?

– Je ne peux pas t'en parler au téléphone. Viens tout de suite.

Rose raccrocha, quitta l'appartement et se rua vers la station de métro. Une demi-heure plus tard, elle grimpait quatre à quatre les escaliers de la station de City Hall. Alors qu'elle débouchait sur le trottoir, un petit homme la bouscula. Rose se retourna pour se retrouver nez à nez avec un individu de type sud-américain, couvert de tatouages sur les bras et le cou. Il la regarda d'un air menaçant et lui lança : « Si tu ne veux pas qu'il t'arrive la même chose, tu ferais mieux de te taire », puis il disparut dans la bouche de métro. Rose, étonnée, continua vers le lieu de son rendez-vous ; décidément, la vie new-yorkaise pouvait être rocambolesque.

Quand elle poussa la porte du bureau, elle y trouva Patrick et François, qui tous deux attendaient, sombres.

– Ferme la porte, intima Patrick en l'invitant d'un geste à s'asseoir.

– Que se passe-t-il ? interrogea Rose, inquiète.

– Rick Simmons a été assassiné.

– Pardon ? Comment ça ?

– Alors qu'on se préparait à le transférer de la prison fédérale de Miami à celle de New York pour le procès, répondit Patrick.

– Comment est-ce possible ?

– Il était détenu en zone de haute sécurité, pourtant juste avant le transfert, ils l'ont mis dans une partie moins protégée de la prison pour un jour. Cela a suffi pour qu'il soit assassiné par un autre prisonnier.

– Son meurtrier a été interrogé ?

– Oui, mais il souffre de graves troubles psychologiques. La seule chose qu'on a pu tirer de lui, c'est que *el gringo* était le diable, poursuivit Patrick. Il était drogué. Les gardiens ont dû l'arracher du corps de Simmons, qu'il avait commencé à dévorer.

– À dévorer ? reprit Rose, dégoûtée.

– Oui, l'effet de la flakka, la nouvelle drogue synthétique qui fait fureur en Floride, expliqua Patrick. C'est une drogue en provenance du Brésil, créée à partir de sels de bain, qui peut donner des hallucinations et des pulsions cannibales. Elle est bien sûr arrivée à Miami, et fait des ravages parmi les populations pauvres de la ville.

Rose se tut, abasourdie. Elle comprenait maintenant ce que le malfrat, qui l'avait percutée, voulait dire. François, lisant la stupeur sur son visage, lui demanda si ça allait.

– Je vois mieux ce qu'il voulait dire, jeta soudain Rose.

– Qui ça ? questionna François.

– Je viens de me faire bousculer à la sortie du métro par un type qui faisait clairement partie d'un gang. Il m'a dit que je ferais mieux de me taire si je ne voulais pas qu'il m'arrive la même chose. Je n'ai pas compris sur le moment ce qu'il souhaitait, maintenant c'est plus clair...

– Quoi? s'exclama Patrick. Où est ce type?

– Il a disparu dans le métro immédiatement après avoir délivré son message. Il doit être loin à l'heure qu'il est.

– Et tu arriverais à le décrire à un portraitiste?

– Je n'ai pas eu beaucoup le temps de le regarder, car j'étais surprise, mais je peux essayer. Il était couvert de tatouages, ajouta Rose. Ce que je me demande, c'est comment il a pu savoir que je me trouverais là.

– Ces gangs ont des informateurs partout, répondit Patrick. Ils se doutent bien que tu viens ici pour préparer le procès. Ton intimidation fait partie du même plan que l'assassinat de Simmons. Cela veut aussi dire, compléta-t-il d'un air soucieux, qu'ils surveillent tes faits et gestes. Il faut faire très attention. On va t'assigner une protection policière.

– Que va-t-il se passer avec le procès? demanda Rose, ignorant la suggestion de Patrick.

– Nous allons devoir le suspendre, le temps de l'enquête sur le meurtre de Simmons. Il est possible que tu n'aies plus à témoigner, Rose. Dans ce cas, ce serait juste François qui serait appelé à la barre.

– C'est bien ma veine, maugréa François.

Rose réfléchissait.

– Tu ne penses quand même pas que Simmons a été assassiné dans le seul but de nous faire peur?

– Non, ils ont fait d'une pierre deux coups. Simmons était le maillon faible. À Miami, le juge n'avait pas voulu lui donner de *plea bargain*, même si Simmons en savait pas mal sur la structure du cartel et ses activités de vente de drogue et d'élimination de concurrents. En le tuant, ils s'assurent qu'il ne peut plus rien révéler, et en plus ils peuvent utiliser son assassinat pour te menacer.

– Et tu penses que c'est un coup de Ramon ? Ou même de Giolli ? Ou que les deux continuent à travailler ensemble malgré l'incarcération de Giolli ?

– Tout est possible, opina distraitement Patrick, cherchant en même temps un contact sur son téléphone.

– Dorénavant, je vais mettre un homme en faction dans l'entrée de votre immeuble, qui vous suivra lors de vos déplacements, annonça-t-il.

– Ça ne va pas, non ? s'écria François.

– Ce n'est pas nécessaire, le coupa Rose, plus conciliante. Nous sommes tous deux policiers, nous savons nous protéger.

– Oui, je doute cependant que vous ayez eu affaire à ce genre de gangs. Originaires de Los Angeles, ils sévissent maintenant aussi bien à New York qu'à Miami. Ils sont dangereux. Leurs membres sont extrêmement cruels.

– Nous savons nous défendre, recommença Rose d'un ton sans appel.

Patrick la dévisagea. Elle semblait tellement résolue à préserver sa liberté qu'il abdiqua.

– Soit. Par contre, restez très vigilants.

Dans le métro qui les ramenait chez eux, Rose garda un silence buté. François finit par lui poser la question qu'elle détestait :

– À quoi penses-tu ?

Rose demeura songeuse un instant, perdue dans ses réflexions.

– Je veux savoir qui a ordonné l'élimination de Simmons.

Le bureau de Tang était devenu un véritable champ de bataille. Sur toute sa surface s'amoncelaient les piles de documents qu'il avait apportés de chez le professeur Wú. Il était en train de les éplucher un à un.

Les opinions de Wú s'étaient nettement radicalisées depuis son arrivée aux États-Unis. Pas dans le sens dans lequel on entendait le terme, souvent utilisé pour les extrémistes, ce que Wú n'était pas. Seulement, de par la liberté d'expression qui existait dans ce pays d'accueil, il était devenu un des opposants aux violations des droits de l'homme en Chine les plus éloquents. À son arrivée, fraîchement sorti des camps réservés aux étudiants qui avaient participé au soulèvement de 1989, il était timide et craintif. Toutefois, depuis quelques années, il avait retrouvé son courage et n'hésitait pas à organiser des manifestations devant le consulat de Chine au cours desquelles il prenait volontiers la parole.

Alors qu'il n'était pas lui-même un Ouïghour, il avait adhéré à la cause de ces derniers, très représentative des exactions chinoises contre les minorités.

Il écrivait des articles aussi bien en anglais qu'en chinois. Les contributions anglophones étaient plus modérées que les chinoises. Étonnement, cependant, les collègues du professeur que Tang avait interrogés le décrivaient tous comme un homme tranquille, presque effacé. Wú ne devait s'enflammer que pour sa passion, les droits humains.

Tang ne s'expliquait cependant pas comment cet homme sans histoires s'était fait entraîner dans Central Park. Il ne croyait pas à la théorie du crime sexuel véhiculée par les médias. Il avait vu le corps, et même si Wú avait été retrouvé partiellement dénudé, les médecins avaient confirmé qu'il n'avait pas subi de sévices d'ordre intime. Qu'est-ce qui avait pu amener un paisible résident de New York à aller dans le parc à presque 4 h du matin ? Tout bon New-Yorkais savait qu'il fallait être cinglé pour s'y aventurer aussi tard dans la nuit. N'importe quoi pouvait arriver, même la police qui y patrouillait n'aimait pas sortir de sa voiture. Tang avait lu le témoignage de Rose, qui disait que l'homme qu'elle avait vu, qu'on présumait être Wú, était soutenu par deux autres personnes. Cela coïncidait avec le résultat des analyses sanguines effectuées post mortem qui attestaient un très haut taux d'alcool dans le sang. Si c'était bien lui que McGawn avait aperçu, il n'était pas étonnant qu'il ait été porté, car il avait peu de chances de tenir debout. Où Wú avait-il passé ses dernières heures, lui qui ne sortait jamais, pour se retrouver dans un pareil état ? Tang s'adossa à son siège, laissant son regard courir sur la mer de papier. Tant de questions irrésolues, et seulement quelques bribes de réponses.

* * *

François servit à Rose un verre de vin. Pour se remettre de leurs émotions, ils avaient décidé de dîner à la maison. Après un détour par Fairway, le fameux supermarché où l'on trouvait même certains produits français, ils étaient rentrés à l'appartement. François avait cuisiné des côtelettes d'agneau marinées et préparait maintenant un gratin dauphinois tandis que Rose, piètre cuisinière, lavait une salade.

– Si on invitait Leyla ? proposa Rose, car elle n'avait pas envie d'un nouveau souper en tête à tête. Le jour précédent, dans un restaurant, un serveur sans tact n'avait pas cessé de faire des allusions, sur lesquelles François s'était empressé de rebondir.

Ce dernier accepta à contrecœur. Il ne connaissait pas Leyla, mais l'idée de passer encore une soirée à parler anglais le réjouissait peu. Cependant, avec ce que Rose avait vécu aujourd'hui, il n'avait pas le cœur de lui refuser quoi que ce soit.

Rose appela la jeune femme, qui fut heureuse de la proposition. Ils se mirent à table dès qu'elle arriva.

François était un fameux cuisinier. Les côtelettes, légèrement caramélisées à l'extérieur et rosées à l'intérieur, fondaient sous la langue. Le gratin dauphinois était crémeux. La salade de Rose était croquante à souhait.

– Merci pour ce festin ! dit Leyla en français en terminant son verre de vin, un bordeaux choisi par François, qui ne faisait pas confiance aux cépages américains. Ce dernier avait découvert avec bonheur que Leyla, par ses origines libanaises, maîtrisait parfaitement la langue de Molière.

À la fin du repas, Rose s'enquit de l'avancement de la thèse de Leyla. Le visage de la jeune femme devint triste.

– Je bloque, confia-t-elle. Je suis obnubilée par l'assassinat de Wú. Je pense que c'est moi qui l'ai mis en danger. Il est allé voir ce contact, et ensuite il est mort. Je n'arrive pas à m'enlever de l'esprit que les deux choses sont liées.

– Est-ce que tu sais qui il a rencontré ?

– Je ne connais pas son nom. Il m'a seulement dit qu'il s'agissait d'un imam.

– Et où est-il allé ?

– Du côté de Washington. Il ne m'a pas donné de précisions. Il était très secret. Il devait vouloir protéger cette personne.

Rose jeta un coup d'œil à François.

– Je pense savoir à qui demander des éclaircissements, réfléchit-elle tout haut. Elle regarda l'heure. 20 h. Olivier serait probablement encore debout. Le frère jumeau de François était un petit génie de l'informatique qui mettait ses talents de hacker au profit de l'administration fiscale française. En dehors de ses activités professionnelles, il ne rechignait jamais à dépanner Rose et François lorsque leurs enquêtes nécessitaient des informations qui n'étaient disponibles que dans les profondeurs du web. Au début, le Trésor public avait vu d'un mauvais œil ces activités annexes, mais depuis que les polices monégasques et françaises avaient officiellement demandé l'autorisation de faire appel à ses services, Olivier avait toute liberté de les aider, ce qui était une aubaine car le Net et le Darknet n'avaient plus de secrets pour lui.

Dès qu'Olivier décrocha, Rose se lança dans le vif du sujet, mettant son téléphone sur haut-parleur.

– J'ai besoin que tu me trouves quelqu'un. Je te passe les détails : en gros, un professeur dénommé Liang Wú a rendu visite à un imam avant de se faire assassiner. On ne connaît pas l'identité de ce religieux. C'est un truc pour toi, ça, non ?

Sans se donner la peine de répondre à cette question qu'il considérait comme rhétorique, Olivier demanda :

– Quand est-ce que ton prof est allé voir ce mec ?

Rose se tourna vers Leyla en éloignant le téléphone de sa tête.

– Une ou deux semaines avant sa mort, affirma Leyla.

– Une ou deux semaines avant le 25 avril, précisa Rose.

– Tu as son numéro de portable ? Leyla l'indiqua à haute voix. On entendait Olivier taper rapidement sur son clavier.

– Il s'est rendu à Washington, dans la banlieue d'Arlington. 401 South Fillmore Street.

Leyla fit un signe de pouce admiratif à Rose et François.

– Tu arrives à voir qui y réside ?

– Non. Le nom du locataire n'apparaît pas.

– Tu connais quelqu'un qui habite à Arlington ? demanda Rose à Leyla.

– Il ne me semble pas.

– Tu parviens à repérer si une communauté en particulier est représentée dans ce quartier ? fit Rose à Olivier.

– On dirait qu'il y a une forte présence musulmane, d'après les magasins halal.

– Les Ouïghours ont des noms à consonance chinoise, expliqua Leyla. Vous en voyez ?

– On dirait, oui. Quelques-uns. Attendez ! déclara Olivier soudain excité.

– Qu'est-ce qu'il y a ? dit François qui suivait aussi la conversation avec intérêt.

– Il semble y avoir une mosquée clandestine dans les parages.

– Tu peux nous en dire plus ? reprit Rose.

– Oui. Elle a ouvert il n'y a pas longtemps. Elle se trouve dans une villa privée dont un Turc est propriétaire.

– Les Ouïghours sont turcophones. Une grande communauté s'est réfugiée en Turquie, ajouta Leyla. Qui donne la prière ?

– Un imam dénommé Tursun, répondit Olivier. Fraîchement arrivé aux États-Unis.

– Requérant d'asile ?

– Une minute, dit Olivier. On entendait ses doigts frapper frénétiquement sur le clavier. Affirmatif, poursuivit-il.

Rose se tourna vers Leyla et François.

– Je pense qu'on sait à qui Wú a rendu visite. Un petit voyage dans la capitale, ça vous tente ?

Chapitre 7

6 mai

Manhattan, N.Y.

Patrick O'Brien posa la requête sur son bureau en maugréant. Il n'en croyait pas ses yeux. Les avocats de la défense utilisaient le meurtre de Simmons pour demander que le procès de Giolli soit annulé et déplacé en France, argumentant que la disparition de Simmons créerait un préjugé négatif envers Giolli aux États-Unis, et que le ministère public ne pourrait plus assurer un jugement impartial.

Évidemment, c'était faux, mais cela allait obliger Patrick à y répondre, puis à attendre que la juge rende une décision. Le tout allait repousser la date du début du procès, ce qui était bien entendu l'un des effets espérés par les avocats de Giolli. Plus les auditions étaient retardées, plus l'accusation perdrait son momentum, rendant la condamnation difficile à obtenir.

Il alluma son ordinateur et envoya un e-mail à Rose et François, pour les avertir de ce contretemps. Il leur demanda de prolonger leur séjour aux États-Unis jusqu'à ce que les audiences commencent, même s'il était conscient qu'ils avaient tous deux des enquêtes à suivre en Europe, et qu'ils ne pouvaient pas rester éternellement à New York. Il leur expliqua que, vu que le jury avait déjà été constitué, la juge pouvait décider d'ordonnancer le procès très rapidement après la suspension, raison pour laquelle il rechignait à les autoriser à quitter les États-Unis.

Washington, D.C.

L'imam Tursun venait de terminer la prière. Il était en train de serrer les mains de ses fidèles sous l'œil vigilant de deux gardes du corps que les Saoudiens, par le biais de la fondation de bienfaisance Al Amal, lui avaient fournis.

Tous les vendredis depuis qu'il était arrivé aux États-Unis, un riche habitant turc de Washington lui mettait à disposition une pièce de sa grande villa pour qu'il l'utilise comme salle de prière. Au début, il n'avait réuni que quelques musulmans turcs, seulement, le bouche à oreille aidant, les membres de la communauté ouïghoure avaient eu vent de sa présence et avaient commencé à venir prier. Il s'agissait de quelques dizaines de familles qui résidaient pour la plupart dans la région de Washington. Par conséquent, la salle de prières était maintenant bien remplie.

Soudain, il aperçut un tumulte à l'arrière de la pièce, là où se trouvaient les tables qui offraient des dépliants sur l'islam chinois et la province du Xinjiang. Un de ses gardiens s'y précipita. L'imam le vit prendre un document et revenir rapidement vers lui pour lui chuchoter à l'oreille : « Il faut que nous partions, maintenant ! »

L'imam s'excusa auprès de ses fidèles et s'éclipsa par la porte juste derrière lui. Sa voiture l'attendait. L'un des gardes du corps se mit au volant et démarra en trombe pendant que l'autre lui tendait ce qu'il avait pris sur la table : « Quelqu'un a déposé cela pendant la prière. »

L'imam examina le document. C'était la photo du visage horriblement tuméfié d'un homme paraissant mort. L'imam le reconnut immédiatement. C'était Wú. Sur le coin supérieur gauche de la photo, il lut le message suivant, écrit en mandarin : « Si tu ne fais pas attention, il va t'arriver la même chose. »

Tursun posa la photo sur ses genoux. Il était conscient que la mort de Wú le mettait potentiellement aussi en danger. Mais surtout, une question le taraudait : qu'était-il advenu de ce qu'il avait confié à Wú ? Lorsque ce dernier était venu le voir, ils s'étaient aperçus qu'en combinant leurs forces, ils pourraient faire avancer leurs causes respectives. Comme Wú s'était construit une réputation dans les milieux des droits de l'homme à New York, Tursun lui avait remis une clef USB contenant un document que ce dernier pourrait utiliser à bon escient. Tombées dans de mauvaises mains, ces informations pouvaient se révéler très dangereuses. Où était passé cet objet maintenant ? Il frissonna. Dieu sait quels ennuis il s'était attirés en parlant à ce professeur.

* * *

John Maculoso, les pieds sur son bureau d'acajou, dévisageait sans mot dire l'adjoint de l'ambassadeur d'Arabie saoudite qui se tenait debout en face de lui. Il aimait scruter ainsi les gens qui venaient le voir, sans leur parler. Quand enfin il leur adressait la parole, ils étaient tellement mal à l'aise que même l'être le plus agressif devenait doux comme un agneau.

La tactique marchait. Son visiteur se balançait d'un pied sur l'autre, ne sachant pas comment se comporter. C'était un grand homme qui aurait pu être sec, mais dont le petit ventre trahissait l'opulence des repas proposés par les cuisines de l'ambassade. Maculoso n'appréciait guère que l'ambassadeur ne lui envoie que son adjoint, sans se déplacer lui-même. Bien sûr, le protocole l'y autorisait ; cependant, Maculoso trouvait que cela témoignait de très peu d'égards envers sa personne. Comme il ne pouvait s'en prendre immédiatement au dignitaire, ce serait le bras droit qui ferait les frais de sa colère.

Finalement, Maculoso s'adressa à lui d'un ton hautain :

– J'ai très peu de temps. Qu'avez-vous à me dire ?

– C'est au sujet du dissident chinois que vous avez admis aux États-Unis pour plaire aux Turcs, répondit maladroitement le Saoudien.

– Je ne vois pas de quoi vous voulez parler. Nous ne cherchons pas à nous faire apprécier de quiconque. Et en particulier pas des Turcs, affirma Maculoso, cinglant.

L'adjoint continua d'une voix chevrotante.

– L'imam, vous savez.

– Je comprends, coupa Maculoso. Poursuivez.

– On m'a chargé vous avertir qu'il a rencontré Liang Wú avant que ce dernier ne soit assassiné et qu'il lui a transmis une clef USB.

– Jusque-là, vous ne m'apprenez rien, soupira Maculoso qui commençait à trouver le temps long. J'espère que vous ne m'avez pas dérangé pour si peu.

L'homme ouvrit des yeux ronds et se mit à balbutier.

– Il a dit à ses gardes du corps qu'il y avait un document sur la clef USB... Document d'une importance vitale pour les États-Unis... Mais il ne veut rien révéler de plus.

– Comment cela « d'une importance vitale » ?

– C'est tout ce que je sais, gémit l'adjoint.

– Merde, siffla Maculoso entre ses dents.

Dieu sait ce que contenait ce document, et à quel usage il était destiné ! Il détestait ces situations qui avaient le potentiel de vous éclater à la figure au plus mauvais moment. Il fallait absolument essayer d'en reprendre le contrôle au plus vite.

– Je vous ordonne de vous assurer que l'imam ne parlera pas. S'il ne veut pas nous dire ce que représente ce document, alors personne ne le saura. En d'autres termes, ajouta-t-il en plantant son regard noir dans les yeux de l'adjoint, je vous conseille fortement de l'amener à l'ambassade et de le séquestrer. Il ne doit plus pouvoir en sortir, et j'exige qu'il y soit surveillé en permanence. C'est compris ?

– Oui, l'assura le Saoudien. Il se retira sans demander son reste.

Philadelphie, PA

François regardait par la fenêtre du train Acela qui reliait New York à Washington. Ils venaient de s'arrêter à Philadelphie et repartaient en direction de Baltimore.

Comme lors de son détour par les quartiers nord de Manhattan, François était choqué par ce qui se déroulait sous ses yeux. Il n'avait pas imaginé une Amérique entièrement prospère, néanmoins là, il découvrait avec effarement, après la pauvreté des mégapoles, celle des villes de province.

D'abord, à Newark, il avait vu des clochards, dont beaucoup semblaient sous l'emprise de drogues, jusque sur les quais où stoppaient les trains. À Philadelphie, la gare était entourée de maisons lépreuses, certaines abandonnées, donnant sur des rues dont la chaussée n'avait pas été refaite depuis plusieurs années. À Baltimore, des Noirs et des Hispaniques désœuvrés traînaient sous les ponts ferroviaires. Il prit conscience que ce qu'il avait aperçu à New York n'était pas limité au Bronx, dont la réputation dépassait les frontières, mais représentait plutôt la réalité de nombreux centres-villes des agglomérations du nord-est du pays.

Lorsque, arrivé à l'Union Station de Washington, François se trouva en face du dôme immense du Capitole, qui s'élevait au bout du parc du Sénat, il se dit qu'il était de nouveau passé du bon côté de la barrière, là où régnait l'image que les États-Unis voulaient projeter d'eux-mêmes.

Leyla avait réservé une suite à l'Hay Adams, le fameux hôtel où descendaient souvent les hommes d'État en visite dans la capitale. Ils furent reçus par un portier en livrée qui salua personnellement Leyla.

La réception était luxueuse. Les multiples bouquets de fleurs fraîches qui la décoraient laissaient planer un doux parfum. Leyla se dirigea vers le concierge, qui lui remit en souriant les cartes d'accès à leur suite.

Lorsque Rose entra dans le vestibule, elle ne put retenir un petit cri. Depuis le salon, la vue donnait directement sur la Maison-Blanche et le Washington Monument.

« Si nous sommes à Washington, autant en profiter, jeta Leyla en guise d'explication. Bon, renchérit-elle, ne traînons pas si on veut essayer d'attraper l'imam. Je vous propose qu'on se rafraîchisse rapidement et qu'on parte à sa recherche. »

Rose restait muette, contemplant le panorama extraordinaire qui s'étendait devant les baies vitrées, étonnée des largesses que s'offrait Leyla. Pour une étudiante, c'était inhabituel. Sauf, bien sûr, si elle prévoyait de leur présenter la note à la fin du séjour. Ses origines écossaises se rebiffaient déjà à cette idée.

Washington, D.C.

Rachid Al-Bashir se jeta sur le plateau de dattes et de loukoums qui lui était toujours servi comme en-cas en fin d'après-midi. Son manque d'appétit de ces derniers jours, causé par les soucis provoqués par l'imam, avait encore une fois laissé place à son habituelle gloutonnerie. Il prit entre ses doigts courts et potelés un fruit sec qu'il avala en une bouchée. Il en dévora un deuxième, puis un loukoum et, en cinq minutes, tout le plat y passa.

Quand son oncle, le prince Al Saud, l'avait envoyé à la prestigieuse ambassade de Washington, Rachid ne s'attendait pas à ce que les tâches soient aussi mouvementées. Lui qui pensait que son travail allait se borner à délivrer des visas et à se rendre, en rutilante berline avec chauffeur, aux nombreuses invitations reçues par le corps diplomatique, il déchantait. Il se sentait floué. Non seulement les visites répétées du directeur de cabinet du Président le mettaient fort mal à l'aise, mais il avait dû, sur ordre de Maculoso, accueillir cet imam chinois requérant d'asile. Maintenant, il se retrouvait à devoir loger dans ses propres locaux cet homme qui ne lui faisait pas bonne impression. Personne ne comprenait ce qu'il racontait et le staff de l'ambassade commençait déjà à se plaindre de ses mœurs, et en particulier de son habitude de cracher par terre à tout bout de champ. De plus, Rachid devait veiller à ne pas trop attirer l'attention de ses supérieurs en Arabie saoudite, aux yeux desquels un tel hébergement ne serait sans doute pas bienvenu.

Non, vraiment, on s'était bien moqué de lui en lui vendant ce poste à Washington au lieu d'un tranquille emploi de fonctionnaire dans l'administration royale à Riyad.

Chapitre 8

7 mai

Washington, D.C.

Le gros 4x4 noir filait à vive allure sur Arlington Boulevard. Il ralentit pour tourner à droite en direction de Fillmore Street, puis s'arrêta devant le numéro 401, une petite maison d'un étage qui aurait eu bien besoin d'un coup de peinture. Une pelouse jaunie la séparait de la route.

En descendant de la voiture, François montra du doigt le garage. Il n'y avait pas de véhicule devant.

– À mon avis, il s'est déjà tiré, fit-il à Leyla et à Rose. Leyla sonna tout de même. Une femme voilée d'un hidjab, assez jeune, vint répondre.

– Bonjour, lui dit Rose, nous cherchons l'imam Tursun.

– Il n'est pas là, réagit la femme dans un anglais approximatif. Elle jetait des coups d'œil effrayés à la grosse voiture noire.

– Vous pouvez nous dire où il est ?

– Je n'en sais rien, assura la femme en s'apprêtant à fermer la porte.

– Attendez! lui dit Leyla en turc. C'est notre voiture qui vous fait peur? Nous n'appartenons pas à l'immigration américaine. Je suis journaliste, et eux ce sont des amis étrangers. J'étais proche du professeur Wú. L'imam vous en avait parlé?

À la mention du nom du professeur, le visage de la femme prit un air craintif. Elle essaya de refermer la porte mais François y avait intercalé sa chaussure.

– Dis-lui que si elle le connaît, elle est sûrement elle-même en danger, glissa François à Leyla. Cette dernière lui jeta un coup d'œil désapprobateur, mais elle traduisit néanmoins ses propos.

La jeune femme l'écouta avec crainte puis, voyant que François n'avait pas l'intention de retirer son pied, entrebâilla un peu plus la porte en disant: «Entrez, vite!»

Leyla, François et Rose se faufilèrent à l'intérieur, et la jeune femme les fit asseoir par terre dans un salon chichement meublé. Sans faire de bruit, elle partit en direction de la cuisine et revint avec un pot de thé. Après les avoir servis, elle se mit à parler à Leyla en turc.

– Je ne sais pas grand-chose. Je suis femme de ménage à l'ambassade de Turquie. On m'a dit que je devais m'occuper de l'imam ici pendant qu'il demandait l'asile. J'étais là quand ce pauvre M. Wú est venu. Il a longtemps discuté avec l'imam, puis il est reparti à New York. Quelques semaines plus tard, l'imam est devenu très nerveux. Il n'a pas dormi pendant plusieurs nuits. J'ai vu à la télévision ce qui était arrivé à Wú, et j'ai pensé que c'était à cause de cela.

– Et l'imam, où est-il maintenant ? s'inquiéta Leyla.

– Je n'en sais rien. Il est revenu plus tôt que prévu de la prière du vendredi. Ses gardes du corps lui ont ordonné de prendre quelques affaires, et ils sont repartis.

– Il a dit quand il serait de retour ?

– Non.

– Vous n'avez aucune idée d'où il aurait pu aller ?

– Non, vraiment pas. Il ne me tenait jamais au courant de ce qu'il faisait.

– Attendez, vous venez de dire qu'il avait des gardes du corps. C'est lui qui les a engagés ?

– Je ne sais pas, coupa la domestique. Elle s'était renfermée, comme si elle pensait avoir trop parlé.

– D'accord, merci, dit Leyla. Nous avons déjà pris beaucoup de votre temps. Si l'imam vous contacte, dites-lui qu'il y a des amis de Wú qui le cherchent.

La femme les raccompagna sur le pas de la porte, qu'elle verrouilla aussitôt qu'ils furent sortis.

Leyla traduisit à François et à Rose les propos de la jeune femme, puis leur demanda :

– Vous croyez qu'elle dit la vérité ?

– Oui, affirma Rose. Qu'est-ce que c'est aussi que cette histoire de gardes du corps ? Vous pensez que ce sont les Turcs qui les lui ont fournis ? Si oui, pourquoi maintenant ?

– Attends, l'interrompit François en sortant son téléphone.

Olivier décrocha à la première sonnerie.

– Salut, frangin.

– Salut ! On a encore besoin de tes lumières. Tu te souviens de l'imam dont on t'a parlé ?

– Oui.

– Apparemment, il avait récemment embauché des gardes du corps. Tu peux faire quelques recherches à ce sujet ?

– Bien sûr, affirma Olivier. Attends, je vais ressortir l'image satellite de la maison. Je me rappelle qu'il y avait une grosse voiture garée devant. On va commencer par là. Avec un peu de chance, elle appartient à ces mecs. Voilà, j'ai retrouvé la photo. Il me suffit de rechercher le détenteur des plaques. Tiens !

– Tu as trouvé quelque chose ? s'enquit Rose.

– Le 4x4 est rattaché à une fondation... La fondation Al Amal. On dirait un nom arabe.

– Tu connais ?

François se tourna vers Leyla.

– Non, dit-elle, mais c'est en effet un nom arabe. Ça veut dire espoir.

– C'est une fondation qui a pour but d'aider les musulmans sunnites, expliqua Olivier. Elle est financée en majeure partie par des Saoudiens.

– C'est bizarre, dit Rose. Pourquoi d'abord les Turcs et maintenant les Saoudiens ?

– Je ne sais pas, répondit Leyla, sauf que les Saoudiens sont des sunnites, tout comme les Ouïghours.

– Il y a un problème, les interrompit Olivier. Je crois que quelque chose s'est passé hier. Je vois de nombreux appels arrivant à la fondation, juste après l'heure de la prière du matin. Ils viennent d'un numéro de téléphone prépayé. Attendez, j'enregistre les conversations et je les fais passer dans un logiciel de reconnaissance vocale. Après quelques instants, Olivier les recontacta.

– Les appels viennent de quelqu'un qui parle arabe. Je parie qu'il s'agit de l'un des gardes du corps.

– Ça correspond à ce que l'on a découvert, répondit Rose. Tu as l'adresse de la fondation ? L'imam a disparu, peut-être est-il là-bas.

– Bien sûr, réagit Olivier. Après qu'il l'eut communiquée, Rose se permit de demander une autre recherche. Elle savait qu'Olivier, qui s'amusait peu dans son travail, était friand de ces distractions.

– Vas-y.

– Rick Simmons a été tué par un détenu avant son transfert à New York. Le mec était drogué et à moitié fou, mais je suis persuadée qu'il ne s'agit pas d'un hasard. Est-ce que tu pourrais te renseigner un peu ?

– C'est comme si c'était fait ! assura Olivier avec enthousiasme.

Nice, France

Olivier contemplait l'écran de son ordinateur. Ceux qui avaient ordonné le meurtre de Simmons avaient été consciencieux, mais pas assez pour lui échapper. Avec sa maîtrise du Darknet, il avait rapidement retrouvé la trace d'un appel téléphonique passé par un certain Eduardo Ramon à un gardien de la prison de

Miami. Il semblait donc que les actes du détenu drogué n'étaient, comme le pressentait Rose, pas aussi fortuits qu'on avait voulu le laisser paraître.

Après avoir sauvegardé ces preuves dans un fichier, Olivier s'intéressa de plus près à Eduardo Ramon. Il avait conclu un *plea bargain* après avoir été arrêté ; en conséquence, il n'avait été incarcéré, malgré son appartenance à un cartel de la drogue, qu'une courte période de six mois. Olivier n'y connaissait pas grand-chose en procédure pénale américaine, cependant cela lui paraissait quand même peu pour quelqu'un qui blanchissait les revenus de ventes de cocaïne grâce à des transactions immobilières à Miami. Il se demanda de quels appuis il avait bénéficié. Ça valait sans doute la peine de recommencer à chercher.

Chapitre 9

9 mai

Washington, D.C.

Rose fut réveillée par un appel de Patrick.

– Où est-ce que vous êtes passés ? Vous êtes encore aux États-Unis ? Le ton était stressé. Rose se souvint qu'elle avait reçu un e-mail de sa part lui expliquant les retards qu'allait subir la procédure et qu'elle avait oublié d'y répondre. Il avait certainement cru qu'ils étaient repartis en Europe.

– Oui, oui, affirma Rose qui n'appréciait guère d'être ainsi prise en défaut, quoi, tu as besoin de nous ?

– Non, pas encore. Nous avons répondu à la requête d'annulation du procès et nous attendons le verdict du juge. S'il décide en notre faveur, le procès devrait bientôt reprendre son cours.

– Bon, rien ne sert de s'exciter alors, continua-t-elle sur le ton de la plaisanterie destiné à masquer son énervement. Nous sommes à Washington. L'enquête sur la mort de Simmons avance ?

– Nous suspectons le meurtre, mais pour l'instant, nous n'avons rien trouvé de concret. Les pistes sont difficiles à suivre.

Rose se tut. Elle savait qu'Olivier serait probablement plus efficace même s'il allait peut-être falloir aussi qu'elle se rende à Miami pour interroger le personnel de la prison.

– Combien de temps comptez-vous rester à Washington ? demanda Patrick pour raviver la conversation.

– Quelques jours au plus, lui répondit Rose. On se tient mutuellement au courant de la suite, dit-elle avant de raccrocher. Alors qu'elle reposait son portable sur la table de nuit, elle vit François dans l'embrasure de la porte, les bras croisés sur la poitrine.

– Ça va ? lança-t-elle, feignant de ne pas avoir remarqué son air renfrogné.

– Tu reçois des appels très tôt, déclara François.

– C'était Patrick.

– Ah, bien sûr ! grogna François.

– Quoi, bien sûr ? s'irrita Rose en se levant sur un coude.

– Bien sûr, tu réponds à des appels de Patrick à 7 h 30 du matin.

Rose, qui sentait la moutarde lui monter au nez, choisit toutefois de s'en tenir aux faits.

– Il m'avait envoyé un e-mail auquel je n'avais pas répondu. Il a eu peur que nous ne soyons retournés en Europe. Il voulait nous avertir. Si la juge rejette la motion des avocats de Giolli, le procès pourrait recommencer bientôt.

François poussa un soupir appuyé.

– Je l'espère ! Je commence à en avoir assez de ce pays, moi.

Rose devint muette, attendant la prochaine salve.

– Et puis, pourquoi c'est toujours à toi qu'il s'adresse ? Après tout, je vais aussi témoigner dans son satané procès !

Rose roula sur le lit et se leva, faisant face à François.

– Il faut que cela cesse.

– Quoi ?

– Ton attitude. Tu râles tout le temps, tu te montres possessif à mon égard. J'en ai marre ! J'aimerais te rappeler quelque chose. Nous ne sommes plus ensemble. Nous essayons tout juste d'être amis, et même ça, ce n'est pas gagné. Alors si Patrick me téléphone, ou qui que ce soit d'autre, et à quelque heure que ce soit, ce ne sont pas tes oignons. C'est clair ?

Pour toute réponse, François lui jeta un regard blessé et tourna les talons. Rose fila dans la salle de bains, claquant la porte derrière elle.

Nice, France

« Validez le *plea bargain* de Ramon. Donnez-lui une immunité pour qu'il ne soit pas amené à témoigner dans le procès de Giolli. Laissez tomber Simmons. Il fera office d'exemple. »

Le message avait été laissé sur le téléphone portable d'un juge de l'arrondissement de Miami. Olivier l'écouta trois fois, pour être sûr de l'avoir bien compris. C'était clair, quelqu'un avait décidé en amont du sort de Ramon et de Simmons. Restait à déterminer qui. Celui qui appelait avait un mobile à carte prépayée, impossible donc de savoir à qui il appartenait. Olivier avait bien effectué une recherche à l'aide des numéros de téléphone, mais la personne qui l'avait acheté avait, évidemment, utilisé de l'argent liquide. Par contre, il y avait un bruit énigmatique en arrière-plan, comme le grésillement d'un microphone, suivi d'une voix qui parlait. Cela lui rappelait quelque chose, sans qu'il arrive à mettre le doigt dessus. Soudain, il comprit. C'étaient les annonces du pilote ou des hôtesses dans les avions. Pas étonnant qu'il ne s'en soit pas tout de suite souvenu, il y avait plusieurs années qu'il n'avait pas volé. Il écouta encore l'enregistrement mais il ne parvint pas à entendre ce qui était dit. Enfin, pour l'instant.

Washington, D.C.

Lorsque Rose et François rejoignirent Leyla au petit-déjeuner, François faisait toujours la moue, mais il se dérida rapidement devant le buffet gargantuesque. Voyant les portions qu'il se servait, Rose lui fit remarquer, en riant, qu'il y avait quand même certaines choses qu'il semblait apprécier aux États-Unis. François lui décrocha un sourire ressemblant plus à une grimace, la bouche pleine de pancakes. Elle poussa un long soupir. Décidément, elle commençait à regretter d'avoir accepté de venir aux États-Unis avec lui. Pourquoi cet homme pourtant sûr de lui se changeait-il en quelqu'un d'aussi puéril ? Était-ce le sentiment de ne pas maîtriser la langue ? Ou supportait-il mal de ne plus être au centre de son attention ? Quoi qu'il en soit, il devenait ingérable, et cela énervait Rose au plus haut point.

Le petit-déjeuner terminé, ils démarrèrent en direction de la fondation Al Amal toute proche. La circulation aux heures de pointe était un cauchemar et ils mirent une heure pour l'atteindre. La fondation était domiciliée dans une rue tranquille de Georgetown. Leyla gara la voiture devant une maison coquette fraîchement repeinte en blanc. À l'intérieur, les locaux étaient modernes, tout de bois clair et de verre, luxueux pour une institution à but non lucratif. La partie où se trouvait la réception était séparée du reste des bureaux par une paroi vitrée sur laquelle étaient gravés les mots « bienvenue » en arabe.

– Puis-je vous aider ? leur demanda une jeune femme qui portait un joli voile couleur pistache.

– Nous aimerions voir le directeur, lui répondit Leyla en arabe.

L'hôtesse les débarrassa de leurs vestes et nota leurs noms, puis les fit patienter. Quelques minutes plus tard, elle revint avec un homme au teint olivâtre et aux cheveux très noirs.

– Je suis Mohammed Husseini, directeur de la fondation Al Amal, se présenta-t-il en leur serrant la main. Que puis-je faire pour vous ?

– Enchantée, répondit Leyla en arabe. Je pense que ce serait mieux que nous allions dans votre bureau.

Une fois la porte fermée, Rose s'adressa au directeur en anglais.

– Je suis inspectrice de police, dit-elle sans préciser qu'elle venait de Scotland Yard. Il était judicieux de ne pas l'effrayer. Elle n'arrivait pas à percevoir si l'homme leur était favorable ou non. Il la dévisageait de ses petits yeux noirs, sans expression aucune. Nous recherchons l'imam Tursun dans le cadre d'un assassinat perpétré contre une de ses connaissances. Nous avons appris que votre fondation lui fournissait des gardes du corps. Nous nous demandions si vous saviez où il se trouve à l'heure actuelle. Nous voulons le prévenir de faire attention, ajouta-t-elle afin de convaincre le directeur.

Ce dernier resta stoïque quelques instants. Il semblait considérer ce qu'il fallait leur dire. Après quelques minutes de silence, il se mit à parler :

– Je ne peux pas vous être d'une grande aide. Tout ce que je peux affirmer, c'est que l'imam a renvoyé ses gardes du corps hier. À ce que j'ai compris, il les a laissés à la gare la plus proche, et a continué seul en voiture. Je ne sais pas où il s'est rendu.

Rose, François et Leyla se regardèrent avec surprise.

– Mais il avait besoin d'une protection rapprochée, non ?

– C'est ce que nous pensions. Il en a toutefois décidé autrement. Je crains de ne pouvoir vous en dire plus, conclut-il en se levant. Nous n'avons plus de contact avec lui.

D'un geste poli mais ferme, il les congédia.

Rose, François et Leyla sortirent du bureau. La jeune réceptionniste alla chercher leurs vestes et les leur rendit.

– Allons prendre un café, suggéra Rose en désignant un restaurant au coin de la rue.

Ils discutèrent de l'entretien, s'accordant à dire que Husseini n'avait pas l'air d'être complètement transparent. Pour Leyla, l'histoire était cousue de fil blanc. Cependant, à ce stade, toutes les pistes s'arrêtant là, ils ne pouvaient aller plus loin. Dépités, ils décidèrent qu'ils n'avaient plus rien à faire à Washington et qu'il était temps de rentrer à New York.

En sortant son porte-monnaie pour payer, François fit tomber de sa poche un morceau de papier. Étonné, il le ramassa et le déplia, lisant un message griffonné à la hâte : « Appelez le 917 – 648 – 253. »

– Tu as vu ça ? dit-il à Rose.

– Ça vient d'où ?

– Je n'en sais rien. J'avais ma veste sur le dossier de la chaise ici, et il ne me semble pas que quelqu'un se soit approché de nous.

– À la fondation, tu avais aussi donné ton manteau à la réceptionniste, non ? suggéra Leyla.

– Oui, c'est juste. On a dû le mettre dans ma poche à ce moment-là.

Rose regarda les chiffres.

– C'est un numéro de portable. Essayons de l'appeler.

À peine avait-elle composé le numéro, qu'une voix fluette chuchota un « Allo ? ».

Leyla se présenta rapidement en arabe. L'interlocutrice lui répondit dans la même langue et lui donna rendez-vous dans un *food court* proche.

Quand ils arrivèrent, la réceptionniste de la fondation Al Amal était appuyée à une table, mangeant un sandwich. Elle fit mine de ne pas les reconnaître. Rose et François allèrent acheter de la nourriture pendant que Leyla s'asseyait à côté d'elle.

– Ce n'est pas vrai que la fondation ne sait pas où est l'imam, lâcha-t-elle sans saluer Leyla. Ses gardes du corps l'ont emmené chez nous. Il est allé dans le bureau du directeur. C'est ce dernier qui a congédié les gardes. Plus tard, je l'ai vu partir avec l'imam par la porte de derrière.

– Vous connaissez leur destination ?

– Je n'en suis pas sûre, mais la fondation est financée par le royaume d'Arabie saoudite. Je pense que c'est à l'ambassade que le directeur l'a emmené.

– Je vois. Et pourquoi les Saoudiens s'intéressent-ils à l'imam ?

– Je n'en sais rien. Je dois partir maintenant, coupa la jeune femme en jetant des coups d'œil apeurés autour d'elle. Elle se leva et disparut, fendant la foule des employés qui arrivaient pour la pause de midi.

– Qu'est-ce qu'elle t'a raconté ? demanda François à Leyla en s'asseyant à côté d'elle.

– Qu'elle pense que l'imam est à l'ambassade d'Arabie saoudite.

– D'Arabie saoudite ? Pourquoi ?

– La fondation est financée par les Saoudiens.

– L'imam est pourtant de nationalité chinoise ! réagit François.

– Oui, mais il ne pouvait évidemment pas aller à l'ambassade chinoise, puisqu'il est réfugié politique de ce pays, interjeta Rose d'un ton las.

– Je sais, je ne suis pas stupide ! répliqua François, piqué au vif. Après, en quoi le fait qu'il soit chez les

Saoudiens nous avance-t-il ? Nous ne pouvons pas justifier d'aller fouiner dans cette ambassade !

– Nous ne pouvons pas mener d'enquête, mais nous pouvons prétendre que nous avons besoin d'un visa. Dans ce cas, il nous faudrait aussi des billets d'avion, suggéra Rose.

– Que nous n'avons pas. Et je ne suis pas prêt à acheter un aller-retour pour Riyad pour des prunes ! rétorqua François.

– Bon, on rentre à New York, décréta Leyla. J'ai ma petite idée pour m'introduire dans cette ambassade, et pour cela, il me faut du matériel que je trouverai aisément une fois à New York.

– O.K., dit Rose, non mécontente de quitter l'Hay Adams qui allait assurément coûter une fortune. Passons à l'hôtel prendre nos bagages et régler la suite, proposa-t-elle.

– C'est déjà fait, fit Leyla, laissant Rose et François bouche bée. Il nous suffit de récupérer nos affaires. En nous dépêchant un peu, on peut être de retour ce soir chez nous.

Chapitre 10

10 mai

Miami, FL

Cette chaleur humide ! Rose avait oublié les températures tropicales auxquelles était sujette la Floride à la belle saison. Dès qu'elle sortit de l'avion, elle se mit à transpirer. Elle retrouva vite la fraîcheur attendue en prenant place dans un taxi à l'air conditionné efficace.

À peine fut-elle assise que son téléphone sonna. C'était Patrick.

– Mauvaise nouvelle, lui apprit-il dès qu'elle décrocha. Le supérieur de Diaz a disparu hier soir, et on vient de le repérer. Il a servi de pâtée aux alligators des Everglades.

Rose lâcha un juron. Elle avait fait le voyage à Miami juste pour l'interroger. Il restait Umberto Diaz, le gardien qui avait donné l'alerte lors du meurtre de Simmons ; elle doutait toutefois qu'il soit d'une grande aide car il avait été mis en arrêt maladie pour stress post-traumatique. Il y avait ainsi peu de chance qu'il puisse l'assister pour découvrir si Giolli était à l'origine de la mort de Simmons.

Une heure plus tard, elle arrivait devant le bâtiment du FBI qu'elle connaissait bien pour y avoir travaillé lors de sa dernière enquête. Un agent la conduisit immédiatement dans une salle d'interrogatoire où était assis un petit homme trapu d'une quarantaine d'années. Rose lui tendit la main, qu'il saisit d'un air las.

– Monsieur Diaz, lui dit Rose, vous savez que vous n'êtes suspecté de rien dans la procédure sur le meurtre présumé de M. Rick Simmons. J'aimerais pourtant, que vous me retraciez les faits qui ont abouti au placement de Simmons dans la cellule où il a trouvé la mort.

Diaz lui raconta, comme à tant d'autres auparavant, comment son supérieur lui avait demandé de l'aider à changer Simmons de geôle. Il lui fit part des doutes qu'il avait eus à cet égard sans toutefois oser s'opposer à la volonté de son chef, et ce qu'il avait vu après avoir entendu des cris s'échapper de la cellule de Simmons.

– Une dose importante de flakka a été identifiée dans le sang de son codétenu, lui apprit Rose.

– Oui, répondit Diaz, et il y a beaucoup d'utilisateurs de cette substance dans la population carcérale. Mais nous les connaissons et faisons attention à les isoler.

– Comment se fait-il alors que ce n'ait pas été le cas pour celui avec qui Simmons a été enfermé ?

– C'était un nouvel arrivé, il ne m'était pas encore familier. Et mon chef était complètement inflexible.

J'aurais dû m'y opposer! continua Diaz en se prenant la tête entre les mains.

– Vous avez suivi les ordres, rien ne vous est reproché, assura gentiment Rose. Et votre supérieur, vous le connaissiez bien? Vous le fréquentiez en dehors de la prison?

– Peu, nous n'avions pas les mêmes intérêts. Il aimait beaucoup jouer au casino. Moi, je déteste les jeux de hasard.

– Je vois, acquiesça Rose. Elle n'avait pas besoin d'en savoir plus. Il était certain que c'était par ce biais que les membres du cartel avaient eu accès à lui. C'était néanmoins difficile à prouver, surtout maintenant que le supérieur de Diaz avait été éliminé.

Elle quitta la pièce après avoir remercié Diaz. Quand elle passa la porte, elle tomba nez à nez avec un visage familier. Mélissa Sanchez, la jeune inspectrice qui avait épaulé François lorsqu'il était venu à Miami pour retrouver Rose, alors dans le coma à l'hôpital. Mélissa les avait beaucoup aidés pour le reste de l'enquête. Il était juste dommage que François ait décidé de jouer sur deux tableaux à son retour en Europe, ce qui avait conduit à la découverte désagréable qui avait mis fin à toute perspective de relation amoureuse avec lui.

Rose eut un petit mouvement de recul.

– Bonjour Rose, fit Mélissa avec un timide sourire. J'ai entendu que tu étais ici, je suis venue te saluer. Est-ce que tu as le temps pour un café?

Rose hésita un instant. Bien sûr, elle en voulait à Mélissa, mais son instinct lui disait que François y était sans doute pour davantage que cette dernière dans leur rupture. Elle accepta. Les deux jeunes femmes prirent place en silence dans la cafétéria du FBI, puis Mélissa brisa la glace.

– Rose, je tenais à m'excuser pour le tort que je t'ai fait, commença-t-elle. J'aimerais que tu saches que c'est de ma faute et pas de celle de François, ce qui s'est passé. C'est moi qui, lors d'une visite en Europe, l'ai relancé.

– Comment ça, tu l'as relancé ?

– Je lui ai dit que je viendrais le voir.

– Ce n'était pas une invitation, non ?

– Non, c'est vrai. Du moins, ce ne l'était pas dans ma tête quand je l'ai contacté.

– Et quand tu es arrivée à Monaco ?

– Il était charmant, comme à son habitude. Ensuite, nous sommes allés dîner, nous avons trop bu, et ça a dérapé. Je n'avais nullement l'intention de recommencer avec lui, sache-le.

Rose était troublée. Lorsqu'elle les avait découverts au lit, elle avait présumé que François était l'instigateur de la reprise de la relation. De plus, elle était persuadée que Mélissa et lui avaient poursuivi ensuite une liaison sérieuse. Maintenant, Mélissa lui révélait le contraire. Elle repoussa de son esprit un vague sentiment de culpabilité envers François et, pour ne plus y penser, changea de conversation.

– Et ton travail, ça va ? s'enquit-elle en se servant un verre d'eau.

– Oui, c'est super. Tu sais, j'ai été promue à la suite du démantèlement du cartel, et j'adore mon nouveau poste. J'ai beaucoup plus de responsabilités. Et toi ?

– Ça va pas mal aussi, répondit Rose. On est ici pour le procès de Giolli.

– Oui, je sais. Ça se passe bien ?

– Les audiences n'ont pas encore commencé, à cause de l'assassinat de Simmons, reprit succinctement Rose qui ne souhaitait pas entrer dans les détails. Elle se leva puis elle prit congé de Mélissa en la remerciant. Son vol de retour à New York était dans moins de deux heures. Elle passa le voyage à réfléchir à ce que lui avait révélé Mélissa. En les trouvant dans les bras l'un de l'autre, elle était immédiatement partie et avait coupé tous les ponts avec François. Avait-elle agi sur un coup de tête, en se laissant emporter par les apparences ?

Nice, France

Olivier n'en croyait pas ses oreilles. Il réécouta l'enregistrement du bruit de fond qu'il avait réussi à isoler. Non, c'était bien cela, il avait bien entendu une charmante voix de femme, disant « Bienvenue sur Air Force One ».

Air Force One. L'avion du président des États-Unis d'Amérique ! La personne qui avait passé le coup de fil au juge s'y trouvait lorsque le message vocal avait été laissé. Ce n'était pas de bon augure. L'accès à cet avion n'était autorisé qu'au Président lui-même et à ses gardes, à des barons de l'industrie et à de hauts dignitaires étrangers accompagnant le Président, à la presse ou à des proches du chef de l'État. Bref, des personnes de grande influence. Dans quel pétrin Rose et François s'étaient-ils encore fourrés ? Il fallait qu'il les avertisse immédiatement.

Manhattan, N.Y.

– Tu es sûre de ce que tu avances ?

Pour toute réponse, Rose fit jouer l'enregistrement du bruit de fond sur son téléphone portable.

– *Son of a bitch*, cela parle bien d'Air Force One. Comment t'es-tu procuré cela ?

– Je ne peux pas révéler mes sources, ou je les mettrais en danger, déclara Rose. Je peux seulement t'assurer qu'elles sont fiables.

– Et légales ?

– Ça, non.

– C'est ennuyeux, dit Patrick.

– J'imagine que vous n'allez pas pouvoir l'utiliser ? releva Rose.

– Oui, ça va être difficile, concéda Patrick. Nous n'arriverons pas à expliquer comment nous nous le sommes procuré et la preuve ne sera pas admissible. En plus, même si nous pouvons l'exploiter, il nous sera difficile de prouver que Giolli en était l'instigateur.

Devant la moue déçue de Rose, il poursuivit.

– Attendons de voir quelle sera la décision du juge sur la poursuite du procès. Si nous pouvons aller de l'avant, j'essayerai de faire en sorte que cet enregistrement soit quand même entendu par le jury.

– Mais vous venez de dire que la preuve n'était pas admissible, objecta Rose.

– Elle n'est pas recevable si c'est nous qui l'offrons, répondit Patrick avec un clin d'œil ; elle le sera, cependant, si elle doit être utilisée pour réfuter l'un des arguments de la défense.

* * *

Tang poussa la porte du bar du Mandarin Oriental. L'endroit était luxueux, meublé de canapés de velours pourpre tournés vers d'énormes baies vitrées qui surplombaient le sud de Central Park.

Il avait retrouvé dans les papiers de Wú un reçu provenant de ce bar. Quatre cocktails, consommés le 12 avril entre 20 h et 22 h. Avec qui Wú avait-il partagé ces boissons ? Il semblait incongru que le professeur, avec sa vie calme et modeste, ait fréquenté cet endroit. Il avait à coup sûr dû y emmener quelqu'un. Une femme ? Un homme ? Tang était là pour tirer cela au clair.

Il s'approcha du maître d'hôtel et lui demanda s'il pouvait lui poser quelques questions, sans toutefois sortir son badge. Il évitait de le faire si cela n'était pas nécessaire, car il trouvait que les personnes qu'il interrogeait étaient moins coopératives. L'homme jeta un coup d'œil méprisant au jeune Asiatique vêtu d'un costume en tissu synthétique et de grosses chaussures noires même pas lustrées.

– Je n'ai pas le temps, répondit-il.

Devant son refus, Tang n'eut d'autre option que de sortir son accréditation.

– Et maintenant, vous en avez ?

Le maître d'hôtel eut un petit ricanement mauvais et lança :

– Ai-je le choix ?

Tang ne releva pas. Il présenta une photo de Wú.

– Avez-vous vu cette personne ici au début du mois d'avril ?

– Elle serait venue manger ou prendre un verre ?

– Prendre un verre.

– Alors il faut que vous demandiez au serveur qui s'occupe de cette partie du bar, dit-il en désignant un jeune homme qui portait un plateau.

Tang s'approcha de l'employé que lui avait montré le maître d'hôtel, espérant qu'il serait plus coopératif que son collègue.

– Bonjour, ce type là-bas m'a conseillé de m'adresser à vous. Je suis du FBI, compléta-t-il en découvrant discrètement son badge. Avez-vous servi cet homme début avril ?

Le serveur prit la photo qui lui était tendue par Tang et l'examina.

– Oui, je m'en souviens.

– Est-ce qu'il était avec quelqu'un ?

– Tout à fait. C'est d'ailleurs pour cela que je le reconnais. Ils étaient tellement mal accordés, j'ai pensé que c'était encore une de ces rencontres par internet.

– Pourquoi dites-vous cela ?

– Eh bien lui, il était habillé très simplement, avec un pantalon de toile, une chemise et un pull, et elle, elle était très sophistiquée, vêtue entièrement de noir. Elle était très belle, fine, avec des cheveux courts tout en restant féminine. Par contre, ce qui m'a frappé, c'était sa froideur. Elle avait un air glacial, même si elle s'efforçait de lui prêter attention. Vraiment un couple étrange.

– Seriez-vous à même de passer au bureau pour la décrire à un portraitiste ?

– Au bureau du FBI ? s'enhardit le jeune homme. Bien sûr ! C'est comme dans les films ?

Washington, D.C.

Maculoso sortit énervé du Bureau ovale. Le Président lui avait fait part de son mécontentement de la lenteur des négociations avec la Chine, et il n'avait pas mâché ses mots. Le chef de l'État était coincé entre le marteau et l'enclume, et ne supportait pas cela. D'une part, il était pressé par le très puissant lobby paysan américain de faire avancer les pourparlers. D'autre part, les Chinois prenaient leur temps, et raillaient les Américains pour leur incapacité à protéger des dissidents sur leur sol. Lui, que la critique excédait, avait dû trouver un bouc émissaire. Maculoso était tout désigné pour ce rôle, même si rien de tout cela n'entrait dans ses prérogatives. Il avait assisté aux dernières négociations et avait constaté que les Chinois continuaient à demander des comptes qui ressemblaient à des rétributions. Le fait que cette espèce de mollusque de Douglas Freeman soit à la tête de tout cela n'aidait pas.

Soudain, Maculoso eut une idée. La clef USB de Tursun. Elle contenait apparemment un document compromettant. Ça tenait un peu du bluff, car il ne l'avait pas encore, mais qu'importe, il n'était pas à cela près. Il allait dire à Freeman de raconter aux Chinois que les Américains avaient des informations embarrassantes à leur sujet, qu'ils n'hésiteraient pas à remettre à la presse si la Chine ne se montrait pas plus rapide et coopérative dans les négociations.

Queens, N.Y.

Leyla, Rose et François descendirent du métro à Astoria. François regarda autour de lui d'un air surpris. Encore un quartier qui cassait l'opinion édulcorée qu'avaient beaucoup de Français sur les États-Unis.

Ici, les bâtiments n'atteignaient pas plus de trois étages. Les gratte-ciels de Manhattan qu'on apercevait au loin semblaient appartenir à une autre ville. Les magasins étaient petits, avec des auvents colorés sur lesquels étaient indiqués leur nom ainsi que leur numéro de téléphone.

« La praticité avant tout », conclut Rose en voyant François observer les devantures.

Leyla les précéda dans une de ces échoppes qui vendaient toutes sortes d'appareils électroniques. Elle dit bonjour au manager d'origine indienne, puis ajouta quelque chose en désignant du doigt l'arrière-boutique. Il acquiesça, l'invitant à passer derrière la couverture qui servait de porte.

Leyla avait décidé qu'elle devrait user de ruse pour s'introduire dans l'ambassade d'Arabie saoudite. Les falsificateurs de documents d'identité n'étaient pas rares à New York. Avant, ils officiaient sur la 42e Rue, proposant aux adolescents des cartes qui, en changeant leur date de naissance, leur permettaient d'acheter de l'alcool ou d'accéder à des boîtes de nuit interdites aux mineurs. Depuis que cette rue avait été nettoyée sous l'administration du maire Giuliani, les faussaires étaient partis dans des quartiers moins exposés, tout en étendant, du même coup, leur offre. Maintenant, il était non seulement possible de modifier son âge, mais aussi d'obtenir de faux passeports ou des papiers d'identité volés.

« Il vaut mieux que vous me laissiez y aller seule », déclara Leyla à Rose et François en couvrant ses cheveux d'un voile. Elle passa derrière le tissu.

La pièce était sombre, uniquement éclairée par une fenêtre dont les persiennes descendues étaient en partie endommagées, ce qui permettait à la lumière de pénétrer un peu. Leyla toussa. L'air était vicié par la fumée des cigarettes et des chichas que fumaient huit hommes assis en tailleur sur des tapis. Elle les salua et annonça ce qu'elle venait chercher. Après que tout le groupe l'eut regardée de la tête aux pieds en silence, l'un des fumeurs lui fit signe d'approcher. Il avait devant lui une pile de passeports estampillés aux armes de l'Arabie saoudite. Il en prit un, puis se leva et se dirigea vers un petit photomaton caché dans un coin de la pièce. Toujours sans parler, l'homme lui demanda d'entrer. Leyla avait conscience que chacun de ses gestes était observé. Elle se demanda si elle n'avait pas mis un jean trop serré pour l'occasion. Une fois la photo prise et développée, l'homme s'assit derrière une vieille machine à écrire et inscrivit sur la première page du passeport les informations que Leyla lui donna. Quand il eut fini, il colla la photo et plastifia le tout. Il fit un signe de la main à Leyla, et échangea le passeport contre cinq billets de cent dollars.

– Alors, c'est bon ? l'interrogea François, qui commençait à en avoir assez de contempler des MP3 de toutes les couleurs fabriqués en Chine. Leyla acquiesça en sortant de l'arrière-boutique et les invita à la suivre.

– C'est bon, dit Leyla une fois qu'ils furent dans la rue, je suis maintenant Nayla Hubir, ressortissante saoudienne.

Chapitre 11

15 mai

Manhattan, N.Y.

La rame de métro roulait à tombeau ouvert et les cahots envoyaient les occupants des wagons les uns contre les autres. Comme toujours lorsqu'il pleuvait, le métro new-yorkais se retrouvait en surcharge, et pour fluidifier le trafic, les conducteurs roulaient à grande vitesse et omettaient de s'arrêter dans certaines stations. Rose et François arrivèrent en un rien de temps au bâtiment qui abritait le tribunal.

Patrick avait appelé Rose pour lui dire qu'il avait gagné la motion. Le procès reprendrait donc son cours, et il commencerait par le témoignage de François.

Une fois la sécurité passée, Rose se dirigea vers la salle d'audience alors que François entrait dans celle des pas perdus. À peine Rose eut-elle pris place que l'huissier fit venir François et lui ordonna de s'asseoir sur la chaise réservée aux témoins, qui se trouvait à gauche du juge. François était extrêmement tendu. Il n'avait pas eu l'occasion de continuer à se préparer après la suspension du procès, et il se sentait mal à l'aise.

L'interrogatoire commença par quelques questions de Patrick visant à présenter François, puis ce fut le tour de l'avocat de Giolli. L'ancien procureur de la principauté de Monaco n'avait pas laissé les choses au hasard. Il avait engagé Me Adam Liebstovski, l'un des ténors du barreau new-yorkais, associé dans l'un des plus gros cabinets de Wall Street. L'homme avait obtenu l'acquittement de traders suspectés de délit d'initié de banquiers inculpés pour blanchiment, et aussi de mafiosi notoires arrêtés pour trafic d'influence. En le voyant, Rose se dit que si elle n'avait pas su qu'il était avocat, elle l'aurait deviné. Petit et trapu, il portait un costume croisé à fines rayures, une large cravate rouge, et des chaussures à boucles. Malgré son âge, il n'avait pas un cheveu blanc, ce qui poussa Rose à conclure qu'il se les teignait. Il avait l'air à la fois irascible, retors et véreux. Rose pria pour que François ne se laisse pas déstabiliser.

Me Liebstovski débuta avec des questions anodines, adressant à François un sourire forcé après chacune d'elles. François, tendu, attendait patiemment que l'interprète traduise la question, puis répondait de façon très appliquée. Rose commença à se relaxer un peu en voyant que François avait, au moins, bien retenu les leçons de Patrick.

Soudain, l'avocat aborda une série de questions qui la surprit, car elles portaient sur l'ex-femme de François, Virginie. Me Liebstovski se renseigna sur la durée de leur mariage et lui demanda s'ils avaient eu des enfants ensemble, puis il passa à des questions plus dérangeantes pour l'ego de François :

– Et qui a mis fin à la relation, elle ou vous ?

François parut piqué au vif et répondit :

– C'était d'un commun accord.

L'avocat rétorqua :

– Vraiment ? Je croyais que votre femme était partie avec un promoteur immobilier ?

Patrick bondit :

– Objection ! Quelle est la pertinence de cette question ?

La juge, le toisant du regard, siffla :

– Nous allons le savoir, assurément. Répondez, monsieur Gaudard.

– Pas du tout, riposta François, qui virait au rouge écarlate.

– Et pourtant, on la voit ici à côté de cet homme, rétorqua maître Liebstovski en lui présentant une photo agrandie puis en l'exposant sur un tableau afin que le jury puisse bien l'observer. Son site internet montre qu'il investit dans l'immobilier, enchaîna-t-il en produisant, au même format, l'impression d'une page du site en question.

Avant que François ne puisse répondre, l'avocat surenchérit, en sortant une autre photographie. Et sur cette photo, vous me confirmerez qu'on voit de nouveau votre femme, enfin ex-femme devrais-je dire, en compagnie de son amant, n'est-ce pas ?

François acquiesça d'un faible « oui ».

– Et la troisième personne sur le cliché, vous la reconnaissez ?

François devint livide.

– Oui.

– Et qui est-ce ?

– C'est M. Guido Giolli.

Patrick se leva en criant :

– Je fais objection ! Il n'y a pas de rapport entre le fait que l'ex-femme du témoin apparaît sur une photo avec l'accusé et la présente affaire.

– Mes questions visent à démontrer que le témoin n'est pas impartial, répondit Me Liebstovski. Elles touchent à sa crédibilité et doivent par conséquent être admises.

– L'avocat de la défense est autorisé à continuer cette série de questions, accorda la juge.

– Est-ce que ce monsieur se trouve dans cette salle ? interrogea Me Liebstovski.

– Oui.

– Pouvez-vous nous le montrer du doigt pour que le jury le voie ? demanda l'avocat.

François pointa en direction du banc des accusés où était assis l'ancien procureur.

– J'exige que le greffier note que le témoin a désigné le prévenu, dit Me Liebstovski.

– Madame la juge, je souhaite faire une pause, continua Patrick.

– Bien, consentit-elle, nous recommençons dans une demi-heure.

En retrouvant François dans le bureau de Patrick, Rose vit qu'il était hors de lui.

– Qu'est-ce que c'est que ces questions ? Vous ne m'aviez pas préparé à cela !

Patrick se tourna vers lui, l'air sévère, les poings serrés.

– Vous ne m'aviez pas informé que votre ex-femme fréquentait maintenant les mêmes cercles que Giolli ! Pourtant, je vous avais demandé de m'énumérer toutes les relations qui vous liaient à lui.

– Et alors ! Je n'y ai pas pensé ! rétorqua François.

À vrai dire, moins il songeait à son ex-femme, mieux il se portait. Et, il n'aimait pas admettre qu'elle s'était tirée avec un autre homme, un promoteur immobilier qui l'avait séduite par son argent.

– Eh bien, il aurait fallu ! protesta Patrick, qui contenait difficilement sa frustration. Maintenant, le jury peut penser que vous témoignez contre Giolli pour vous venger, pour salir son entourage et ainsi votre ex-femme.

– Mais ce n'est pas vrai !

– On se moque de la vérité. Devant un jury, c'est la perception qui importe. Et c'est ce que son avocat a insinué.

De rage, François shoota dans une corbeille à papier, qui atterrit de l'autre côté de la pièce en répandant tout son contenu au passage.

– Qu'est-ce qu'on peut faire ? demanda Rose pour calmer le jeu.

Patrick contempla les bâtiments qui s'étendaient sous les fenêtres, puis se retourna vers elle.

– Je crois que j'ai une idée. Serais-tu prête à témoigner sur le fait que tu es sa petite amie, que François a refait sa vie avec toi, et qu'en conséquence, il n'a plus aucune raison de vouloir se venger de son ex-femme ?

Rose répondit du tac au tac :

– Je ne suis pas sa petite amie !

François se rapprocha de Rose, et précisa :

– Elle ne l'est pas en ce moment. Il est cependant vrai que nous avons été ensemble il y a quelque temps, et que nous sommes encore très proches.

Rose s'éloigna un peu. Elle n'était pas à l'aise avec l'étalage de leur vie privée.

– Nous ne sommes plus un couple, affirma-t-elle en insistant sur le terme « plus ». En particulier, quand nous menions l'enquête qui a conduit à l'arrestation de Giolli, nous n'étions plus ensemble. J'ai peur que l'avocat se renseigne et rebondisse là-dessus.

François lui jeta un regard noir. Il n'aimait que moyennement le fait que Patrick soit ainsi mis au courant des détails de leur intimité.

Le jeune procureur réfléchit un instant, puis acquiesça :

– Je suis d'accord avec vous, Rose. Finalement, c'est une mauvaise idée pour l'instant de vous faire témoigner. Le jeu n'en vaut pas la chandelle. Je vais essayer de récupérer différemment la sauce.

Mais, déjà, l'huissier les informait que l'audience allait reprendre. François le suivit. En passant à côté de Rose, Patrick se pencha vers elle et, en lui adressant un sourire malin, lui dit : « Nous allons tout faire pour limiter les dégâts. »

* * *

Grâce à la description précise du jeune serveur, qui s'était révélé être étudiant en arts plastiques lorsqu'il ne travaillait pas au Mandarin Oriental, le portrait-robot de la compagne de Wú prenait forme. Tang voyait apparaître une femme aux traits très fins, dont les pommettes maigres saillaient au milieu du visage. Les yeux étaient bridés, encadrés de cils immenses, et soulignés d'un trait d'eyeliner noir sur la paupière mobile. Les cheveux, très courts, étaient séparés par une raie sur le côté et plaqués en arrière. Le portraitiste avait rendu le regard, sur les indications du serveur, glacial et perçant.

Une fois le dessin terminé, Tang remercia le jeune homme et le dédommagea pour son temps, puis il scanna le portrait et le passa dans la base de données du FBI. Le logiciel de reconnaissance faciale utilisé par le Bureau était presque infaillible. Si une personne avait une photo officielle qui ressemblait quelque peu au portrait-robot, il la retrouverait.

Il lança la recherche. L'ordinateur avait identifié qu'il s'agissait d'un visage asiatique et Tang voyait apparaître des dizaines de photos qui disparaissaient aussitôt que le logiciel les rejetait. Après quelques minutes, la machine se mit à ralentir, ayant épuisé la plupart des possibilités. Elle sortit deux photos à Tang. Toutes deux étaient des femmes à cheveux courts, même si aucune ne ressemblait vraiment à l'invitée de Wú. Tang essaya de relancer la recherche, mais le système bloqua de nouveau. Il dut se rendre à l'évidence. La femme n'était pas dans la base de données du FBI.

Tang recula sa chaise, perplexe. Comment était-ce possible ? Toute personne qui avait passé la frontière américaine était prise en photo, image qui était ensuite conservée dans une base de données. Était-elle une ressortissante américaine qui n'avait jamais quitté le territoire ? Cela semblait peu probable. Et même dans ce cas, la plupart des Américains possédaient une photo officielle, prise au collège, à l'université, ou pour le permis de conduire, qui était, elle aussi, conservée par les autorités.

Il réfléchit. Il avait, une nouvelle fois, reçu quelques jours auparavant un appel de Maculoso, qui s'était montré comme à son habitude très désagréable. Il lui avait demandé où en étaient les recherches sur la clef USB donnée par l'imam à Wú, et Tang avait dû lui avouer qu'elles n'avançaient pas. Maculoso avait eu l'air très insatisfait et l'avait pressé de se dépêcher. Il avait insinué que l'avenir du pays en dépendait.

Tang avait raccroché en se demandant dans quel sale pétrin il s'était engagé. Maculoso agissait de toute évidence sous les ordres du Président. Pourquoi le chef de l'État était-il tellement intéressé par ce document ? Tang ne voyait qu'une seule personne qui pouvait l'aider à avancer plus vite. Il prit son téléphone et appela l'inspectrice McGawn.

Washington, D.C.

Leyla Jones poussa la porte de la représentation principale du Royaume saoudien aux États-Unis. Son cœur battait la chamade. Elle était convenue avec Rose et François de donner une version proche de la réalité, se disant amie de Wú, tout en taisant, évidemment, qu'elle était journaliste. C'était déjà assez compliqué d'utiliser une fausse identité, et les Saoudiens étaient connus pour ne pas aimer tout ce qui touchait à la liberté de la presse.

Leyla montra rapidement son faux passeport aux gardiens et demanda à parler à l'ambassadeur. On lui demanda pour quelle raison. Elle refusa de répondre, avançant qu'il s'agissait d'une affaire dont elle ne pouvait discuter qu'avec une personne haut placée. Elle faisait de son mieux pour parler l'arabe d'Arabie saoudite, qui différait de celui qu'elle utilisait avec sa famille libanaise. On la fit asseoir dans une pièce dont la seule décoration était un large drapeau paré des armes du royaume, deux sabres croisés. Finalement, un grand homme sec entra, habillé à l'occidentale et doté d'une barbe assez fournie. Il la salua sans lui serrer la main.

– Je suis l'adjoint de l'ambassadeur. Que puis-je faire pour vous ? s'enquit-il sans un sourire. Leyla le regarda. De toute évidence, l'ambassadeur ne trouvait pas nécessaire de lui parler. Il faudrait qu'elle se contente de l'adjoint.

– Je suis une amie du professeur Liang Wú. Il travaillait sur la situation des musulmans sunnites en Chine, et il m'avait dit qu'il allait rencontrer l'imam Tursun, mentit-elle. Comme vous le savez sans doute, le professeur a été assassiné. J'aimerais savoir si vous pouvez me dire où se trouve l'imam afin que je lui parle. J'ai cru comprendre qu'il avait récemment quitté son domicile en compagnie de gardes du corps saoudiens.

L'adjoint la dévisagea pendant un court instant, puis lui répondit d'un air strict.

– Vos questions sont inappropriées, et vos hypothèses, fausses. Nous ne lui avons pas fourni de gardes du corps. Et nous ne savons pas où il est. Nous n'avons rien à voir avec lui. Il est chinois. Nous ne le connaissons pas.

Il se leva, toisant Leyla.

– Je ne peux pas vous aider. Je suis désolé du sort de ce professeur. Maintenant, si vous voulez bien me suivre, je vais vous raccompagner.

Manhattan, N.Y.

Patrick O'Brien relisait le rapport d'audience que lui avait fait parvenir le greffier. Sur le papier, le témoignage de François était encore plus catastrophique que lors de l'interrogatoire. L'avocat de Giolli lui avait fait perdre toute contenance et il avait répondu de manière hâtive aux questions qui avaient été posées après l'interruption, paraissant ainsi peu crédible. Les autres témoins, des employés des banques situées aux îles Caïmans dans lesquelles Giolli avait des comptes, avaient été peu bavards. À ce stade des audiences, O'Brien craignait d'avoir trop peu de preuves pour convaincre un jury et obtenir une conviction.

Il détourna son regard de son écran et se mit à réfléchir. L'idéal serait qu'il puisse utiliser l'enregistrement que lui avait donné Rose pour créer le doute dans l'esprit des jurés. Mais comment l'introduire dans la procédure sans qu'il soit immédiatement rejeté comme une preuve inadmissible, car obtenue illégalement ?

Une des solutions serait de conserver la convocation de Rose McGawn, alors qu'il pensait initialement la libérer après le meurtre de Simmons. Le témoignage de l'inspectrice n'avait plus lieu d'être puisque Simmons ne serait pas interrogé. Mais Rose, en raison de sa participation à l'enquête, pourrait parler du réseau de Giolli et de ses activités de blanchiment. C'était elle, après tout, qui avait fait la lumière là-dessus. Même si sa connaissance personnelle du malfrat était limitée, elle avait quand même sa pierre à apporter à l'édifice et par le biais de son témoignage, il pourrait certainement ajouter l'enregistrement au dossier.

Il hésitait cependant, conscient de la menace que Rose avait reçue. Même si O'Brien n'était pas homme à se laisser intimider, il ne sous-estimait pas le pouvoir des gangs. S'il demandait à Rose de prendre le risque de venir témoigner, il fallait qu'il soit au moins sûr que le but désiré, c'est-à-dire que le message vocal soit entendu par le jury, puisse être atteint.

Il envoya un e-mail à Rose, lui expliquant qu'il allait probablement lui demander de témoigner et lui proposant de le rappeler. Après tout, le meilleur moyen de prendre une décision était d'en parler avec la personne concernée. De plus, cela faisait longtemps qu'il avait envie d'inviter la jeune Anglaise à boire un verre.

Washington, D.C.

À l'intérieur de l'ambassade, Al-Bashir écoutait avec incrédulité son adjoint, venu le voir dès qu'il avait pris congé de Leyla. Pourquoi venait-on lui chercher des noises avec le meurtre de Wú ? Cela ne s'arrêterait donc jamais ? Son ambassade allait maintenant attirer tous les curieux de la terre ? En plus, son adjoint lui affirmait que le passeport de la jeune femme était un faux. Il disait l'avoir tout de suite remarqué, mais que quand il avait entendu qu'elle était proche d'une personne impliquée dans les droits de l'homme, il avait voulu connaître la raison de sa présence dans leurs locaux avant de la renvoyer. On ne plaisantait pas avec ces droits en Arabie saoudite. C'était une gangrène qu'il fallait éradiquer dès qu'elle se présentait.

L'ambassadeur tapa de ses petites mains arrondies sur la table. Trop, c'était trop ! Cela devenait insupportable, et cela devait cesser. Et cette fois-ci, il aurait le courage de le dire aux Américains ! Il allait appeler immédiatement le directeur de cabinet du Président. Après tout, c'était lui qui l'avait mis dans un pareil pétrin, il n'avait qu'à l'assister un peu maintenant. Il fallait que l'imam soit remis au gouvernement américain. Les Saoudiens ne pouvaient plus continuer à le cacher dans leur ambassade.

Chapitre 12

16 mai

Manhattan, N.Y.

– Content de te voir en une pièce, déclara François à Leyla quand elle revint à l'appartement.

– Très fin, comme blague, lui fit remarquer Rose qui était en train de préparer un plateau de sushis. Leyla ne releva pas, se servit un verre de blanc et s'assit.

– Je suis tombée sur l'adjoint de l'ambassadeur, et il n'a rien voulu dire, fit-elle d'un air dépité. Il a prétendu qu'ils ne connaissaient pas Tursun.

– C'est étrange, dit Rose, pourquoi cachent-ils cela s'ils n'ont rien à se reprocher ?

– C'est peut-être qu'ils ne veulent pas se mettre mal avec la Chine, suggéra François. Après tout, Tursun a fui ce pays, il n'est donc pas en bons termes avec les Chinois. Le protéger reviendrait à prendre position contre ces derniers.

– Oui, mais il est requérant d'asile. S'il y a un pays auquel les Chinois peuvent reprocher quelque chose, ce sont les États-Unis. D'ailleurs, je me pose une question depuis le début, continua Rose, pourquoi est-ce que ce ne sont pas les États-Unis qui s'occupent de son cas ?

– Probablement parce qu'eux non plus ne veulent pas se mettre la Chine à dos. D'autant que, rappelez-vous, ils sont en grande négociation commerciale avec ce pays en ce moment, précisa Leyla.

– En effet, dit François. Tout cela ne nous dit cependant toujours pas où se trouve Tursun.

Washington, D.C.

« Nous sommes en possession d'informations extrêmement compromettantes à votre égard qui nous poussent à considérer la possibilité de suspendre ces négociations. Nous sommes en train de vérifier le document qui les contient, et nous vous tiendrons au courant de notre décision une fois que ce sera fait. »

Douglas Freeman avait délivré sa tirade sans une hésitation. Non qu'il en admette l'importance, ou prenne un quelconque plaisir à ces jeux de pouvoir : au contraire, il n'en avait rien à foutre. Ces querelles incessantes le fatiguaient, lui qui, issu d'une famille d'intellectuels noirs de Philadelphie, avait étudié l'économie par passion. Il aimait la gymnastique d'esprit que lui procurait la comparaison des théories de Marx, Keynes et autres Stiglitz. De fil en aiguille, grâce aux prestigieuses universités dans lesquelles ses excellents résultats lui avaient permis d'étudier, il était arrivé au département de l'Économie. Comment il s'était ensuite retrouvé à conduire les négociations avec la Chine, il l'ignorait. Le fameux plafond de verre qui limitait toujours, d'une façon ou d'une autre, les carrières des minorités, ou alors son peu d'ambition, avait fait de lui le candidat idéal pour cette tâche dont chacun savait qu'elle était ingrate par nature. Bref, voilà où il en était arrivé : à menacer les représentants de la seconde puissance mondiale, ou la première suivant le point de vue.

La réaction ne tarda pas à arriver.

– De quoi voulez-vous parler ? demanda le chef de la délégation chinoise, un haut dignitaire du parti qui, lui, ne manquait pas d'agressivité et d'ambition.

– Nous ne sommes pas en mesure de révéler de quoi il s'agit, répondit Freeman en quittant la pièce. Il détestait la ligne de conduite qui lui avait été imposée, car elle n'avait aucun sens puisqu'elle reposait sur un pur mensonge. Mais Maculoso lui avait ordonné d'agir ainsi, et il savait d'où ce dernier tirait ses ordres. Il n'était pas du genre à aller à l'encontre des désirs de l'homme le plus puissant de la planète.

Manhattan, N.Y.

Le consul de Chine à New York raccrocha le téléphone et regarda par la fenêtre. L'Hudson River coulait devant ses yeux, ses eaux grises entraînant des barges remplies de détritus qui allaient être brûlés sur Staten Island. Un peu plus loin sur la droite, il apercevait la grande masse métallique du porte-avions

Intrepid, qui était à présent un musée. Cet affichage de force et de puissance guerrière ne manquait jamais de l'énerver. Et maintenant, les Américains menaçaient de suspendre des négociations dans lesquelles les Chinois tiraient fort bien leur épingle du jeu, sous prétexte qu'ils étaient en possession d'un document compromettant pour la Chine. Quelle audace !

Il incombait ainsi au consul de corriger le tir, puisque c'était lui qui avait programmé l'assassinat de Wú. Sinon, il entendait déjà les dignitaires du parti le blâmer pour la perte d'un objet en possession du professeur. Peu importe qu'il n'ait eu aucune idée de son existence lorsqu'il avait ordonné le meurtre. De plus, trouver un bouc émissaire était le sport favori de ses collègues.

Il appela Park Nam-Ji. Après tout, c'était elle qui avait commencé le travail, il fallait maintenant qu'elle le finisse.

* * *

Rose consulta son téléphone et s'aperçut que le jeune inspecteur du FBI qu'elle avait rencontré dans l'appartement de Wú lui avait laissé un message quelques heures plus tôt. Elle avait l'impression que les serveurs téléphoniques aux États-Unis étaient moins performants que leurs pendants européens. En tout cas, son téléphone ne l'avertissait pas toujours en temps réel des mails et sms reçus.

Don Tang lui demandait de collaborer. Décidément, elle se retrouvait à beaucoup travailler pour les

Américains ! Mais pour l'instant, elle n'avait qu'une envie, de se défouler. Elle consulta sa montre. Il était 17 h. Elle passa ses habits de sport, enfila ses baskets, et quitta l'appartement. Une fois dans le parc, elle ne suivit pas l'allée qu'elle avait l'habitude d'emprunter pour se rendre vers le *Reservoir*, mais partit dans la direction opposée, vers le nord. Elle voulait voir l'endroit où le corps du professeur Wú avait été retrouvé. Bernstein lui avait donné le point GPS, qu'elle avait inséré dans son portable. Il ne lui restait plus qu'à respecter ce que lui indiquait l'application de son téléphone.

Elle remonta une allée qui serpentait dans la verdure. Le parc, dans sa partie haute, était moins bien entretenu et les arbres semblaient laissés à l'état sauvage, créant une véritable forêt où il était aisément possible de commettre un crime. Rose frissonna. Elle n'osait pas imaginer s'y retrouver de nuit. Elle continua à suivre le petit chemin qui s'enfonçait plus profondément dans les bois. Elle n'avait croisé personne. L'effervescence des joggeurs, cyclistes et voitures qui existait sur le *Loop* faisait place ici à un calme presque sinistre. Elle ne voyait même plus les gratte-ciels. Elle aurait pu être au milieu de nulle part.

Soudain, elle arriva dans une clairière dont l'accès était interdit par un ruban de police tendu entre les arbres. Il était maintenant cassé par endroits. Des curieux étaient indubitablement venus examiner les lieux du crime.

Rose pénétra dans la trouée. La police, et sans doute aussi les éléments, avaient bien fait leur travail. Le sang au sol avait en grande partie disparu. Toutefois, elle observa que le tronc d'un arbre était plus sombre dans un coin. Elle se demanda si la victime avait été posée contre celui-ci. Ses agresseurs l'auraient-ils adossée là pendant qu'ils la questionnaient ? Rose commença à regarder au-delà des herbes, dans les fourrés. Tang lui avait dit qu'ils recherchaient une clef USB que l'imam avait remise à Wú. Les chances qu'il l'ait eue sur lui le soir de sa mort étaient minimes, cependant Rose, habituée aux scènes de crime, se sentait incitée à en examiner les moindres détails. Ainsi, elle serait mieux à même de comprendre ce qui s'était passé. Elle tourna autour de l'arbre souillé. Ses racines s'étendaient loin vers l'arrière, se soulevant avant de replonger sous terre. Rose se baissa et scruta la mousse qui poussait dessous, déplaçant les feuilles mortes. S'il avait été assis contre le tronc, c'est là que Wú aurait pu laisser quelque chose. Alors qu'elle passait ses doigts sur la terre humide, elle sentit un objet froid et métallique. Elle écarta la végétation et dégagea une petite clef, qui ressemblait à celle d'un cadenas. Elle n'était pas rouillée. Cela ne faisait donc pas longtemps qu'elle était là. Avait-elle été déposée par Wú ? Seule une recherche d'empreintes digitales pourrait le lui confirmer.

Rose se redressa et regarda autour d'elle. Le ciel s'était assombri, un orage menaçait. Les sous-bois étaient devenus encore plus lugubres. Soudain, elle entendit un craquement de branches. Elle se retourna et aperçut une ombre partiellement cachée derrière un tronc d'arbre. Elle se releva et recula, trébucha sur une racine et tomba.

Avant qu'elle n'ait pu se remettre sur pied, un homme couvert de vêtements en lambeaux se penchait sur elle. Son visage était noir de crasse, et au milieu de ce masque hideux brillaient deux yeux verts habités d'une lueur singulière.

– Que fais-tu chez moi ? dit-il à Rose.

Sentant son haleine avinée, Rose se dégagea et se releva. Elle songea d'abord à détaler en courant, avant de décider qu'il valait tout de même la peine d'engager la conversation. Cet homme avait-il pu voir quelque chose ?

– C'est chez vous ici ? susurra-t-elle innocemment.

– Je suis le maître de ces lieux ! déclama-t-il en frappant sa poitrine maigre.

– Je vous en félicite, répondit Rose. Et je m'excuse de vous avoir dérangé.

– Oui, tu m'as dérangé, enchaîna l'homme. Tout le monde me dérange, en ce moment !

– Tout le monde ? Qui ça ?

– La police, la police me dérange, et puis les Jaunes, les Jaunes de la nuit.

– Quels « Jaunes » ?

– Ceux que j'ai combattus au napalm, ils viennent pour se venger, ils veulent ma peau, s'énerva l'homme en gesticulant. Il prit une branche et se mit à faire des moulinets avec. Mais ils ne m'auront pas, le sergent Zacharia est immortel ! s'écria-t-il.

Rose, évitant le morceau de bois qui sifflait dans l'air, se risqua à poser une autre question :

– Quand avez-vous vu des « Jaunes » par ici ?

Pour toute réponse, Zacharia brandit la branche vers le ciel et poussa des cris de loup. Rose jugea qu'il était temps de prendre congé de ce curieux personnage. L'homme paraissait complètement instable.

– Sergent Zacharia, je dois partir, lui dit-elle. Faites attention à vous, personne n'est immortel.

Et sur ces paroles, elle se mit à courir en direction de l'allée, et se dépêcha de rejoindre le *Loop*.

Washington. D.C.

De rage, John Maculoso envoya voler son iPad. Il venait de visionner l'enregistrement vidéo de la précédente réunion qu'avait tenue Freeman avec les Chinois. Pourquoi cet imbécile s'était-il avancé sur les recherches américaines concernant la véracité du document ? Comme il n'était pas en sa possession, c'était la dernière chose à dire ! Cela donnait une dimension temporelle à la menace, et maintenant, si les Américains ne revenaient pas rapidement avec des renseignements concrets, ils seraient humiliés face aux Chinois. Ce que Maculoso ne désirait pas.

Il se mit à réfléchir. Que pouvait contenir cette clef USB ? Des informations sur les Ouïghours illégalement emprisonnés par le gouvernement chinois ? D'autres révélations ? Il savait que le Président avait utilisé dans le passé, les capacités techniques des Chinois à des fins personnelles. S'agissait-il de cela ? Si c'était le cas, ce serait une catastrophe qui pourrait conduire à la destitution du chef de l'État. Il voyait déjà les gros titres des journaux sur le « Chinagate ».

Maculoso secoua la tête. De pareilles pensées paranoïaques ne servaient à rien, même si l'environnement dans lequel il évoluait y menait facilement. Il lui fallait absolument, et rapidement, retrouver la clef USB. Et il devait s'assurer que Tursun ne parle pas.

Cela tombait bien, les Saoudiens l'avaient informé qu'ils ne souhaitaient plus de ce dernier dans leur ambassade. Il suffisait qu'il arrange un transfert «en lieu sûr» au cours duquel l'imam aurait un malencontreux accident. Il conservait toujours quelques contacts avec des membres de la pègre, qui pouvaient s'avérer utiles dans ce genre de situation.

Manhattan, N.Y.

– La prochaine fois que tu veux aller te promener dans Central Park, tu me prends avec toi! s'écria François. Rose venait de rentrer à l'appartement et de raconter son aventure.

– Oui, mais tu ne fais pas de jogging.

– Le jogging, c'était une excuse. Tu es allée voir la scène de crime, et tu t'es mise en danger. Qu'est-ce qu'il se serait passé si tu t'étais foulé la cheville et que tu n'avais pas pu partir en courant? Dieu sait ce que ton sergent Zacharia, là, avec ses hallucinations, t'aurait fait!

– C'est bon, il en a contre les Vietnamiens et on me confond rarement avec cette population, fit Rose avec un sourire. Et puis, c'est intéressant, cette histoire de «Jaunes». Ça ne te semble pas bizarre, toi, qu'il parle de cela lorsque c'est un Chinois qui a été retrouvé mort?

– Que veux-tu dire ? Que c'est lui qui l'a tué ?

– J'en doute. Plutôt qu'il a été témoin du crime. Ah, et regarde ce que j'ai trouvé, sous un arbre dont le tronc était encore maculé de sang, dit-elle en sortant la clef de cadenas.

– Une clef?

– Oui. Je ne sais pas si elle appartenait à Wú, mais, en tout cas, cela ne devait pas faire longtemps qu'elle était là, vu qu'elle n'est pas du tout rouillée. Et la coïncidence est trop belle. Je vais la remettre à Bernstein demain pour qu'il relève les empreintes.

Chapitre 13

17 mai

Manhattan, N.Y.

Au café d'une librairie Barnes & Noble, Rose attendait l'arrivée de Don Tang. Elle aimait ces librairies dans lesquelles il y avait un endroit pour prendre une collation. Le magasin laissait ses clients emprunter des livres et des magazines et les feuilleter en sirotant leur boisson. Elle trouvait cela convivial et jubilait qu'ils n'aient pas été décimés par Amazon.

Elle était plongée dans le nouveau numéro de *Harper's Bazaar* quand Tang s'assit en face d'elle. Après l'avoir poliment saluée, il sortit discrètement de la poche de sa veste un portrait-robot. C'était celui d'une femme asiatique, aux cheveux très courts.

– Qui est-ce ? demanda Rose.

– Une des dernières personnes avec qui Wú a été vu en vie. Il a pris un verre au Mandarin Oriental avec elle une semaine à peine avant sa mort.

– On connaît son identité ?

– Non, justement. Elle ne figure dans aucune banque de données.

– Qu'est-ce que cela veut dire ?

– C'est très étrange. À l'heure actuelle, bien qu'il soit encore possible qu'un individu n'ait aucune identité numérique, c'est extrêmement rare. Du genre qui habite au fond des bois sans même avoir de voiture, vous voyez. Je ne pense pas que ce soit son cas.

– Mais alors, d'où sort-elle ?

– Je pense qu'elle a été amenée clandestinement sur le territoire américain. C'est le cas de certains espions, ou d'assassins à la solde de puissances étrangères.

– La Chine ?

– C'est possible. J'ai demandé à un expert en morphologie d'examiner tout de même ce portrait, et il semble qu'elle soit plutôt de type coréen.

Rose étudia le dessin. La femme était belle, d'une pâleur presque diaphane, avec de hautes pommettes et un nez fin. Son visage aurait pu paraître doux si le trait de crayon n'avait souligné davantage son expression glaciale.

– Pensez-vous que c'était elle que vous avez vue soutenant Wú le soir de sa mort ? la questionna Tang.

– Quelle taille fait-elle ?

– À peu près 1,75 m.

– Ah, elle est grande. Alors oui, c'est une possibilité. Mais il y avait deux personnes à côté de Wú.

– Je sais. Nous n'avons aucune idée de qui était l'autre. Je suis certain que si nous retrouvons celle-ci, nous aurons plus de chance de découvrir le deuxième individu.

– Comment vous y prenez-vous ?

– J'ai demandé à mon team d'éplucher les images des caméras de surveillance sur l'Upper West Side, comme pour l'instant c'est là qu'elle a été aperçue. En vain pour le moment. On dirait qu'il s'agit d'un fantôme, dit Tang avec un sourire gêné.

– Bon, enchaîna Rose en emportant le magazine pour l'acheter, c'est vraiment fâcheux. Tenez-moi au courant, et n'hésitez pas à me contacter.

* * *

Comme tous les matins en arrivant au travail, Rebecca Cohen alluma son ordinateur et ouvrit machinalement sa boîte d'e-mails. Elle parcourut d'un œil distrait les messages. Elle était secrétaire au poste de police qui couvrait l'Upper West Side, un métier peu passionnant mais qu'elle était quand même contente d'exercer. En principe, les femmes juives orthodoxes n'avaient pas le droit de travailler. Néanmoins, elle ne pouvait pas rester toute la journée dans sa communauté intégriste à Riverdale, elle n'y trouvait pas son compte.

Soudain, elle s'arrêta net. Une photographie venait de s'afficher sur son écran. On y distinguait une enseigne rose et en dessous, deux silhouettes enlacées. Rebecca cliqua sur l'image pour l'agrandir. Elle étouffa un cri. On la voyait clairement dans les bras d'une autre femme, en train de l'embrasser goulûment, sous le néon d'un bar dénommé le Dyke Dive. Au-dessus se trouvait une ligne de texte : « Si tu ne veux pas que cette photo soit envoyée à ton père, retrouve-moi ce soir à cet endroit. »

Rebecca ferma immédiatement l'image et examina l'e-mail. L'adresse de l'expéditeur ne lui disait rien. Elle devait être fabriquée de toutes pièces. Rebecca effaça le message et se prit la tête dans les mains. Elle réfléchit. Si le cliché parvenait à sa famille, elle pouvait oublier sa liberté chèrement acquise. Pouvait-elle éviter cette catastrophe ? Il ne semblait pas y avoir beaucoup d'options. Elle était prise au piège. Il fallait qu'elle se rende au Dyke Dive.

* * *

« Vous connaissez une amie du professeur assassiné qui travaillait avec lui sur les Ouïghours ? »

C'était de nouveau Maculoso, et comme à son habitude, il n'avait pas jugé nécessaire de se présenter.

– Je sais que Wú travaillait avec quelqu'un sur ce sujet, mais je ne connais pas cette personne, répondit Tang. Il disait la vérité, même s'il trouvait complètement déplacée l'ingérence que se permettait Maculoso dans les affaires du FBI. En tant que membre de l'exécutif, il n'aurait pas dû s'impliquer pareillement dans cette enquête. C'était une violation pure et simple de la séparation des pouvoirs. Pourtant, à l'évidence, Maculoso ne s'en préoccupait pas.

Il fut tiré de ses réflexions par une injonction cinglante de Maculoso :

– Vous feriez bien de vous en soucier rapidement !

– Pourquoi ?

– Il semble qu'elle mène une enquête en parallèle. En tout cas, elle s'est pointée à l'ambassade d'Arabie saoudite.

– À l'ambassade d'Arabie saoudite ? s'écria Tang surpris.

– Absolument, siffla Maculoso en raccrochant.

Tang reposa le combiné, abasourdi et inquiet. Comment Maculoso avait-il obtenu ces renseignements ? Pourquoi l'ambassade d'Arabie saoudite informait-elle Maculoso de ce qui se passait entre ses murs ? Rose était-elle au courant ? Qui était cette amie de Wù ?

* * *

Rose était en train de courir sur la piste équestre quand une communication téléphonique interrompit la musique qu'elle écoutait. En pestant sur ces appareils qui semblaient avoir pour seul but de vous tyranniser à chaque instant, elle décrocha. Une voix enjouée qu'elle ne reconnut pas la salua.

– Rose, je te dérange ?

– Ça va, dit Rose, cachant mal son irritation.

– C'est O'Brien.

– Ah, bonjour ! Les magnifiques yeux bleus du jeune procureur lui apparurent soudain, comme à chaque fois qu'elle pensait à lui. Elle changea immédiatement son fusil d'épaule : « Tu ne me déranges pas. Si j'ai l'air essoufflée, c'est que je suis en train de courir dans le parc », minauda-t-elle.

– Tu es une joggeuse ? Je pratique aussi le running. Où t'entraînes-tu ?

– Dans Central Park.

– Idem pour moi ! Tous les matins. Nous pourrions éventuellement nous y rejoindre un jour !

– Volontiers ! s'exclama Rose, enchantée par l'opportunité de voir le beau juriste ailleurs qu'au tribunal.

– Génial ! C'est noté. Bon, en réalité, je t'appelais pour quelque chose de moins fun. J'ai besoin de ta contribution pour le procès.

– D'accord. Comment se passent les audiences ?

– Plutôt mal. J'ai peur que Giolli ne s'en sorte. Il joue la carte de l'innocent devant le jury, qui a l'air de le croire.

– Le témoignage de François n'a pas aidé, j'imagine.

– Non, bien sûr, comme tu as pu le constater, soupira O'Brien.

– Oui, je l'ai remarqué. En quoi puis-je t'épauler ?

– Je me demandais si tu serais d'accord pour venir à la barre ? la sollicita O'Brien avec circonspection. Après la menace dont elle avait été la victime, il s'attendait à ce que Rose hésite. Contre toute attente, elle acquiesça immédiatement.

– Pas de problème. Il faudrait tout de même que nous en discutions. Je n'ai pas eu beaucoup de contacts avec Giolli, j'ai peur que la défense ne prétende que ce ne sont que des ouï-dire.

– J'y ai songé, mais j'ai mon idée là-dessus. Je pense aussi que tu pourrais m'aider à introduire dans la procédure le fameux enregistrement. J'aimerais te parler de tout cela. Par contre, je préférerais que tu ne viennes pas à mon bureau, au cas où il serait encore surveillé par des gangs. Que dirais-tu d'aller prendre un verre demain soir ?

– Ça marche, répondit Rose, enjouée. Elle lui souhaita une bonne soirée et raccrocha, se souriant à elle-même. C'était déguisé comme une réunion de travail, mais cela ressemblait fort à un rendez-vous galant. Elle ne savait pas si elle était plus excitée à l'idée de sortir avec Patrick, ou à celle de rendre à François la monnaie de sa pièce.

* * *

L'enseigne de néon rose clignotait, éclairant par intermittence un escalier sombre, caché entre deux poubelles, qui descendait au sous-sol. Lorsque Rebecca entra dans le bar, plusieurs femmes se retournèrent et la dévisagèrent des pieds à la tête. Même lesbiennes, les femmes restaient en compétition entre elles.

Rebecca se dirigea vers le comptoir et s'y accouda, scrutant la pièce. La plupart des clientes, très masculines, portaient les cheveux courts en brosse ; au contraire, quelques-unes affichaient une féminité affirmée, cheveux longs, décolleté échancré, manucure. Rebecca commanda une bière pour se donner une contenance. Lorsqu'elle sortit son porte-monnaie pour payer, la barmaid lui dit qu'elle avait déjà été réglée. Rebecca aperçut alors, assise en retrait dans un coin sombre du bar, une Asiatique à la coupe quasi rasée, qui portait une veste et un pantalon en cuir noir. Elle sirotait un whisky, sans prêter attention à ce qui se passait autour d'elle. Elle leva la tête et regarda fixement Rebecca. Ses yeux étaient deux gouffres opaques et vides d'émotion. Elle lui fit signe de la rejoindre.

Avec un peu d'appréhension, Rebecca s'installa en face de Park Nam-Ji, qui parla sans la saluer :

« J'ai besoin de renseignements sur l'assassinat du professeur Wú. Je sais que le poste de police où tu travailles s'occupe de l'enquête. Si tu m'aides, tu n'auras pas de problèmes. Si tu fais la maligne, ta famille connaîtra ton goût pour les femmes. »

– J'ai compris, balbutia Rebecca.

– Les journaux parlent de deux témoins. C'est qui ? demanda Park Nam-Ji en plantant son regard glacial dans les yeux de la jeune secrétaire.

Rebecca détourna la tête, mal à l'aise.

– La première travaillait avec Wú. Une étudiante en journalisme.

– Tu as son nom ?

– Leyla Jones.

– Elle étudie à Columbia ?

– Oui.

– Tu as son adresse ?

– Je peux me la procurer.

– Fais-le, exigea Park Nam-Ji. Et l'autre ?

– Une Anglaise. Inspectrice à Scotland Yard.

– À Scotland Yard ? Pourquoi est-ce qu'elle est sur l'affaire ?

– Par hasard. Elle ne dormait pas et a observé des personnes emmener Wú dans Central Park.

Rebecca eut l'impression de voir l'Asiatique se raidir.

– Qu'est-ce qu'elle a vu ?

– Pas grand-chose. Deux silhouettes qui en tenaient une troisième en entrant dans le parc.

– Elle a décrit quelque chose qui permettrait de les identifier ?

– Non.

– Et où habite-t-elle ?

– Sur la 96e Rue, mais je ne sais pas exactement à quelle adresse.

– O.K. Tu me la fourniras aussi. Et quel est son nom ?

– Rose McGawn.

Park Nam-Ji répéta à voix basse le nom, fit crisser ses ongles sur le bois de la table, puis se tut.

– Je peux y aller maintenant ? balbutia Rebecca.

Pour toute réponse, l'Asiatique posa une autre question :

– La police a retrouvé quelque chose sur le corps de Wú ?

– Je ne sais pas. Je me renseignerai, si vous voulez, risqua Rebecca.

– C'est bien. Obtiens ces deux adresses et vérifie ce point. Je t'attendrai ici demain, même heure. Tu n'as pas intérêt à me décevoir.

D'un geste sec de la main, elle congédia Rebecca.

* * *

Sirotant un cocktail, Rose contemplait les eaux grises de l'Hudson River. Elle avait convenu de retrouver Patrick au Pier i Cafe, lieu branché au bord de l'eau. Cela tombait bien, François était en visite protocolaire chez le consul général de Monaco à New York. Avec un peu de chance, ils rentreraient au même moment et se rencontreraient devant leur immeuble. Dans un flash, Rose s'imagina avec délectation la tête de François s'il surprenait Patrick lui donnant un *good night kiss*.

Une main se posa sur son épaule. Rose se retourna et se retrouva nez à nez avec le jeune procureur, qui arborait un grand sourire.

«Désolé d'être en retard», susurra-t-il.

– Tu ne l'es pas, c'est moi qui étais en avance, répondit-elle en lui renvoyant son sourire. Patrick commanda une bière et, très professionnel, lança immédiatement la discussion sur le témoignage de Rose. Il lui expliqua qu'elle devrait autant que possible faire référence aux appuis politiques de Giolli, pour tendre un piège à ce dernier. On verrait bien s'il mordait à l'hameçon. Patrick lui demanda comment elle connaissait Giolli, et elle lui raconta qu'elle l'avait rencontré pour la première fois à Monaco quand elle y avait été envoyée pour retrouver une jeune fille qui avait disparu. Mais, à l'époque, rien ne lui avait mis la puce à l'oreille quant aux activités illicites du procureur monégasque. Ce n'était que lors d'une enquête sur le commerce illégal d'armes entre la Grande-Bretagne et le Moyen-Orient qu'elle était tombée sur une société active dans le blanchiment de sommes liées à ce trafic. Elle était parvenue, avec l'aide de François et de son équipe, à percer la structure des paiements et s'était alors aperçue que Giolli tenait une place importante dans ce réseau.

– Je n'avais pas réalisé que François avait aussi été diligent dans cette investigation, l'interrompit Patrick, vous vous étiez réparti les tâches ?

– Non. C'était un pur hasard que l'affaire sur laquelle il travaillait et la mienne soient liées.

– Je peux me permettre une question indiscrète ? Il semble que François soit très possessif avec toi. Il y a quelque chose entre vous ?

– Nous sommes sortis ensemble au moment où j'étais en mission à Monaco, oui. Seulement, lors de notre dernière enquête, nous n'étions déjà plus en couple, et nous ne le sommes pas maintenant, termina-t-elle avec un regard appuyé.

Patrick le lui rendit avec un sourire en coin.

– Comment se fait-il qu'un homme comme François ait laissé s'échapper une belle fille comme toi ? remarqua-t-il en prenant la main de Rose. Cette dernière lui communiqua son intérêt en serrant légèrement sa main et en le dévisagea un instant, puis reprit.

– C'est lui qui m'a quittée. Il disait que la séparation d'avec sa femme était trop fraîche.

– Bon. Ça peut se comprendre, concéda Patrick.

– Tu veux savoir comment nous nous sommes retrouvés sur l'affaire qui fait l'objet du procès ? Sans attendre la réponse de Patrick, elle continua. Une fois l'enquête sur la disparition à Monaco bouclée, je suis retournée à Londres. Dans le cadre de mon enquête, je suis partie à Miami, où j'ai été attaquée et suis tombée dans le coma. J'avais inscrit François comme contact sur mon assurance, ils l'ont donc appelé, et il est venu.

– Ah, tu vois, il tenait quand même à toi, dit Patrick.

Rose se tut quelques instants. Elle évaluait ce qu'elle devait dire par la suite. Si elle révélait à Patrick les tergiversations de François qui avaient conduit à sa décision de lui donner une bonne leçon, il y avait de fortes chances que Patrick ne soit pas d'accord pour servir d'instrument de sa vengeance. Ce qui serait quand même bien dommage, pensa-t-elle en plongeant dans le regard piscine de son interlocuteur.

Rose but une gorgée de vin, contempla un instant la vue, et pressa une nouvelle fois ses doigts sur la paume de Patrick.

– Si on allait se promener un peu, proposa-t-elle.

– Bonne idée, répondit Patrick en se levant.

Ils déambulèrent le long de la rivière main dans la main. Des sportifs en tenue de jogging ou à vélo les dépassaient à grande vitesse. Quand ils arrivèrent à la hauteur d'une petite jetée qui s'avançait sur l'eau, Patrick y entraîna Rose.

– Regarde, d'ici, on peut voir jusqu'à la statue de la Liberté.

Alors que Rose se penchait contre la balustrade pour observer, Patrick plaça une main sur le bas de son dos. Lorsqu'elle se retourna, son visage était à quelques centimètres du sien. Elle le contempla un instant, puis ses lèvres trouvèrent celles du bel Américain.

Ils rompirent leur étreinte lorsqu'un chien, qui s'était échappé de sa laisse, vint renifler les mollets de Rose. Le maître, très gêné, se confondit en excuses, mais l'incident avait définitivement cassé l'ambiance.

– Ça te dirait d'aller au cinéma ? rebondit Patrick.

– Volontiers !

– Il y en a un qui projette de vieux films près du Lincoln Center, suggéra-t-il en sortant son smartphone pour consulter les horaires. Tiens, un classique, *When Harry Met Sally*. Tu connais ?

– J'adore ! Allons-y !

Il était environ 1 h du matin lorsque Patrick déposa Rose en taxi devant la porte de son immeuble. Pas de François en vue, et Rose n'en avait cure. Elle avait passé une magnifique soirée avec le jeune procureur. Après le film, riant encore de la scène du hamburger chez Katz's, ils avaient décidé d'aller, eux aussi, manger un morceau. Ils s'étaient découvert une passion commune pour le vin, et avaient discuté jusqu'à ce que le serveur commence à mettre les chaises sur les tables.

Patrick embrassa longuement Rose, puis elle sortit du taxi. Avant de pousser la porte de son immeuble, Rose contempla les phares rouges qui s'éloignaient. Un léger sourire flottait sur son visage.

Chapitre 14

18 mai

Manhattan, N.Y.

« Mlle McGawn ? Bernstein à l'appareil », fit une voix rauque dès que Rose eut décroché. Elle rentrait de son jogging quotidien dans le parc.

– J'ai les résultats des empreintes, l'informa l'inspecteur, il s'agit bien de Wú.

– D'accord, merci. Quand puis-je venir récupérer la petite clef?

– Quand vous voulez. Si je dois m'absenter, je la laisserai au policier de garde.

Rose prit une douche rapide et s'habilla. François était au téléphone avec un collègue de Monaco pour une autre affaire. Cela arrangeait Rose, elle n'avait pas envie de dissiper le petit nuage sur lequel elle se trouvait avec une dispute. Si François lui parlait, il ne manquerait certainement pas de lui demander ce qu'elle avait fait le soir précédent. Elle fila à toute vitesse, tirant la porte derrière elle avant qu'il ne puisse lui poser une question.

En chemin, elle répondit à un appel de Patrick qui voulait prendre de ses nouvelles. Ils convinrent de se retrouver après le travail. Rose arriva au poste de police dix minutes plus tard et demanda à voir Bernstein. L'agent lui apprit qu'il venait de sortir; Rose désira alors savoir s'il avait laissé une clef de cadenas pour elle.

– Oui, assura le policier, attendez, je l'ai posée quelque part sur le comptoir de la réception.

Il se mit à chercher sur une table couverte de paperasse en disant: «Je suis sûr qu'il me l'a donnée il y a une demi-heure. Je me suis absenté deux minutes pour me servir un café, mais personne n'est venu. Bon… On va demander à Rebecca.»

Il se dirigea vers un bureau attenant à celui de Bernstein, il était vide. «Tiens, elle a dû s'absenter aussi, elle était là ce matin», s'étonna-t-il. «Allons encore voir chez Bernstein, au cas où j'aurais rêvé», continua-t-il avec un clin d'œil. Rose le suivit, dubitative. Elle était impressionnée par le manque d'organisation de ce poste. Le policier se mit à fouiller dans le bureau de Bernstein, avec une satisfaction évidente. Visiblement, il adorait avoir une excuse pour fouiner dans les affaires de son supérieur. Rose le regardait faire, mal à l'aise. Une bonne dizaine de minutes plus tard, il décréta que la clef n'était pas là et retourna à la réception.

Rebecca était revenue à son poste. Il lui demanda si elle avait aperçu une clef, elle répondit que non. Le policier s'assit à son bureau et, d'un coup, jura:

– Nom de Dieu, la voilà! Elle était sous mon nez et je ne l'avais même pas vue!

Il brandissait la petite clef de cadenas du professeur Wú. Il la tendit à Rose, puis, sur le ton de la confidence, lui murmura :

– Bernstein m'a laissé entendre qu'un S.D.F. avait tout observé ?

Devant l'air étonné de Rose, il expliqua qu'il était en train de passer des examens pour devenir détective.

– En conséquence, précisa-t-il, Bernstein ne traite pas beaucoup avec moi des affaires sur lesquelles il travaille.

– On n'est pas sûr qu'il ait vu la scène, corrigea Rose en baissant le ton.

– Mais Bernstein m'a dit qu'il parlait de « Jaunes » ! s'excita le policier.

– Je n'en sais rien, souffla Rose, impatiente de mettre fin à cette conversation indiscrète. Avant qu'il ne puisse poser une autre question, elle le remercia de son aide et s'en alla prestement.

Washington, D.C.

L'imam Tursun tourna au coin de la rue, puis héla une voiture qui faisait office de taxi. Par les temps qui couraient, il valait mieux laisser le moins possible de traces. C'est ce qu'il avait compris ces dernières années, depuis que l'exercice de sa religion l'avait forcé à passer dans une semi-clandestinité. Il avait appris à disparaître sans laisser d'indices, et c'était ce qu'il avait décidé de faire encore une fois.

Dès que l'ambassadeur saoudien l'avait informé qu'il allait être remis aux Américains, il avait demandé quelques jours pour se préparer. Il avait alors remarqué que ses faits et gestes étaient épiés. Pourquoi cet empressement ? Cela ne lui disait rien qui vaille. Certes, il n'avait jamais joui d'une totale liberté à l'ambassade ; pourtant, ces derniers temps, il avait encore plus l'impression d'être suivi sans arrêt. Les Américains auraient-ils trouvé la clef USB ? Si c'était le cas, il ne serait en sécurité ni à l'ambassade ni en mains américaines. Il valait mieux qu'il quitte les lieux. Heureusement, les employés qui le filaient n'étaient pas très difficiles à berner.

Comme la mosquée réservée aux visiteurs n'était pas la même que celle des Saoudiens, ceux qui le surveillaient l'abandonnaient pour aller prier dans l'autre lieu. La pause consacrée à la prière durait environ une heure. Il avait fait usage de ce temps-là pour s'éclipser et aller faire un tour du côté des cuisines, qui possédaient le seul autre accès direct avec l'extérieur. Il avait en effet découvert que l'ambassade d'Arabie saoudite à Washington était un camp retranché, dont personne ne sortait sans l'accord de l'ambassadeur.

Après quelques jours d'observation pendant lesquels il avait remarqué que le cuisinier, un gros homme paresseux, se bornait à cacher la clef de la porte qui donnait sur la route dans un bocal au-dessus de l'évier, il avait décidé que c'était par là qu'il devait prendre la poudre d'escampette.

Ce matin, Tursun avait mis quelques affaires dans un sac à linge sale qui n'attirerait pas l'attention, puis il avait attendu que tout le monde parte prier. Une fois les couloirs déserts, il s'était rendu dans la cuisine. Là, il avait déverrouillé la porte et s'était glissé, enfin, à l'extérieur du bâtiment. En se cachant dans les buissons qui longeaient le mur extérieur, il avait filé jusqu'au coin de la rue sans que les vigiles postés dans des guérites à l'entrée du parking le remarquent, et il avait disparu dans les rues de la capitale.

Tursun regarda par la fenêtre du taxi. Jusqu'à maintenant, tout avait assez bien marché, mais il ne fallait pas qu'il baisse sa garde. Il allait désormais avoir à ses trousses les Saoudiens, les Chinois et les Américains. Il demanda au chauffeur de l'emmener à la gare routière.

Manhattan, N.Y.

Park Nam-Ji posa sa veste de cuir noir sur le dossier de la chaise et s'assit en face de Rebecca.

– Alors ? Qu'est-ce que tu as pour moi ?

Rebecca ouvrit son sac et en sortit un morceau de papier avec les adresses de Leyla et de Rose, ainsi qu'une clef de cadenas.

– L'inspectrice de Scotland Yard a retrouvé cela près de l'endroit où le cadavre de Wú a été découvert. Elle l'a donné à Bernstein pour qu'il relève les empreintes. C'étaient celles du professeur qui étaient dessus, dit-elle. J'ai réalisé une copie pour vous, dit-elle en poussant le petit objet vers l'Asiatique.

Celle-ci s'en empara et l'examina pendant que Rebecca la regardait d'un air apeuré.

– Tu sais ce qu'elle ouvre ?
– Non.
– Bernstein n'a pas fait de recherches ?
– Non.

Park Nam-Ji ne répondit rien, continuant à étudier la clef, perdue dans ses pensées. Puis elle leva la tête, sentant que Rebecca la scrutait :

– Il y a autre chose ?
– Oui, souffla Rebecca.
– Qu'est-ce que c'est ? Crache le morceau ! ordonna l'autre.
– Vous avez été vue quand vous avez tué le professeur, chuchota Rebecca.
– L'Anglaise croit que c'est moi qui le tenais quand nous sommes entrés dans le parc, je sais, dit l'Asiatique.
– Non, vous avez été observés par un clochard, lui apprit Rebecca.
– D'où sors-tu ça ?
– Il a abordé l'Anglaise quand elle est allée sur les lieux.
– Et comment sais-tu que c'était nous qu'il a vus ?
– Je n'ai pas très bien entendu, mais il semblait parler de « Jaunes ». Rebecca regarda l'Asiatique d'un air soucieux. Vous savez, c'est le terme utilisé par les vétérans du Vietnam pour désigner les Vietnamiens.
– Je connais, pas besoin d'expliquer, siffla Park Nam-Ji. Et qu'y a-t-il de plus ?
– Rien, articula Rebecca apeurée. Je ne crois pas que Mlle McGawn l'ait décrit. Ah si, elle a dit qu'il se donnait le nom de « Sergent Zacharia ».

– Sergent Zacharia, répéta son interlocutrice, un éclair malveillant passant dans ses yeux noirs. C'est bien, tu as fait du bon travail, ajouta-t-elle en se levant et en attrapant sa veste. Rebecca n'eut même pas le temps de prononcer un dernier un mot que l'autre disparaissait déjà par les escaliers accédant à la rue.

Chapitre 15

20 mai

Manhattan, N.Y.

Une petite pluie fine s'abattait sur Manhattan, chassant du parc les derniers sportifs. Avec le ciel bas, l'obscurité arrivait à grande vitesse. Déjà, les allées se chargeaient d'ombres qui se répandaient d'arbre en arbre.

Le sergent Zacharia tira sur sa tête le morceau de bâche qui lui servait de tente, déboucha sa bouteille de tord-boyaux et en but une gorgée. La nuit dans le parc n'allait pas être agréable à cause de la météo actuelle, mais, au moins, il ne serait pas dérangé par les prostituées emmenant leurs clients en quête de sensations fortes dans ces sous-bois épais. Il ne se rappelait plus depuis combien de temps il habitait dans Central Park. Au retour de la guerre, il avait à peine plus de vingt ans. D'abord, il avait passé six mois dans un hôpital pour vétérans afin de réapprendre à marcher après la chute de son hélicoptère au Vietnam. Quand l'hôpital lui avait donné sa décharge, il était gravement dépendant à la morphine qu'on lui avait administrée pour supprimer les douleurs atroces qui l'élançaient le long de sa colonne vertébrale. Il avait végété de petit boulot en petit boulot pendant une dizaine d'années, jusqu'à ce qu'un changement d'administration lui enlève sa couverture d'assurance médicale et, par là même, son droit à obtenir légalement de la morphine. S'était ensuivi une vie de larcins et de menus faits d'armes dans le but de satisfaire sa dépendance. Évidemment, il s'était fait arrêter et jeter en prison à de nombreuses reprises. N'ayant aucun filet social, il s'était retrouvé à la rue. Bien que devenu héroïnomane, il avait eu la chance d'échapper à l'épidémie de VIH. Maintenant, à presque soixante-dix ans, ayant survécu à tout, il s'était habitué à la douleur et se soignait principalement au bourbon, dont la consommation élevée et régulière l'obligeait à vivre au milieu de chimères, entre fantômes de la guerre et de ses années de galère.

Zacharia s'abandonna dans une douce somnolence. De toute façon, il était connu de tous les individus hantant ces bois pour être à moitié fou, et pour n'avoir comme seuls biens que sa vieille bâche et son manteau. On le laissait alors en paix.

Il n'entendit pas les bruits de pas s'approchant sur les feuilles mouillées. Quand la batte de baseball s'abattit sur lui, il perdit immédiatement conscience. Les coups se mirent à pleuvoir sans que Zacharia sente quelque chose, son corps tant habitué à la douleur sursautant comme celui d'un pantin désarticulé. Finalement, l'attaque cessa et les assaillants quittèrent les lieux, laissant le pauvre homme pour mort.

Washington, D.C.

Encore une fois, Douglas Freeman se voyait dans l'obligation de faire quelque chose qu'il détestait. En l'occurrence, appeler John Maculoso. Il redoutait cette conversation : il fallait qu'il lui annonce l'absence de réaction des Chinois face à la menace de production du document compromettant. Vu que le fameux document n'était pas apparu depuis maintenant plusieurs jours, les Chinois commençaient à affirmer qu'il s'agissait de *fake news*, dont ils ne sauraient se soucier.

– Maculoso.

Comme à chaque fois qu'il entendait cette voix, le cœur de Douglas se mit à battre la chamade. Il entrevoyait déjà les longues minutes désagréables qu'il allait endurer.

– C'est à propos des négociations. La menace du document compromettant ne marche plus, déballa-t-il d'un seul trait.

Silence de l'autre côté de la ligne. Douglas l'interpréta comme un signe que Maculoso voulait qu'il continue, et si possible qu'il s'enfonce encore plus, ce qui lui permettrait ensuite de l'invectiver à souhait.

– Comme nous ne sommes pas en mesure de le produire, les Chinois prétendent qu'il n'existe pas.

– Il existe, assura Maculoso d'un ton menaçant.

– Je sais, mais sans preuve tangible... avança Douglas sans terminer sa phrase.

– Depuis quand ont-ils besoin d'une preuve tangible? C'est à vous de vous arranger pour qu'ils ne soient pas dans une position d'exiger quoi que ce soit. Vous êtes chef négociateur, oui ou merde?

Maculoso raccrocha. Le bras droit du Président avait d'autres chats à fouetter. L'ambassadeur d'Arabie saoudite venait de lui apprendre que l'imam Tursun avait disparu. Et il avait attendu deux jours pour l'avertir, l'imbécile.

Manhattan, N.Y.

Des croquettes, une salade et une bouteille de rouge. Décidément, ses courses commençaient dangereusement à ressembler à celles d'une célibataire endurcie, se dit Leyla en empoignant le sac à commissions. Elle sortit du *deli*, marcha une vingtaine de mètres, et rentra chez elle. Elle salua le portier, qui somnolait derrière son bureau, d'un petit signe de la main, et monta à son appartement.

Lorsqu'elle arriva sur son palier, elle laissa tomber ses achats.

La porte était entrouverte, et elle apercevait, à travers l'interstice, des meubles renversés et de la paperasse jonchant le sol. Elle se rua vers l'ascenseur et descendit voir le gardien, qu'elle fit sursauter en criant: «Il y a un intrus chez moi!»

* * *

Le téléphone de Rose sonna. C'était Leyla. Elle semblait paniquée.

– J'ai été cambriolée! répétait-elle en sanglotant dans l'appareil.

– Comment? articula Rose. Quand?

– Je n'en sais rien, j'étais en cours, et quand je suis rentrée j'ai trouvé la porte forcée.

– Ils ont pris quelque chose?

– C'est difficile à dire, mais je ne crois pas.

– Bon, va au Hungarian Pastry Shop, et attends-moi là.

Quand Rose arriva, elle trouva Leyla tremblante, serrant une tasse de thé entre ses mains. Avec ses cheveux en désordre et ses yeux affolés, elle avait l'air d'un petit oiseau tombé du nid.

– Ça va? Tu tiens le coup?

– Pas vraiment, non. J'ai l'impression qu'on a violé mon intimité.

– Je comprends. De nombreuses victimes de cambriolage disent que ça donne cette impression. Est-ce que tu serais d'accord qu'on y retourne ensemble?

– Oui, dit Leyla. Elle paya et les deux jeunes femmes se dirigèrent vers son appartement.

Le verrou avait été arraché. Rose poussa la porte et entra. Partout, tiroirs renversés, penderies vidées, boîtes retournées.

– Tu penses donc qu'ils n'ont rien pris?

– Non, regarde, j'avais des bijoux, dont une montre Cartier de valeur, ils sont toujours là.

– Pourtant ils avaient l'air de chercher quelque chose, regarde, ils ont tout vandalisé.

– Oui, je sais.

– Étonnant. Tu as déjà prévenu la police?

– Non, je t'ai appelée toi d'abord.

– Il faut qu'on avertisse Bernstein.

Au même moment, le téléphone de Rose se mit à sonner.

– Tiens, quand on parle du loup, dit-elle en décrochant.

– Mlle McGawn ? C'est Bernstein. L'appartement de Wú a été cambriolé.

– Pardon ? s'écria Rose.

Leyla la regardait avec des yeux interrogateurs.

– L'appartement de Wú a aussi été visité, expliqua Rose en protégeant son portable de sa main.

– Inspecteur Bernstein, je suis avec Leyla Jones. Elle a aussi été cambriolée.

– Et vous ?

– Moi ?

– Vous êtes la troisième personne impliquée, avez-vous été cambriolée ?

– Pas que je sache. François est dans l'appartement en ce moment, il n'y a pas de risque.

– Dans ce cas, est-ce que vous voulez bien accompagner Mlle Jones jusqu'ici pour que je prenne sa déposition ?

Peu de temps après, les deux jeunes femmes arrivaient au poste de police. Alors que Leyla décrivait l'appartement à Bernstein, celui-ci releva qu'il était dans le même état que celui du professeur Wú. Mis à sac sans vol apparent.

– Ce que je ne comprends pas, c'est que l'immeuble du professeur avait un portier. Comment le cambrioleur a-t-il pu passer inaperçu ? questionna Rose.

– On pense qu'il est passé par l'extérieur, répondit Bernstein. Les échelles d'incendie ont en principe un mécanisme qui fait que la partie entre le rez-de-chaussée et le premier étage ne peut être utilisée que lorsqu'elle est actionnée depuis le haut. Le système était cassé. Du coup, le cambrioleur a eu tout le loisir de faire descendre les échelons et de grimper jusqu'à la fenêtre du professeur Wú, qui n'était pas verrouillée.

– Je vois, murmura Rose, pensive.

Bernstein se tourna vers Leyla.

– Pensez-vous retourner dans votre appartement, ou pouvez-vous vous loger temporairement ailleurs ?

– Tu peux loger chez moi si tu veux, proposa immédiatement Rose, il y a de la place.

– Ce n'est pas de refus, pour quelques jours. Merci.

Après avoir pris congé de Bernstein, les deux femmes passèrent rapidement chez Leyla puis rentrèrent à pied chez Rose. Il était déjà 20 h. Rose décida d'appeler François. Elle l'avait averti qu'elle allait avec Leyla au poste, pas que cette dernière passerait la nuit chez eux. François ne prit pas l'appel sur la ligne fixe de l'appartement. Elle essaya sur son portable.

– Où es-tu ? Je viens d'appeler à l'appartement, ça ne répondait pas.

– À un endroit de malade qui s'appelle Zabar's. J'étais sûr que tu allais inviter Leyla à dîner. Je voulais retourner à Fairway mais je suis tombé sur cette épicerie en chemin. Un vrai paradis pour les gourmets.

– Je connais. Bon, on est en train de revenir à l'appartement, Leyla va séjourner pour quelque temps avec nous. N'achète pas tout le magasin et dépêche-toi de rentrer, je suis morte de faim.

Une dizaine de minutes plus tard, Rose déverrouillait la porte de son appartement et entrait, invitant Leyla à en faire de même. Soudain, elle entendit un froissement qui venait du salon. Pourtant, il n'y avait aucune lumière.

– François ? appela-t-elle. Il lui semblait peu probable que François soit revenu plus rapidement de Zabar's qu'elles du poste de police. Rose fit signe à Leyla de se cacher dans une penderie à côté de la porte d'entrée et se dirigea là où elle avait entendu le bruit. Alors qu'elle pénétrait dans la pièce, elle vit une silhouette, portant un masque et des gants noirs, en train d'essayer d'ouvrir une boîte. Cette dernière se retourna en entendant Rose et, se voyant découverte, se précipita sur le balcon. Rose se lança à ses trousses, mais en arrivant sur la terrasse, elle vit l'intrus escalader le parapet et sauter sur le toit de l'immeuble d'à côté, en contrebas.

« Arrêtez ! » hurla Rose. Elle s'apprêtait à le suivre, quand une poigne puissante la retint.

– Tu n'es pas dingue ?

C'était François qui la retenait d'une main et tenait dans l'autre un sac de commissions.

– Nous avons aussi eu de la visite ! J'ai surpris le cambrioleur en entrant. Il vient de s'enfuir par là, haleta Rose en désignant le faîte des toits.

– Et où est Leyla ?

– Ah oui, mince, Leyla ! Je lui ai dit de se cacher dans une armoire. Je vais aller la libérer.

– Alors, c'était quoi? demanda Leyla en sortant de sa cachette.

– Aussi un cambrioleur, visiblement.

– Il a pris quelque chose?

– Je ne sais pas.

Rose cria à François:

– Il manque quelque chose?

– Non, rien. Tu as dû le déranger peu après son arrivée, car il a seulement vidé le tiroir du secrétaire, réagit François en ramassant quelques affaires par terre. «Qu'est-ce que c'est?!» s'étonna-t-il en voyant une boule de poils se frotter contre ses jambes.

– Pardon! C'est mon chat. Je l'ai pris avec moi, je ne pouvais pas le laisser dans mon appartement, s'excusa Leyla.

– Quand je suis arrivée dans la pièce, le cambrioleur était en train d'essayer d'ouvrir ceci, enchaîna Rose, imperturbable, en désignant une boîte à cigares. C'est étonnant qu'il se soit focalisé là-dessus. Attends! s'écria-t-elle en sortant la petite clef de Wú, qui avait à peu près la taille de la serrure. Ça doit être cela! Il cherchait à savoir ce qu'elle ouvrait! Cette boîte était bien en évidence, raison pour laquelle il s'est attaqué d'abord à elle et n'a pas mis à sac l'appartement.

Chapitre 16

21 mai

Manhattan, N.Y.

– Trois cambriolages en même temps, ça ne peut pas être une coïncidence, soupira Tang.

– Ça, je vous l'accorde, maugréa François, qui avait accompagné Rose au bureau de celui-ci.

Cette dernière lui jeta un coup d'œil soucieux. Depuis qu'elle s'absentait régulièrement pour voir Patrick, François s'était renfrogné et était devenu suspicieux avec tout leur entourage. Même si elle considérait qu'il avait bien mérité ce traitement, son attitude la chagrinait. Elle avait pensé qu'il veillerait à sauver la face, mais ce n'était à l'évidence pas le cas.

– Je ne savais pas que vous étiez en contact avec la personne qui avait travaillé avec Wú, continua Tang sans relever la remarque cassante de l'inspecteur monégasque.

– Oui, elle s'est mise récemment en contact avec nous, dit Rose en prenant un air innocent. Tang avait beau être gentil, il restait un agent du FBI, et sa confiance dans les membres du Bureau était limitée.

– Le cambrioleur a pris quelque chose ? demanda Tang en revenant sur le sujet principal.

– Non, rien, dans aucun des appartements qu'il a visités, réagit Rose. Mais il semblait avoir une clef de cadenas, la même que celle que j'ai retrouvée près du corps de Wú. Il devait chercher ce qu'elle ouvrait.

– C'est donc vrai, soupira Tang, comme perdu dans ses pensées.

– Qu'est-ce qui est vrai ? l'interrogea François.

Tang toussota et se tourna vers Rose :

– Je peux parler devant lui ?

– Oui, allez-y, accorda-t-elle.

– Il semblerait que l'imam Tursun ait remis à Wú une clef USB contenant un document compromettant pour les Chinois peu avant que ce dernier soit assassiné. Du coup, tout le monde le cherche.

– Qui ça, tout le monde ? interrogea François.

– Des personnes à Washington, répondit Tang. Je ne peux vous en dire plus.

– On sait plus précisément ce que contient ce document ? s'enquit Rose.

– Non, personne ne le sait.

– Et on ne peut pas demander à l'imam ? ajouta François.

– Non, parce qu'il a disparu.

– Comment cela ? s'exclama ce dernier.

– J'ai reçu un appel téléphonique de Washington peu avant que vous ne veniez me voir, dit Tang. L'imam s'est échappé de l'ambassade saoudienne.

– Mais pourquoi ? demanda Rose.
– Ça, je n'en ai aucune idée. La communication avec l'administration à Washington est difficile, déclara Tang, ennuyé.
– Nous voilà dans de beaux draps, marmonna François.

* * *

En revenant à l'appartement, Rose et François retrouvèrent Leyla, qui dormait lorsqu'ils étaient partis voir Tang. Elle était en train de travailler sur son ordinateur.
– Bien reposée ? la questionna Rose.
– Non, je n'arrêtais pas de réfléchir à cette histoire de clef de cadenas. D'abord, ça ne te semble pas bizarre que le cambrioleur en ait une ?
– Si, bien sûr, répondit Rose, sauf si Wú en avait deux, que l'assassin en ait pris une, et que j'aie retrouvé l'autre.
– Ce qui voudrait aussi dire, potentiellement, que le cambrioleur et l'assassin sont la même personne.
– Oui, ou travaillent ensemble en tout cas. Ça me semble évident.
– Bon, admettons qu'il n'y ait pas eu deux clefs, comment le cambrioleur a-t-il pu s'en procurer un double ? La clef ne t'a jamais quitté, non ? demanda Leyla.
– Si, pendant que je l'ai donnée à Bernstein pour qu'il relève les empreintes.
– Ah, fit François en touchant son menton. Tu fais confiance à Bernstein ?

– Il me paraît tellement paresseux que je doute qu'il se fatigue à faire un double de clef. Cela étant, je ne connais pas le reste de son équipe... Et maintenant que j'y pense, il y a eu un incident lorsque je suis venue rechercher la clef, remarqua Rose. Le policier qui était à l'accueil était sûr de l'avoir reçue de Bernstein et de l'avoir laissée sur son plan de travail, et pourtant il ne la retrouvait pas. On l'a cherchée partout, on est même allés voir dans le bureau de Bernstein, en vain. Mais quand on est revenus à la réception, elle avait miraculeusement réapparu.

– Tiens, surprenant, en effet.

– Je n'y ai pas pensé sur le moment, il est fort possible que quelqu'un l'ait prise pour en faire une copie... Bernstein n'était pas là le matin en question, le poste était très calme, il se peut qu'on en ait profité. Je vais demander à Bernstein une copie du registre des présences à cette date.

– Intéressant, reprit Leyla. Par ailleurs, qu'est-ce que cette clef pourrait bien ouvrir ?

– Il y a un numéro dessus, dit Rose en l'examinant. Comme celle d'un casier. Tu sais où Wú aurait pu l'utiliser ?

– Aucune idée, répondit Leyla, dépitée.

* * *

Le bus Greyhound se frayait un chemin dans la cohue des voitures qui sortaient du Lincoln Tunnel. Après les attentats de 2001, la police new-yorkaise avait installé des protections antiterroristes aux extrémités du tunnel, et ne les avait toujours pas enlevées presque vingt ans plus tard. Par conséquent, les véhicules se retrouvaient à contourner ces obstacles et cela ralentissait considérablement le flux de la circulation.

Le bruit incessant des klaxons réveilla l'imam Tursun. Il regarda par la fenêtre. Jamais de son existence il n'avait vu pareille agitation. Non seulement les routes étaient encombrées, mais les trottoirs étaient pleins de piétons qui marchaient vite en tentant d'éviter les *food trucks* des vendeurs de hot dogs, kebabs et autres snacks.

C'était donc cela, la Grosse Pomme, dont on parlait jusque dans les coins les plus reculés de la province du Xinjiang ! Ce grouillement de vie, cette énergie qui dépassait même celle qu'il avait connue à Shanghai, lorsqu'il y poursuivait ses études d'informatique avant de se consacrer à la religion.

Déjà, le bus entrait dans Port Authority, la gare routière de New York. Il continua de rouler pendant quelques minutes dans l'immense parking, puis se gara à côté d'un autre car. Les passagers commencèrent à sortir. Tursun attrapa son baluchon et les suivit. Quelques minutes plus tard, il se fondait dans la foule et disparaissait en direction de l'entrée du métro.

* * *

Rose rentrait d'une petite virée shopping à Paragon Sports, l'immense magasin situé sur Union Square, lorsque son téléphone sonna. Leyla avait une voix surexcitée.

– Je crois que je sais ce qu'ouvre la clef! Je me suis souvenue que le professeur Wú n'allait qu'à deux endroits, à l'université et chez lui. Puisque le cambrioleur est parti bredouille, la clef n'ouvre rien chez lui. Elle doit par conséquent ouvrir quelque chose sur le campus. Wú faisait beaucoup de fitness, et il y a des casiers dans le gymnase de l'université avec des clefs de ce type.

– Bien joué, s'exclama Rose, on peut y accéder?

– C'est assez bien protégé, avec des gardes à l'entrée, mais j'ai une carte d'étudiant qui y donne accès. On peut y aller, si tu veux.

La salle de gym du campus principal se trouvait à côté d'University Hall, au sous-sol. Leyla ne plaisantait pas quand elle disait que le bâtiment était bien gardé. À l'heure actuelle, les universités ne pouvaient pas se permettre de jouer avec la sécurité des étudiants. Après la première rangée de portes, il fallait passer un portique qui ne pouvait être actionné qu'au moyen de la carte d'étudiant, puis encore montrer cette même carte à des gardes. Rose laissa entrer Leyla et resta dehors.

Elle observa le campus, sur lequel elle n'était encore jamais venue. Les examens finaux avaient commencé et l'air véhiculait une espèce d'électricité, mélange d'effervescence intellectuelle et de tension nerveuse. Rose frissonna. Si elle adorait se retrouver sur un campus, elle ne regrettait cependant pas le temps des examens, bien qu'ayant fini major de sa promotion à Oxford.

Elle était frappée par la diversité des étudiants. Les grandes universités anglaises étaient surtout fréquentées par des ressortissants du Royaume-Uni, même si les parents de nombre d'entre eux avaient immigré d'Inde et du Pakistan une génération plus tôt. Ici, elle entendait aussi parler français, chinois, espagnol. La prestigieuse université attirait tout ce que le monde produisait comme talent académique.

Elle était perdue dans sa rêverie, quand soudain elle sursauta. Leyla venait de l'attraper par le coude.

– On y va, vite ! haleta-t-elle en s'éloignant du bâtiment. Rose la rattrapa.

– Tu as trouvé quelque chose ?

– Oui, répondit Leyla et en même temps elle plongea dans la poche de son survêtement et en sortit une clef USB.

– Dieu sait ce qu'il y a là-dessus, dit pensivement Rose. Allons y jeter un coup d'œil en lieu sûr.

Washington, D.C.

Maculoso regardait avec intérêt les images que le chef de la police de Port Authority venait de lui envoyer. En raison de la vétusté des caméras de la gare routière, qui souffrait comme beaucoup de bâtiments administratifs du manque d'investissement public, elles étaient grises et striées, mais on distinguait quand même une silhouette frêle, vêtue de vêtements larges, et coiffée d'un kufi, ce chapeau traditionnel porté par les musulmans. Certaines caméras l'avaient filmé de dos, sur d'autres, on apercevait un visage fin, à la peau tannée, encadré d'une épaisse barbe. Maculoso se dit qu'il demanderait confirmation aux spécialistes de reconnaissance faciale de la Maison-Blanche, même s'il était assez certain qu'il s'agissait de l'imam Tursun.

Il avait bien fait de lancer son signalement sur toute la côte Est. Ainsi, Tursun avait décidé de se rendre à New York. Y connaissait-il quelqu'un en particulier, ou pensait-il pouvoir mieux se fondre et disparaître dans la population cosmopolite new-yorkaise qu'à Washington, où les communautés vivaient entre elles ?

Maculoso réfléchit. Retrouver l'imam, avec ses relations, lui serait facile, même à New York. Pour en faire quoi ? De la réponse à cette question dépendait la suite de ses actions. S'il fallait le faire parler, alors il valait mieux mettre le FBI sur le coup. S'il devait le faire taire, au contraire, c'était à son réseau secret qu'il devait en appeler.

Il se leva et regarda par la fenêtre. Le Président était dehors, caché aux yeux de tous sauf de sa garde rapprochée, et tirait quelques balles de golf. Ce chef d'État qui avait tellement de casseroles, et qui ne trouvait rien de mieux à faire que d'aller sur le green, alors que la Chine installait chaque jour un peu plus son hégémonie au détriment des États-Unis.

Maculoso décida qu'il avait déjà bien assez à faire à gérer son patron. Il valait mieux tuer dans l'œuf, faute de meilleure expression, tout scandale futur. Il prit son téléphone à carte prépayée et appela l'un de ses amis new-yorkais.

Manhattan, N.Y.

– Rose McGawn ? Inspecteur Bernstein à l'appareil. J'aurais besoin de votre aide. Un sans domicile fixe a été retrouvé sévèrement battu dans le parc. Il a été laissé pour mort, mais il a survécu. Il est dans le coma. Il correspond à la description que vous m'aviez faite du sergent Zacharia. Est-ce que vous pourriez aller l'identifier ?

– Quelle horreur ! Oui, bien sûr, où est-il hospitalisé ?

– À l'hôpital des Vétérans, sur la 23e Rue. Il est dans la chambre F523.

– Bien, je m'y rendrai.

Rose raccrocha et se tourna vers François, qui écossait des petits pois en prévision du déjeuner. Les bonnes habitudes françaises de préparer sa propre nourriture ne se perdaient pas avec lui.

– Un clochard a été attaqué. On pense que c'est celui qui a vu le meurtre de Wú.

– Merde ! Comment va-t-il ?

– Il est dans le coma à l'hôpital militaire. Il faut que j'aille confirmer que c'est bien l'homme que j'ai rencontré dans le parc.

Rose prit sa veste et sortit, informant François qu'elle serait de retour dans quelques heures. Tout trajet prenait au moins une heure dans cette ville, même si cela restait quand même mieux que Londres. En chemin, elle se rappela qu'il fallait qu'elle demande à Bernstein l'emploi du temps de ses subalternes. Elle le ferait après avoir confirmé l'identité du blessé.

* * *

Le sergent Zacharia gisait sur un lit d'hôpital au milieu d'une pièce qui en comptait sept autres. Entrer dans cette chambre rappela à Rose que les États-Unis restaient un pays qui menait en permanence une guerre quelque part dans le monde, et dont une certaine couche de la population payait cher le bellicisme. Sur tous les lits, hormis celui de Zacharia, se trouvaient des hommes jeunes, pour la plupart noirs ou hispaniques, dont les membres étaient entourés de bandages ou amputés.

Rose se pencha sur le sergent. Visage tuméfié, couvert d'hématomes, yeux fermés, intubé pour respirer.

« C'est horrible, ce qu'on lui a fait, non ? »

Rose se retourna pour voir une femme noire, au beau visage rond, qui la regardait en souriant. Celle-ci lui tendit la main :

– Je suis Grace Brown, l'infirmière qui s'occupe de ce monsieur.

– Rose McGawn. Je l'avais rencontré il y a quelques jours, on m'a demandé de confirmer son identité.

– Et alors ?

– Oui, c'est lui, corrobora Rose. Elle se tourna vers Grace. Elle ne s'expliquait pas qu'il ait été pris en charge par l'hôpital militaire.

– Mais comment ça se fait qu'il soit ici ?

– C'est un vétéran. Nous l'avons souvent soigné, répondit l'infirmière.

– Je comprends mieux. Quel est son vrai nom ?

– Zacharia Mitsakis.

– C'est donc bien lui. Il s'était présenté comme le sergent Zacharia. Vous croyez qu'il va s'en sortir ?

– Je pense qu'il partira d'ici, oui, et pas les pieds devant. En revanche, s'en sortir vraiment, j'en doute, vu qu'il sera remis dans la nature dès qu'il ira mieux.

– Comment cela ?

– Cet hôpital est malheureusement financé par des fonds publics, et l'administration n'est pas très généreuse quand il s'agit de faire du social. Dès que ces pauvres hères sont plus ou moins valides, nous les renvoyons à la charge de leur famille, ou s'ils n'en ont pas, dans un foyer surpeuplé qui n'hésitera pas à les jeter rapidement à la rue.

– Je vois, dit Rose. Il était évident que remettre Zacharia dans la nature reviendrait à signer son arrêt de mort. J'ai une faveur à vous demander, continua-t-elle. Puis-je vous donner mon numéro de téléphone pour que vous m'appeliez lorsqu'il ira mieux ? J'aimerais voir si je peux lui parler, et surtout si je peux trouver une structure en mesure de l'accueillir après.

– Bien sûr, acquiesça Grace avec un sourire bienveillant. Elle nota le numéro de Rose dans son portable, et Rose prit congé d'elle.

Rose contacta ensuite Patrick en sortant de l'hôpital. La vision de Zacharia pris pour un punching-ball l'avait retournée, elle avait besoin d'un peu de réconfort.

Quand elle arriva au rendez-vous, elle se blottit contre Patrick. D'abord, ils ne dirent rien. Patrick, bien que n'étant pas un membre de la police, était souvent amené à visiter des scènes de crime ou des victimes, et il ne connaissait que trop bien le sentiment d'impuissance et de dégoût causé par ces visions atroces.

Finalement, quand elle se sentit mieux, ils s'assirent et commandèrent un café. Patrick lui prit la main et la laissa raconter les derniers développements, sans jamais faire revenir la conversation à lui.

* * *

« Comment ça, le casier était vide ? »

Le consul chinois tenait au bout des doigts la clef copiée du cadenas du professeur Wú. En général, il considérait que la femme qui se trouvait en face de lui faisait du bon travail, mais ces derniers temps, elle avait failli à sa réputation. D'abord, Wú avait pu se débarrasser d'un objet sans qu'elle s'en aperçoive. Ensuite, bien qu'elle eût réussi à se procurer une copie de cette clef, Park Nam-Ji avait été incapable de déterminer ce qu'elle ouvrait, malgré trois cambriolages infructueux. Finalement, quand elle avait découvert que la clef était celle d'un casier à Columbia, il était vide.

La professionnelle gardait la tête baissée, dans une attitude de soumission. Avec sa silhouette frêle, elle aurait pu passer pour un très jeune homme. Le consul se doutait pourtant très bien que sous ses airs puérils se cachait un redoutable assassin entraîné à tuer, tout en connaissant les techniques de séduction féminines les plus subtiles.

– Savez-vous qui l'a vidé ?

– Non, répondit-elle d'une voix neutre.

– Trouvez un moyen d'apprendre qui est arrivé avant vous ! s'exclama le consul en perdant toute sa réserve. Ou je ne donne pas cher de votre peau. Si les Américains découvrent que vous êtes originaire de Corée du Nord et que vous avez pénétré sur leur territoire sans visa, ça va être votre fête !

De retour à la maison, Rose inséra la clef USB dans son ordinateur. Elle ouvrit le fichier. Une liste de caractères totalement inconnus apparut.

– Mince ! s'écria Rose. Qu'est-ce que c'est que ces hiéroglyphes ?

Leyla se pencha sur l'écran pour les examiner.

– C'est du vieil-ouïghour, une variété de vieux turc.

– Mon Dieu, comment va-t-on faire pour décrypter cela ?

– J'arrive à le lire. Pour écrire ma thèse, j'ai dû apprendre à déchiffrer l'alphabet ouïghour. Tiens ! On dirait qu'il faut cliquer sur un lien, remarqua Leyla en indiquant une phrase soulignée.

Elle déplaça le curseur dessus et une fenêtre apparut soudain, qui demandait un mot de passe.

– Bon, c'est raté, déclara-t-elle déçue.

– Attends, je sais qui solliciter pour le traduire, dit Rose. Pendant que Rose transférait le contenu de la clef USB à Olivier, Leyla mit en marche la télévision. Ce qu'elle vit la rendit immédiatement furieuse. Les chaînes continuaient d'aller bon train avec leurs suppositions sur la mort du professeur Wú. À l'évidence, l'actualité n'avait en ce moment pas assez de nouvelles salaces à offrir, car les hypothèses les plus fantasques étaient émises pour atteindre des records d'audience. Le professeur Wú cachait ses préférences homosexuelles tout en se rendant dans les parcs pour se déguiser en drag-queen, il participait à des réunions satanistes qui avaient lieu dans des sites reculés, il était l'amant d'un politicien connu qu'il retrouvait à Central Park. Et même, l'hypothèse la plus farfelue, il se prostituait pour arrondir son maigre salaire de professeur. Leyla se dit que le journaliste qui avait écrit cela ne connaissait pas la rémunération d'un universitaire de Columbia.

Quoi qu'il en soit, il était grand temps qu'elle sorte un reportage, fondé sur ses recherches, qui mette fin à toutes ces spéculations. Elle pensait avoir ce qu'il lui fallait, il suffisait qu'elle trouve une chaîne de télévision qui serait d'accord pour diffuser son travail. Elle avait jeté son dévolu sur News Cable Comcast, ou NCC, qui avait la réputation d'être libérale et prête à soutenir des émissions osées que la plupart des programmes américains refusaient.

Elle éteignit le poste et commença à apporter les dernières corrections au dossier qu'elle voulait présenter. Elle avait rendez-vous une heure plus tard au siège de la chaîne pour le remettre à un éditeur qu'elle avait réussi à toucher.

Pour que le reportage ait un intérêt commercial, il devrait se concentrer en grande partie sur l'assassinat du professeur Wú et les questions qu'il posait, reléguant au second plan le sujet ouïghour. Elle resterait très discrète sur son propre rôle, ainsi que sur celui de Rose dans l'enquête, pour ne pas s'exposer inutilement. Leyla savait qu'elle allait déjà suffisamment créer de tensions dans sa famille, dans laquelle les opinions politiques divergeaient d'un extrême à l'autre.

* * *

Dès qu'elle arriva dans le bar, Rebecca vit que l'Asiatique n'était pas contente. Ses yeux, d'ordinaire si impassibles, étaient habités d'éclairs de colère. Park Nam-Ji avait été ridiculisée, ses aptitudes avaient été mises en doute, et elle ne supportait pas cela. Elle devait immédiatement prouver de quoi elle était capable. Elle attendait de Rebecca qu'elle l'aide dans cette tâche.

– Il faut que tu obtiennes les vidéos des caméras qui surveillent l'entrée et les vestiaires du gymnase de Columbia, dit-elle à Rebecca en guise de bonjour.

Rebecca la regarda avec surprise :

– Mais je ne sais pas comment faire cela !

– Tu travailles pour la police, non ?

– L'université est indépendante ! Elle a même sa propre police...

– Ça m'est égal, la coupa Park Nam-Ji d'un ton impartial qui fit son effet sur Rebecca. Tu dois t'arranger pour te les procurer.

Rebecca sentit le sang disparaître de ses joues. Elle aurait volontiers campé sur ses positions, en assurant que cela n'entrait pas dans ses compétences, comme elle avait l'habitude de le faire. Mais l'enjeu était trop élevé. Elle essaya de s'en sortir en prétextant que l'ampleur de la tâche rendait cette mission impossible.

– Je ne vais pas pouvoir les prendre avec moi. Au mieux en faire une copie. Il y en a certainement des tonnes.

– Ce sont celles de la semaine passée qui m'intéressent, pas celles depuis que l'université possède un circuit vidéo ! répondit Nam-Ji sans desserrer les dents. Je cherche quelqu'un qui serait allé au casier n° 519.

– C'est le numéro gravé sur la clef de cadenas que j'ai copiée, non ? Comment avez-vous trouvé qu'elle ouvrait un des casiers de sport ? s'étonna Rebecca.

– Ce n'est pas toi qui poses les questions ici, c'est moi. Compris ?

– Compris, assura Rebecca d'un air penaud.

– Je les veux après-demain, exigea la meurtrière. Je t'attendrai à 21 h au China Girl, dit-elle avant de se lever et de disparaître en un éclair.

* * *

Une clef tourna dans la serrure, et Rose entendit la voix de Leyla crier :

– Hello, tout le monde !

– Eh bien, tu es de bonne humeur, remarqua François.

– Je reviens de NCC, ils sont d'accord pour produire mon reportage !

– C'est fabuleux !

– Cela va prendre un peu de temps car ils vont l'éditer, il devrait paraître dans une semaine environ. Que diriez-vous de passer samedi et dimanche aux Hamptons pour fêter cela ? suggéra Leyla.

– C'est quoi, les Hamptons ? demanda François.

– Si tu viens, s'amusa Leyla en faisant un clin d'œil, tu ne vas pas être déçu.

Rose se mit à réfléchir. Elle avait prévu de voir Patrick ce week-end, mais elle avait très envie de partir dans les Hamptons, pour profiter de ces plages magnifiques au bout de Long Island. Oserait-elle y inviter son amant ? Elle prit Leyla à l'écart et lui exposa la situation.

– J'avais bien remarqué qu'il se passait quelque chose, répondit Leyla avec un clin d'œil, mais j'avoue qu'entre l'appartement que tu partages avec François et les longues périodes pendant lesquelles tu côtoies Patrick pour la préparation du procès, j'étais un peu perdue ! Je comprends mieux maintenant. Bien sûr que Patrick peut venir aux Hamptons si tu le désires. Tant que François ne fait pas une crise de jalousie ! s'exclama-t-elle dans un grand éclat de rire.

Chapitre 17

24 mai

Manhattan, N.Y.

Rebecca se dirigeait vers le gymnase de Columbia en escomptant que son subterfuge marcherait. En tant que secrétaire du poste de police, elle n'était pas habilitée à demander aux gardes de lui remettre les vidéos des caméras qui surveillaient l'entrée des vestiaires de la gym. Elle avait ainsi subtilisé le badge d'une inspectrice qui lui ressemblait un peu en espérant que cela suffirait à duper la sécurité de l'université.

Elle avait troqué son t-shirt, sa jupe et ses Birkenstocks pour une chemise blanche, des jeans et les baskets qu'elle s'était achetées pour faire du sport en début d'année. Elle avait gardé sa perruque, car l'inspectrice avait les cheveux longs. Tout en marchant sur les pavés ocre du campus, elle priait pour que cette tenue fasse l'affaire.

Elle se présenta à la porte du Department of Athletics, le nom ronflant du gymnase de l'université, surveillée par un garde hors d'âge. Il eut l'air surpris lorsqu'elle lui montra son badge en lui demandant de voir les vidéos, puis abattu quand elle lui dit qu'elle avait besoin de toutes celles de la semaine précédente. Dans un effort à peine voilé pour la décourager, il l'informa qu'il était impossible de faire une copie des bandes, et qu'elle allait être obligée de les visionner depuis la réception. Elle répliqua qu'elle était en mesure de s'en occuper. Sans lui laisser le temps de trouver une nouvelle excuse, elle commença à regarder un long défilé d'étudiants qui entraient et sortaient des vestiaires. Elle tomba rapidement sur une image de la Coréenne, reconnaissable malgré ses tentatives pour ressembler à une étudiante. Rebecca la vit s'approcher d'un casier, l'ouvrir, et en claquer furieusement la porte après avoir découvert qu'il était vide. Rebecca scruta encore et encore les images, sans succès : personne d'autre ne s'était intéressé à ce casier.

Alors qu'elle était concentrée sur le moniteur, elle ne s'aperçut pas qu'un second garde avait rejoint le premier. Il avait demandé au vieux gardien ce que faisait la jeune femme derrière son bureau. Maintenant, le nouvel arrivant examinait avec attention le badge qu'avait produit Rebecca, tout en observant cette dernière. Il se considérait comme très physionomiste, et à son avis la personne qui se trouvait assise à la réception n'était pas celle à qui appartenait le document d'authentification.

« Excusez-moi, madame, pouvez-vous me dire quel est votre nom ? »

Rebecca le regarda, surprise, et dut réfléchir un moment pour s'en souvenir. L'homme prit un air suspicieux, puis lui demanda à quel poste de police elle appartenait. Après que Rebecca eut répondu, le gardien s'éloigna pour passer un coup de fil. Il raccrocha et attendit quelques instants, puis sembla avoir reçu un message sur son téléphone. Quand il revint, il était mécontent.

– Je viens de parler à un policier du poste auquel vous prétendez être rattachée. Le problème, c'est que l'inspectrice Karen Maghee est en ce moment en congé maternité. De plus, votre employeur vient de me transmettre la photo d'une secrétaire du nom de Rebecca Cohen, dit-il en montrant son portable. Je ne sais pas vous, continua-t-il en passant son téléphone à son collègue, mais, personnellement, je trouve que madame ressemble beaucoup plus à Rebecca Cohen qu'à Karen Maghee.

Sans autre forme de procès, le garde saisit Rebecca par le bras et l'entraîna à l'extérieur vers les locaux de la police de l'université.

* * *

Le vieux Chinois saisit la casserole par le manche, attrapa une copie du journal, et sortit de la cuisine. Il suivit un long corridor de béton brut auquel accédait un escalier. Lorsqu'il passa à côté, des odeurs de poulet frit vinrent lui chatouiller les narines. Il entendit aussi quelques notes de musique sud-américaine. Il continua à avancer dans le couloir, en faisant attention à ne pas renverser la soupe fumante qu'il portait, jusqu'à ce qu'il arrive devant une porte fermée, sur laquelle il frappa trois coups. Elle s'entrebâilla et le visage de l'imam Tursun se glissa dans l'interstice. Quand il eut identifié son visiteur, il ouvrit plus grand pour le laisser passer. Sans un mot, le cuisinier pénétra dans la pièce.

Il s'arrêta un moment pour que ses yeux s'habituent à la pénombre, puis se dirigea vers une table sur laquelle il déposa le récipient et le journal. L'imam prit deux bols au-dessus d'un petit évier et les apporta. Le vieil homme servit la soupe, puis s'assit sur une chaise, suivi de Tursun.

La pièce dans laquelle ils se trouvaient était elle aussi en béton brut. Aucun revêtement n'habillait le sol ni les murs. Quelques cageots anciens dans un coin témoignaient de son usage passé comme entrepôt. Cet unique étage du bâtiment était désaffecté. Seul le rez-de-chaussée était encore utilisé par un restaurant portoricain.

À son arrivée à New York, l'imam avait contacté un lointain cousin, installé depuis vingt ans aux États-Unis. Il était allé le rejoindre à Chinatown, où il avait séjourné une journée ; il avait ensuite pressenti que c'était trop risqué, car, dans cette communauté fermée, chacun observait le nouveau venu. Ils en avaient discuté et une autre solution avait été trouvée. Son cousin avait un grand-oncle par alliance qui habitait Harlem. Il louait tout le premier étage d'un bâtiment désaffecté, et pourrait aisément cacher Tursun à cet endroit. Le soir même, Tursun avait déménagé.

Les deux hommes mangèrent en silence, puis le vieux Chinois rinça les bols et alla se coucher sur un matelas à même le sol pour y faire la sieste. Tursun saisit le journal. La lecture obstinée des quotidiens permettait à sa compréhension de la langue anglaise de progresser. Les nouvelles sur l'assassinat de Wú, encore présentes lors de son arrivée à New York, avaient maintenant disparu des pages de la gazette. Tursun lut avec intérêt les récits des négociations commerciales qui divisaient les Américains et son pays. Le journaliste, dont les affinités avec le parti démocrate n'étaient pas secrètes, se faisait un malin plaisir de relater les revers subis par l'administration américaine, à laquelle les diplomates chinois opposaient tous les obstacles possibles et imaginables.

L'imam soupira. Dire que les documents contenus par la clef USB auraient pu changer le cours de ces tractations ! Et maintenant, Dieu seul savait où elle était, et dans quelles mains elle était tombée. Bien sûr, il aurait pu lui-même aller parler aux autorités, mais les informations qu'il détenait étaient bien trop dangereuses pour être transmises à n'importe qui. Les États-Unis étaient en ce moment un pays trop divisé pour qu'il puisse s'adresser à quiconque sans s'assurer d'abord des allégeances de son interlocuteur, ce qu'il n'était pas en mesure de faire actuellement.

* * *

Après avoir claqué la porte, l'inspecteur Bernstein s'assit à son bureau. Il ne voulait pas croire ce qui lui arrivait! Rebecca Cohen, l'insipide Rebecca Cohen, la petite secrétaire orthodoxe de Riverdale, qui se faisait passer pour une consœur? Il était sûr qu'il allait bientôt recevoir un appel furieux de ses supérieurs. Un poste de police où les affaires personnelles de chacun étaient tellement mal surveillées qu'un employé pouvait s'en emparer, ce n'était pas très convenable!

Il venait d'interroger ses équipes, personne n'avait rien remarqué. Il soupira. Ce n'était vraiment, mais vraiment pas la façon dont il avait envisagé ses derniers mois de travail. Il appela l'inspectrice Maghee, qui lui exprima sans détour son énervement de voir ainsi son badge emprunté. De plus, elle voulait savoir pourquoi Rebecca avait fait cela.

Cerise sur le gâteau, les policiers de l'université ayant estimé que la sanction des actes de Rebecca n'était pas de leur compétence, ils l'avaient donc autorisée à partir, en lui ordonnant seulement de retourner au poste de police. Ce que, bien évidemment, elle n'avait pas fait.

Bernstein chercha de nouveau à joindre Rebecca, mais elle ne répondait toujours pas. On frappa à la porte, il laissa échapper un «Entrez!» exaspéré. Ce n'était pas le moment pour une visite.

«Inspecteur Bernstein, est-ce que je peux vous déranger un instant?»

Le jeune policier qui avait passé sa tête par l'entrebâillement de la porte était celui qui officiait à la réception. Bernstein lui fit signe d'entrer, lui intimant d'aller droit au but.

– Je viens de songer à quelque chose. Vous avez bien affirmé que Rebecca Cohen avait subtilisé un badge ? Je pense que ce n'est pas la première fois qu'elle emprunte un objet dans le poste, déclara-t-il.

– Que voulez-vous dire ?

– Eh bien, il y a quelques jours, cette inspectrice anglaise, vous savez, la jolie rousse ?

– Rose McGawn, oui.

– Voilà. Elle est venue chercher la clef de cadenas sur laquelle elle vous avait demandé de relever des empreintes.

– Oui, et alors ?

– Alors, je ne la retrouvais plus. Je me souvenais que vous me l'aviez donnée et que je l'avais déposée sur le bureau à la réception. On l'a cherchée partout, impossible de la localiser. Pendant ce temps, Rebecca n'était pas là, elle était sortie un moment. On a poursuivi les recherches dans votre bureau, sans succès, et quand on est retournés à la réception, la clef avait miraculeusement réapparu. Entre-temps, Rebecca était rentrée. Je n'en ai rien pensé de plus sur le moment, mais maintenant je me demande si Rebecca n'a pas pris la clef pour ensuite la replacer au même endroit.

– Merde ! jura Bernstein. Il venait de se rappeler que McGawn et l'autre témoin, l'étudiante en journalisme, avaient toutes deux été cambriolées. McGawn avait surpris le malfrat alors qu'il tâchait d'ouvrir une boîte avec une clef. Serait-il possible que Rebecca ait fait une copie de celle trouvée par l'inspectrice à Central Park pour la donner au cambrioleur ? Dans ce cas, pour qui Rebecca travaillait-elle ?

Il fallait qu'il en informe McGawn. Il essaya de l'appeler, seulement la ligne alla directement sur son répondeur. Il réfléchit quelques secondes, puis se décida à contacter Tang. Il n'aimait pas dévoiler ses problèmes au FBI, cependant il n'avait plus guère le choix. Un membre de son équipe avait tout de même disparu.

* * *

Une limousine noire s'arrêta devant l'immeuble. Rose, François, Leyla et son chat prirent place à bord. Au début, Rose ne prêta pas attention à la destination que Leyla indiqua au chauffeur. Puis elle s'aperçut que ce dernier ne se dirigeait pas vers l'arrêt le plus proche du Jitney, le bus communément emprunté pour se rendre dans les Hamptons.

– Tiens, on ne prend pas le car ? remarqua-t-elle.

– Non, j'ai une solution un peu plus rapide, répondit Leyla.

Une vingtaine de minutes plus tard, la voiture stoppait devant l'hélistation du sud de Manhattan.

« Merci ! » lança Leyla en sortant du véhicule. Un bel hélicoptère blanc était en train de se poser pendant qu'elle tapait un code pour ouvrir une porte grillagée.

– Bon, vous venez ? dit-elle en se tournant vers Rose et François qui regardaient l'appareil, bouche bée.

– On va là-dedans ? interrogea François, dont la dernière sortie en hélicoptère s'était avérée mouvementée.

– Oui. Tu verras, c'est spacieux, confirma Leyla.

– Chouette, même pas peur, déclara joyeusement Rose en jetant un coup d'œil condescendant à François.

Ils se baissèrent pour éviter les pales qui tournaient au ralenti. Leyla ouvrit la porte et cria au pilote :

« Salut John, tout baigne ? »

Pouce relevé, le pilote lui fit signe que tout allait bien. Leyla se glissa à l'intérieur, suivie de Rose et de François qui semblait encore hésitant à se soumettre à un trajet suspendu dans les airs. Dès qu'ils se furent attachés, l'hélicoptère décolla, piquant d'abord vers l'est au-dessus de Governors Island puis vira au nord en direction de Long Island. Rose admira les gratte-ciels du sud de Manhattan, puis observa les docks de Red Hook avant d'apercevoir le Verrazzano Bridge sur sa droite. L'hélicoptère survola Brooklyn et ses rangées de petites maisons et d'entrepôts, puis il vira de nouveau, vers la droite, pour suivre la côte. Il passait maintenant au-dessus de longues dunes étroites séparées du reste de l'île par un bras de mer. Rose observa François contempler avec surprise les kilomètres de sable qui bordaient Long Island.

– Tu ne pensais pas qu'il y avait des plages aussi près de New York, non ?

– Vraiment pas, en effet !

– Tu verras, où on va, elles sont magnifiques.

Les bords de mer publics regorgeaient déjà de New-Yorkais en week-end, entourés de barbecues, parasols, cannes à pêche et engins gonflables. Puis les vastes parkings disparurent, laissant place à de grandes étendues de sable presque inaccessibles par la route, que longeaient des maisons construites sur les dunes. Plus l'hélicoptère s'avançait vers l'est, plus les résidences devenaient spacieuses, séparées les unes des autres par de larges étendues de gazon d'un vert tendre.

Le pilote commença à descendre, puis piqua vers une gigantesque propriété. Le bâtiment, un manoir aux murs de bardeaux gris clair, surplombait côté mer un immense jardin bordé de rhododendrons en fleurs, qui accédait directement à la plage. Sur sa gauche se trouvait une belle piscine entourée de pins. À l'arrière, un chemin pavé reliait la maison à la route privée qui ne pouvait être empruntée que par les propriétaires des demeures avoisinantes.

L'hélicoptère se posa sur une place aménagée à cet effet. Il stoppa son moteur et laissa sortir ses occupants.

Leyla sauta hors de l'appareil et courut embrasser un homme d'une bonne soixantaine d'années, au teint bronzé et à la chevelure grisonnante. Il la prit dans ses bras, puis se dirigea vers Rose et François.

– Bienvenue à Southampton ! salua-t-il en serrant la main de Rose. Je suis Daniel Jones, le père de Leyla. Elle m'a beaucoup parlé de vous.

En entendant son nom, Rose comprit l'opulence qui les entourait. Daniel Jones était un magnat de la télévision. Il possédait un réseau impressionnant de chaînes câblées ainsi que d'importantes participations dans des magazines et des quotidiens de haut vol. Il était toujours classé dans les trente plus grosses fortunes des États-Unis. Soudain, l'aisance de Leyla, malgré son statut d'étudiante, s'expliqua.

– Hello, tu viens ? l'appela François. Perdue dans ses pensées, Rose n'avait pas vu que Leyla et son père les invitaient à les suivre en direction de la maison. Elle courut derrière eux, passant devant quelques voitures de sport garées en contrebas.

– Leyla va vous montrer vos chambres, et une fois que vous serez installés, venez profiter de la piscine !

La mer est encore un peu froide. À 17 h, nous servons des drinks sur la terrasse, et le dîner est à 19 h 30 précises, lança Daniel en souriant.

– Suivez-moi ! dit Leyla, enjouée.

Précédant Rose et François, elle leur fit faire une rapide visite de la maison avant de les conduire à leurs chambres. Tout était meublé avec goût. Le salon disposait d'immenses baies vitrées donnant sur la terrasse qui surplombait l'océan. De l'autre côté, il s'ouvrait sur une cuisine équipée d'appareils ménagers dernier cri. Une armoire à vins qui exposait les plus grands crus séparait les fourneaux d'un coin télévision.

Après avoir montré à François la pièce qu'elle lui avait réservée dans l'attique, Leyla entraîna Rose dans une autre aile du bâtiment. Elles montèrent au deuxième étage et Leyla ouvrit en grand une porte peinte en blanc.

« Voilà ! lança-t-elle avec un rire, je l'appelle la suite nuptiale ! Tu y seras bien quand Patrick arrivera. »

La chambre était immense, mansardée, et avait son propre balcon. Le sol était recouvert de bois brossé sur lequel étaient posés des tapis beige et bleu. Le reste reprenait ces tons, offrant ainsi un sentiment de paix et de sérénité.

– Et vous avez votre salle de bains ici, ajouta Leyla en tirant une porte coulissante en verre dépoli qui donnait sur une grande pièce au centre de laquelle trônait un jacuzzi.

– C'est magnifique, merci ! s'émerveilla Rose.

– Je veux que vous vous y sentiez bien. Quand est-ce que Patrick doit arriver ?

– Ce soir, répondit Rose. Il vient en voiture.

– J'espère qu'il ne sera pas trop retenu dans les bouchons. N'hésite pas à me demander si tu as besoin de quoi que ce soit d'ici là, termina Leyla avant de s'éclipser.

Rose sortit sur le balcon. Devant elle, s'élevait une rangée de dunes, puis l'océan s'étendait à perte de vue. Elle respira l'air marin, saturé d'odeurs d'algues iodées. Sur sa gauche et sur sa droite, des propriétés toutes plus belles les unes que les autres faisaient face à la mer. Ici, le rêve américain se portait encore à merveille.

* * *

Rebecca frissonna en entrant dans le bar. Le China Girl, bar lesbien situé à Chinatown, n'apparaissait pas sur le Net, à raison sans doute. Il ne possédait rien qui puisse être mis en valeur sur un site internet : il était encore plus sombre, si cela était possible, que le Dyke Dive, dont elle avait l'habitude. Les femmes qui s'y trouvaient ressemblaient toutes à la Coréenne, des Asiatiques habillées en cuir noir et arborant des coupes de cheveux très courtes. La plupart jetèrent un mauvais coup d'œil à la nouvelle venue. Rebecca portait sa jupe et sa perruque. Il était évident que toutes voyaient bien qu'elles avaient affaire à une juive orthodoxe.

Elle aperçut Park Nam-Ji qui, comme à son habitude, s'était postée dans un des coins les plus reculés du bar. Elle n'était cependant pas seule cette fois-ci, mais accompagnée d'une autre Asiatique qui lui ressemblait beaucoup. Au premier abord, Rebecca crut qu'elles étaient jumelles, puis elle distingua des traits plus grossiers chez la seconde, dont le visage était plus épais.

À peine Rebecca se fut-elle assise à leur table que la tueuse lui demanda sur un ton agressif si elle avait découvert qui avait vidé le casier. Ses yeux fusillèrent Rebecca quand cette dernière lui raconta qu'elle s'était fait prendre.

– J'ai eu de la malchance, je suis tombée sur un garde très physionomiste. L'autre n'y a vu que du feu, balbutia-t-elle sous le regard méprisant de son interlocutrice.

– As-tu au moins remarqué quelque chose ? grinça la Coréenne.

Rebecca répondit en baissant les yeux.

– Non, rien.

Un lourd silence s'installa. Park Nam-Ji semblait perdue dans de sombres pensées. Puis elle fit un petit signe de la tête à sa collègue, qui saisit Rebecca par le bras et la força à se lever, l'entraînant vers les toilettes. Avant que la jeune femme ne puisse crier, la main puissante de la Chinoise lui colla un chiffon imbibé de chloroforme sur le nez.

Chapitre 18

26 mai

Manhattan, N.Y.

« Toujours rien ? »

L'inspecteur Bernstein dévisageait avec angoisse le jeune policier à qui il avait demandé de retrouver Rebecca Cohen. L'homme fit signe que non. Personne n'avait revu Rebecca. Depuis qu'elle avait été pincée avec le badge de l'inspectrice Maghee, elle n'avait pas réapparu au bureau. Plus effrayant encore, elle n'était pas non plus rentrée chez elle.

Bernstein se prit la tête dans les mains. Il avait engagé Rebecca parce qu'elle habitait dans le quartier de Riverdale, comme lui. En tant que femme juive orthodoxe, elle n'aurait pas dû travailler, mais elle l'avait approché un jour en lui confiant avoir envie de s'occuper. Bernstein l'avait d'abord embauchée à l'essai. Rebecca faisait du bon travail, et il l'avait gardée.

Il s'était toujours demandé pourquoi elle désirait un emploi. Sans enfants, elle n'avait pas besoin de beaucoup d'argent ; sa famille pouvait aisément la soutenir. Rebecca devait être en quête d'autre chose. Elle ne cherchait pas du tout à se marier, et il la voyait repousser les avances des quelques hommes qui l'approchaient malgré ses tenues désastreuses.

Et maintenant, elle était introuvable.

Il appela Tang. Le jeune inspecteur du FBI l'informa que, lui non plus, n'avait eu aucun succès dans ses investigations pour la retrouver. Rebecca semblait s'être volatilisée.

Il composa ensuite le numéro de Rose McGawn pour savoir où elle en était dans son enquête. Il espérait qu'elle aurait avancé afin qu'il puisse annoncer de bonnes nouvelles à ses supérieurs, qu'il n'avait pas encore tenus au courant de la disparition de Rebecca.

Malheureusement, il tomba de nouveau sur le répondeur. Décidément, aujourd'hui n'était pas son jour de chance.

Southampton, N.Y.

– Papa, il faut que je te parle.

Daniel Jones était assis sur la terrasse, lisant un journal. Il le posa par terre et se tourna vers Leyla qui s'approchait, un verre de jus d'orange à la main.

– Bien sûr ma chérie, qu'y a-t-il ?

– Je vais produire un reportage avec News Cable Cast.

– NCC ? Daniel Jones regarda sa fille avec un sourire en coin. Comme il possédait une participation importante dans la chaîne câblée, il aurait pu facilement lui obtenir un piston. Un coup de fil de sa part, et Leyla parlait à un producteur. Mais il avait fallu qu'elle se débrouille seule, et, bien sûr, elle avait réussi.

– De quoi s'agit-il ? continua-t-il.

– C'est en rapport avec ma thèse. Elle lui en expliqua alors le sujet, qu'elle avait gardé secret jusqu'à présent, pour retarder le plus possible les inévitables querelles familiales qu'elle allait causer. Si son père votait démocrate et avait des vues plutôt progressistes, ce n'était pas le cas de ses deux demi-frères qui, plus âgés qu'elle de sept et dix ans, étaient de fervents républicains. L'un d'eux travaillait à Tox News, l'autre pour la National Rifle Association of America. Ils étaient le fruit de la première union de Daniel Jones avec une héritière d'une grosse fortune texane. Leur mère avait aidé son père à bâtir son empire. Après leur divorce, elle s'était assurée qu'il use de son influence pour placer ses fils à des postes de pouvoir, même si leurs opinions politiques étaient tellement divergentes que le père et ses fils entraient souvent en conflit. Leyla ne les appréciait guère, et le sentiment était réciproque. Ils la traitaient de gauchiste. En référence aux origines moyen-orientales de sa mère, ils l'avaient qualifiée à un dîner de Noël de terroriste islamiste en devenir, ce qui avait parachevé l'inimitié entre les frères et la sœur.

Leyla relata sa collaboration avec le professeur Wú, et les répercussions tragiques de celle-ci. Quand elle eut terminé son récit, son père avait l'air soucieux.

– Je me demande dans quoi tu t'es encore embarquée, dit-il. Il faut que tu fasses très attention. J'ai suivi l'affaire de ton professeur retrouvé mort. Je ne sais pas qui sont les assassins de Wú, mais je peux t'assurer qu'il ne s'agit pas d'une banale histoire de mœurs.

– C'est justement pour cela que je veux faire ce reportage! s'écria Leyla. Pour rétablir la vérité sur le professeur Wú, et par la même occasion sensibiliser l'opinion publique à la cause ouïghoure. D'abord, j'envisageais d'écrire un article, je pense maintenant qu'un reportage produit en collaboration avec une grande chaîne d'information aura plus d'impact.

– C'est une noble raison, il n'en demeure pas moins que tu dois être très vigilante. Et surtout, n'en parle pas à tes frères.

– Ça, il n'y a pas de risque, confirma Leyla en décochant à son père un clin d'œil complice, avant d'annoncer: Je vais chercher mes invités, il est temps qu'on prenne le brunch!

Quand Leyla frappa à la porte de leur chambre, Rose venait de passer une paire de jeans et un t-shirt, et Patrick boutonnait le dernier bouton de sa chemise de lin. Les deux étaient fraîchement douchés et arboraient un sourire éclatant. Patrick était arrivé tard le soir précédent, car il avait été pris dans les embouteillages au sortir de Manhattan. Même si la population qui se rendait aux Hamptons pour les congés était aisée, tous n'avaient pas les moyens de se déplacer en hélicoptère privé.

– Vous avez bien dormi? demanda Leyla.

– Oui, merci, répondit Rose, c'est tellement agréable d'être ici! On se sent tout de suite en vacances.

Leyla les précéda dans les escaliers et tous trois rejoignirent son père sur la terrasse. Il les accueillit avec l'attitude enjouée propre aux Américains quand ils reçoivent des invités chez eux.

– Alors, comment vous acclimatez-vous? demanda-t-il avec un grand sourire, puis enchaînant immédiatement: que puis-je vous servir à boire? J'ai des jus de fruits, des smoothies, et aussi du rosé, du blanc et du champagne au frais pour ceux qui considèrent que c'est déjà l'heure de l'apéro, plaisanta-t-il en faisant signe au serveur en gants blancs de s'approcher. Leyla opta pour un mimosa, et Rose suivit le mouvement. Patrick et Daniel prirent un jus d'orange.

– Ah, fit Leyla, faisant la moue en voyant arriver deux hommes d'une trentaine d'années, les voilà.

– Ça n'a pas l'air de t'enchanter, remarqua Rose.

– Ce sont les deux fils que mon père a eus avec sa première femme. Nous n'avons pas du tout les mêmes opinions politiques ni la même philosophie de vie. Je pense que tu t'en rendras vite compte.

En disant cela, Leyla s'approcha du premier, qui malgré sa petite quarantaine souffrait d'une calvitie bien avancée et arborait un ventre impressionnant. Les deux s'étaient avachis sur un canapé de jardin, sans saluer personne.

– Luke, je te présente Rose, une amie, dit-elle.

Le dénommé Luke reluqua Rose de la tête aux pieds, puis tendit sa main sans même se lever.

– Salut.

– James, fit l'autre pachyderme qui était assis à côté de lui en offrant une poignée peu enthousiaste. Observant la chevelure indisciplinée de Rose, il siffla:

– J'imagine que vous êtes encore une des amies hippies gauchistes de ma sœur.

– James, je te prie de rester poli avec nos invités, conseilla Daniel qui s'était approché. Madame est inspectrice à Scotland Yard et, enchaîna-t-il en désignant Patrick qui s'était avancé, monsieur travaille au ministère public du Southern District de New York.

– Un flic et un procureur ? De mieux en mieux ! ironisa James. Et pourtant je croyais que les terroristes n'aimaient pas les poulets, ricana-t-il en direction de sa sœur.

– Bien, je pense que nous allons descendre dans le jardin pour passer à table, proposa Daniel pour calmer le jeu en regardant Leyla prête à sauter à la gorge de son demi-frère.

– Tu vois ce que je t'avais dit ? chuchota Leyla à Rose.

– En effet. Et ils font quoi dans la vie ?

– Luke travaille chez Tox News et James à la NRA.

Rose grimaça.

– Aïe ! Ils vont rester tout le week-end ?

– En principe oui, mais en général, ils sont peu présents ici, ils sortent beaucoup, rentrent tard et dorment jusqu'en début d'après-midi.

Au même moment, François, qui venait d'arriver, s'approcha de Rose.

– Qu'est-ce qu'il fait là, lui ? ronchonna-t-il en montrant Patrick d'un coup de menton.

Vive comme l'éclair, Rose l'attira à l'écart.

– Patrick est mon invité, sur autorisation expresse de Leyla. Et tu as intérêt à bien te comporter. Pas de crises de jalousie, elles sont infondées et déplacées. C'est clair ?

François s'apprêtait à répondre lorsqu'on entendit rugir le moteur d'une Porsche de l'autre côté du manoir. Quelques instants plus tard, une belle femme brune, un peu plus jeune que Daniel, s'avança vers la petite troupe d'un air enjoué. Elle embrassa Daniel, puis se tourna vers Rose et François.

– Bonjour ! dit-elle dans un français parfait. Je suis Céline Bracco, la compagne de Daniel.

– Vous êtes Française ? l'apostropha François.

– Oui ! Je viens de Nice.

– Incroyable ! Je suis de Monaco, dit François. Je peux vous faire la bise ? C'est tellement rare par ici !

Rose contempla la scène avec effroi. François aurait-il l'audace de draguer la copine du père de Leyla ? Si c'était le cas, la situation menaçait de déraper, et cette fin de semaine tournerait au cauchemar.

Brooklyn, N.Y.

Les rayons du soleil passaient à peine entre les interstices de la fenêtre murée, pourtant les yeux de Rebecca s'étaient habitués à l'obscurité, ce qui lui avait d'ailleurs permis de voir, la nuit, le ballet des rats avec lesquels elle partageait le bâtiment. C'était sa seule distraction. La pièce dans laquelle elle était détenue devait être d'anciens sanitaires. Elle était couverte de carrelage blanc et abritait des toilettes et un lavabo. Ses kidnappeuses avaient posé un matelas à même le sol afin qu'elle puisse dormir. Elles lui donnaient à manger par une petite trappe dans la porte. Pourquoi la gardaient-elles en vie ? Elle ne pouvait plus rien leur apporter. Peut-être voulaient-elles l'utiliser comme monnaie d'échange ?

Rebecca prit sa tête entre ses mains. Où sa volonté de se libérer des carcans de sa communauté l'avait-elle entraînée ? Depuis qu'elle était adolescente, elle sentait qu'elle n'appartenait pas à ce monde. Elle ne supportait pas cette société où seuls les hommes avaient de l'importance et décidaient de tout pour les femmes. Elle maudissait les règles de sa religion qui défendaient aux femmes le droit de choisir. Elle savait aussi depuis toute jeune qu'elle préférait les filles, et que jamais les juifs orthodoxes parmi lesquels elle était née ne toléreraient cette orientation. Elle avait voulu faire sa petite révolution, commençant par obtenir de ses parents l'autorisation d'avoir un emploi. Ils avaient été d'accord, à condition que quelqu'un qu'ils connaissaient, et qui habitait Riverdale, l'embauche. Elle avait réussi à convaincre l'inspecteur Bernstein de l'engager. Ensuite, elle avait utilisé cette liberté pour fréquenter certains bars lesbiens situés autour de son travail. Quelle victoire et que de chemin parcouru ! Et tout cela devrait se terminer ici, dans les latrines d'un entrepôt désaffecté ? Pas question !

À cette pensée, Rebecca releva la tête. Elle avait déjà trop accompli dans sa recherche d'indépendance pour se laisser ainsi enfermer. Elle se leva et se dirigea vers l'une des fenêtres murées. Les briques étaient scellées entre elles avec du mastic, mais il y avait de petits espaces par lesquels passait la lumière, dont certains étaient juste assez grands pour y mettre un doigt. Si elle arrivait à en agrandir un, elle pourrait assurément desceller une partie de la paroi pour s'échapper à condition que la fenêtre ne soit pas trop haute... Elle verrait le moment venu, chaque chose à la fois. Tout d'abord, il fallait qu'elle soit sûre d'être seule. Rebecca prêta l'oreille, elle n'entendit rien. La plupart du temps, elle avait l'impression qu'on l'avait abandonnée dans ce bâtiment. Elle pouvait donc gratter sans se soucier d'attirer l'attention.

Washington, D.C.

Assis dans un restaurant italien de Georgetown dont il connaissait le patron, Maculoso sirotait un Negroni. La salle était vide à cette heure de l'après-midi. Il attendait son contact new-yorkais, dont l'avion avait été retardé. L'homme avait insinué qu'il avait de bonnes nouvelles, raison pour laquelle Maculoso, une fois n'est pas coutume, ne pestait pas contre son retard.

Finalement, l'individu arriva. Maculoso remarqua que Marco Debiosi ne faisait aucun effort pour dissimuler son appartenance à la pègre : il était vêtu d'un costume à rayures et portait de grosses bagues en or aux doigts de chaque main. Il ne manquait plus que les chaussures blanches et noires, et on se serait cru dans un film de gangsters.

Maculoso lui fit un signe et l'invita à s'asseoir. Après que l'autre eut commandé un verre, il entra immédiatement dans le vif du sujet :

– Alors?
– On l'a retrouvé, dit le mafioso.
– Comment?
– Il n'était pas à Chinatown. Mais il a un cousin qui lui a arrangé sa planque. Malheureusement pour lui, ce cousin a une femme très bavarde qui tient un salon de pédicure. Elle a lâché le morceau à une cliente, qui est une de nos informatrices.
– Je vois, fit Maculoso. Il pensait surtout que le type avait bénéficié d'une chance de dingue, et se demandait s'il allait quand même lui imposer le prix fort qu'il avait l'habitude de réclamer pour ses services. Il verrait bien quand l'autre voudrait sa rémunération.
– Tu as son adresse? s'enquit Maculoso.
– L'enveloppe d'abord, enjoignit le mafioso.
– Combien?
– Cinq sacs, répondit Debiosi avec un léger sourire sur les lèvres.

Chaque poil du corps de Maculoso se hérissa. Il détestait payer, et encore plus lorsqu'il avait l'impression d'allonger pour une information qui avait été facile à obtenir. Toutefois, il était évident que ce n'était pas dans les habitudes de Debiosi de faire des ristournes, même quand la chance avait joué en sa faveur.

À regret, Maculoso sortit une enveloppe. Debiosi l'ouvrit et compta les billets. Puis, satisfait, il lança:

« 155e Rue et Frederick Douglass Boulevard. Dans Harlem. C'est un bâtiment en briques de deux niveaux. Il y a un restaurant qui vend du poulet frit en bas. Ton gars se cache au premier étage. »

Il termina son verre et partit, laissant Maculoso noter l'information sur son portable et payer les deux consommations.

Chapitre 19

27 mai

Nice, France

Une dernière ligne de commandes et le tour fut joué. La page s'ouvrit devant les yeux curieux d'Olivier. Lui, qui généralement découvrait un mot de passe en quelques minutes, avait mis plusieurs jours à trouver celui-là.

Il essaya de lire le document mais il ne déchiffrait rien. Leyla avait mentionné qu'il était en vieil-ouïghour. Il lança une rapide recherche informatique et tomba sur un logiciel de traduction de cette langue. On n'arrêtait pas le progrès ! Après y avoir copié les premières lignes traduites, il les lut et dut s'y reprendre une seconde fois. Il n'était pas surprenant que le document soit aussi bien protégé. C'était une véritable bombe !

Olivier n'eut pas besoin de traduire plus. Il fit une copie du document pour ses propres dossiers, et se demanda s'il pouvait le renvoyer ainsi à Rose. Puis il se ravisa. L'e-mail de Rose ne lui semblait pas particulièrement bien sécurisé. Ce qu'il avait lu avait le potentiel de changer la situation géopolitique mondiale. Il fallait qu'il lui en parle d'abord, et qu'ensuite, il trouve le moyen de lui envoyer le document par un biais protégé, qu'il ne connaissait lui-même pas encore. Il appela Rose et lui laissa un message vocal.

Southampton, N.Y.

– Il n'y a qu'une Écossaise et un Irlandais pour se baigner dans une eau aussi froide! remarqua François en se séchant vigoureusement avec une serviette. Il était resté quelques secondes dans l'océan, alors que Rose et Patrick avaient nagé pendant une dizaine de minutes.

– Et pourtant, tu as ta petite couche protectrice, le charria-t-elle en lui faisant un clin d'œil.

Il grimaça, puis lui adressa un sourire sarcastique. La venue de Céline avait détendu l'atmosphère. Contrairement aux craintes initiales de Rose, François ne la draguait pas. Le jour précédent, Céline avait mis un point d'honneur à faire découvrir à son compatriote les beautés des Hamptons, pendant que Rose et Patrick avaient essayé le surf à Montauk. Maintenant que la mèche était vendue, François semblait plus serein, et Rose était reconnaissante de son attitude.

Elle poursuivit :

– L'eau était parfaite. Et puis regarde comme c'est beau.

Il était très tôt, le soleil se reflétait dans l'océan encore lisse, car ni le vent ni la houle ne s'étaient levés.

La plage immense, qui s'étendait à perte de vue, était vide. Tous trois s'allongèrent un moment sur le sable pour profiter des rayons du soleil puis se dirigèrent vers la passerelle en bois qui reliait le manoir à la mer.

Arrivés dans la cuisine, ils trouvèrent Leyla, son père et Céline assis devant un petit-déjeuner gargantuesque. Fruits, œufs, charcuterie, croissants et pancakes ornaient la table.

– Bonjour! salua Daniel en les voyant, vous avez bien dormi?

– Splendide! répondit Patrick, nous sommes même allés nous baigner ce matin.

– Ah bravo, quel courage! Il faut que j'aille travailler, je vous laisse avec mes femmes de cœur, dit-il en se levant et en embrassant Céline et Leyla.

Rose s'assit à côté de cette dernière, qui avait l'air fatiguée. Elle était penchée sur un manuscrit qu'elle corrigeait.

– Ça va? la questionna Rose.

– Je n'ai pas dormi de la nuit car j'ai bossé là-dessus.

– Tu peux me montrer? demanda Rose.

– C'est le synopsis de mon reportage, annonça Leyla. Mon père l'a lu et l'approuve. Je l'aurais présenté même s'il n'avait pas été d'accord, mais, avec son soutien, c'est mieux. Tu sais, il détient des participations dans NCC.

– Oui, je suis au courant. Et c'est bon, il est finalisé?

– Presque. Mon père m'a fait quelques suggestions de corrections, il faut encore que je les apporte au texte.

– Il était debout toute la nuit lui aussi ?

– Non, mais il se lève toujours très tôt pour travailler. Il n'a pas bâti son empire en un claquement de doigts, dit Leyla en souriant.

Brooklyn, N.Y.

Rebecca Cohen essaya de bouger la brique qu'elle avait patiemment descellée. Depuis plusieurs heures, elle s'était acharnée à décoller le mastic miette par miette. Ses doigts étaient en sang, ses ongles de l'index et du majeur étaient à moitié arrachés, mais elle espérait être arrivée au stade où le bloc bougerait suffisamment pour qu'elle puisse l'enlever. Elle plaça la paume de sa main sur le mur, et poussa de toutes ses forces. Soudain, les derniers morceaux lâchèrent et le bloc de terre cuite se décala de quelques centimètres vers l'extérieur. Elle s'obstina à pousser encore en regrettant de ne pas s'être attaquée à une partie plus basse, contre laquelle elle aurait pu utiliser son pied. Elle entoura son poing dans sa veste et s'arc-bouta de nouveau. La brique glissait lentement, centimètre par centimètre. Subitement, elle se désolidarisa du mur. Rebecca comprit que la brique avait chuté quelques mètres plus bas, sans qu'il y eût une éclaboussure. Elle fut rassurée, car elle entendait sans cesse passer des bateaux, et un bruit de ressac. Ne sachant pas nager, elle craignait que le côté de sa geôle qu'elle venait de percer ne donne directement sur la mer.

Elle jeta un œil par l'ouverture, et aperçut une étendue d'eau. On lui avait enlevé sa montre, mais elle avait réussi à garder le sens du temps en observant les changements de lumière par les interstices du mur. Il devait être le milieu de la matinée. Sa kidnappeuse était venue lui apporter à manger plus tôt. Elle ne reviendrait pas avant plusieurs heures. Il lui restait donc un peu de temps pour essayer de creuser un trou suffisamment large afin d'y passer.

Elle choisit une autre brique et tenta de la faire vaciller. Heureusement, l'orifice qu'elle avait créé avait déstabilisé la structure, et le bloc de terre cuite se descella rapidement. Une heure plus tard, Rebecca, motivée par le bruit des chalands et des goélands qui lui suggéraient une liberté proche, était parvenue à dégager un espace assez grand pour elle. Elle y risqua la tête et dut se retenir de pousser un cri. Elle se trouvait au premier étage d'un entrepôt abandonné du quartier de Red Hook. Le bâtiment donnait sur la mer, avec le bas de ses murs protégé par une petite digue constituée de gros rochers. Rebecca décida d'escalader la façade. Elle l'observa. Des crochets de métal, qui devaient servir à amarrer les bateaux, étaient placés en quinconce sur les briques, et l'un d'eux se situait à portée de main. Elle s'y agrippa et se mit à califourchon sur le mur. De cette façon, elle pouvait poser son pied droit sur un autre crochet, un peu plus bas. Elle fit basculer son corps hors de l'orifice, attrapant une aspérité de son autre main, et appuya son pied gauche sur un autre crochet. Elle se retrouvait ainsi entièrement à l'extérieur, à environ deux mètres du sol, suspendue comme une araignée. Saisissant les autres morceaux de métal protubérants, elle parvint jusqu'en bas de l'édifice. Une fois sur la digue, elle contourna le bâtiment en direction du côté qui donnait sur un terre-plein. Elle arriva en face d'un grillage dont le bas était tordu. Rebecca se faufila en dessous, puis se redressa et regarda autour d'elle. Elle se trouvait devant un entrepôt désaffecté et longé par une route. En rasant les murs au cas où sa kidnappeuse serait dans les parages, elle rejoignit la chaussée juste au moment où passait une patrouille de police. Rebecca se jeta sous les roues du véhicule.

« Il faut que je parle à l'inspecteur Bernstein », réclama-t-elle aux policiers observant, éberlués, cette apparition qui – doigts sanguinolents, vêtements déchirés, visage noirci par la saleté – ressemblait à une sorcière de manège hanté.

Southampton, N.Y.

François, Rose, Patrick et Céline revenaient en riant au manoir dans la Porsche décapotable de cette dernière. Alors qu'ils faisaient du shopping à East Hampton, François avait réussi à bien gaffer. Rose était en train d'essayer une robe chez Ralph Lauren lorsque l'actrice Jennifer Lopez était entrée dans le magasin. Après l'avoir dévisagée quelques instants, François était allé vers elle, lui avait dit que sa tête lui disait quelque chose et lui avait demandé s'ils se connaissaient. Heureusement, la star était de bonne humeur et avait ri de la maladresse du Monégasque. En bonne Américaine toujours prête à faire un compliment, elle avait fait remarquer à Rose que la robe lui allait très bien. En sortant, hilare, du magasin, Rose avait posé la main sur le bas du dos de François. Un courant, comme un petit choc, était passé. François avait dû aussi le ressentir, car il s'était retourné et leurs regards s'étaient croisés. Rose l'avait alors prestement dépassé et était allée raconter le quiproquo à Patrick et à Céline qui sirotaient un café glacé à l'extérieur.

Le volume de la stéréo de la Porsche était au maximum, et la petite troupe chantait *Satisfaction* à tue-tête avec les Stones.

Lorsqu'ils rentrèrent à la maison, ils comprirent que l'ambiance n'était pas au beau fixe. Une voix d'homme criait : « Il n'est pas question que tu publies cela ! » et, immédiatement, celle de Leyla lui répondait : « Je fais ce que je veux ! » Puis un claquement de porte, suivi d'un grand silence.

– Oups, remarqua Rose, je crois qu'on arrive au beau milieu d'une querelle familiale.

– On dirait ! acquiesça Patrick.

Ils trouvèrent Leyla en pleurs sur le canapé du salon. Céline se précipita vers elle pour la prendre dans ses bras.

– Que s'est-il passé ?

– C'est cet imbécile de Luke. J'avais laissé traîner deux minutes le synopsis pour mon reportage pendant que j'allais aux toilettes, il s'en est emparé, l'a parcouru, et maintenant il dit que je ne peux pas diffuser cela, que ça va nuire à l'image de notre famille.

– Et alors ? rétorqua Céline.

– À tous les coups, il va en parler à son boss chez Tox News !

– Oui, mais ton reportage sera produit chez NCC, non ? Tox News n'a rien à voir là-dedans, ma chérie.

– Ce n'est pas si simple. Il y a quelques années, le groupe auquel appartient Tox News a essayé d'acquérir NCC, qui était en difficulté financière. Il proposait d'injecter des capitaux contre une participation majoritaire de Tox News dans NCC. Il s'ensuivit une importante bataille pour défendre ce bastion du libéralisme contre une mainmise conservatrice. C'est à ce moment-là que mon père est intervenu, acceptant de verser des fonds et de prendre lui-même une participation dans NCC pour que celle de Tox News ne soit pas dominante. Du coup, Tox News et mon père ont chacun quarante pour cent des actions de NCC, le reste étant détenu par plusieurs autres actionnaires indépendants. Avec cette structure, mon père doit faire attention aux positions qu'il adopte dans le cadre de NCC.

– Tu avais obtenu que ton reportage soit publié sans l'appui de ton père, non ? poursuivit Rose.

– Oui, bien sûr, même si les choses auraient été plus faciles s'il avait passé quelques coups de fil pour me soutenir. Ce sont là les limites de son influence. Maintenant, Luke va certainement en parler au directeur de Tox News, et va s'arranger pour tout faire foirer, sans que mon père ne puisse plus agir pour corriger cela.

– Zut ! dit François.

– Je n'aurais jamais dû venir ici, sanglota Leyla.

Manhattan, N.Y.

Don Tang n'en revenait pas des images qu'il regardait. Comment était-ce possible? Depuis qu'il travaillait au FBI, il faisait suivre Marco Debiosi, mafioso new-yorkais notoire, dont il avait découvert les méfaits alors qu'il était stagiaire dans l'un des bureaux de police de Manhattan. À l'époque, son chef lui avait donné pour tâche de le renseigner sur tous les faits et gestes du gangster. Dès lors, il avait continué la surveillance à temps perdu. Celle-ci n'avait rien fourni pendant de longues années, néanmoins l'attente avait finalement payé. Il contemplait les photos de Debiosi, attablé dans un restaurant italien de Georgetown, avec un homme qui n'était autre que John Maculoso, le directeur de cabinet du Président. Et, non seulement on voyait les deux hommes s'entretenir, mais sur la fin de la discussion, Maculoso remettait à Debiosi une enveloppe que le mafioso ouvrait pour compter des billets. Le tenancier du restaurant, que Tang avait incité à collaborer en échange de la levée d'une sanction liée à une violation de sa licence de vente d'alcool, s'était avéré être un fameux photographe.

Tang se frotta les mains. Il allait enfin pouvoir arrêter Debiosi. De plus, il détestait Maculoso, et il avait maintenant tout ce qui lui était nécessaire pour le faire tomber pour trafic d'influence. Alors qu'il allait appeler son patron pour lui faire part de sa découverte, une intuition le retint. Maculoso se montrait si empressé dans l'affaire du professeur assassiné, il aurait parié que le chef de cabinet avait dans ce cas aussi une implication autre que celle strictement commandée par les besoins d'État. Il n'allait pas avertir tout de suite ses supérieurs, au contraire, il allait garder ces renseignements sous le coude, et demander à son informateur de continuer sa surveillance. Dieu sait ce qu'il découvrirait encore.

Chapitre 20

28 mai

Sag Harbor, N.Y.

– Merde ! s'exclama Rose.

Elle était en train de faire une promenade matinale avec Patrick du côté de Sag Harbor, lorsque son portable s'était mis à biper sans arrêt.

– Qu'y a-t-il ? demanda Patrick, inquiet.

– Ma ligne téléphonique ne fonctionnait pas depuis que nous sommes arrivés aux Hamptons. Du coup, je pensais que personne ne m'avait contacté, alors que j'ai reçu des appels de Bernstein et du frère de François, répondit Rose en écoutant sa messagerie vocale.

– Qu'est-ce que le frère de François vient faire ici ? rétorqua Patrick. Rose avait remarqué qu'il devenait assez susceptible et possessif quand il s'agissait de François, ce qui avait le don de l'énerver.

– Chut, j'essaie d'entendre ce qu'il me dit. Mon Dieu ! La secrétaire de Bernstein a été enlevée !

Visiblement elle vient de réapparaître. Elle avait été kidnappée par deux femmes d'origine asiatique.

– Comment cela ? Il y a un rapport avec ton enquête ?

– C'est tout ce qu'il m'apprend, mais j'imagine que oui. Je dois le rappeler.

Le portable de Patrick se mit également à vibrer sans interruption. Il recevait, lui aussi, plusieurs messages à la fois. Il déverrouilla son appareil et écouta les messages.

– Merde ! jura-t-il.

– Quoi ?

– La date de ton audition a été arrêtée, dit Patrick. C'est dans deux jours. Il faut que nous rentrions immédiatement !

Manhattan, N.Y.

Assis dans le restaurant de Daniel Boulud, le cuisinier français qui avait fait fortune à New York, John Maculoso contemplait avec horreur la liste des prix sur le menu. À 40 $ l'entrée, le chef aurait aisément pu faire entre deux services des allers-retours en Concorde, s'il avait encore existé, entre Paris et New York ! Enfin, l'argent ne sortait pas de sa poche mais du fonds destiné aux « affaires très spéciales » du Président. Et cela, c'était un argument que Maculoso, le gamin pauvre du Bronx, frugal lorsqu'il fallait mettre la main au porte-monnaie, appréciait toujours.

Car il s'agissait bien d'une « affaire très spéciale ». Maculoso avait été averti par son ami Luke Jones, qui travaillait à Tox News, que l'ennuyeuse demi-sœur de ce dernier, une soi-disant journaliste, avait vendu un reportage sur la mort de Wú à l'ennemie jurée de Tox News – et du Président –, la chaîne NCC. Il n'osait même pas imaginer les dommages que ce reportage allait produire auprès de l'opinion publique en faisant de Wú un martyr, sans compter que cela donnerait des idées aux Chinois pour gagner la main haute dans les négociations tarifaires. Luke avait dit qu'il se chargeait de faire dérailler le projet, mais Maculoso était homme à ne compter que sur lui-même. En plus, il valait mieux s'y prendre à deux pour réduire au silence cette gangrène démocrate.

Aux grands maux les grands remèdes, Maculoso avait décidé de convaincre une de ses connaissances qui travaillait à la NCC de l'ineptie de ce reportage. Il allait avoir besoin d'arguments chocs, ou au moins gourmands, pour pallier la perte de records d'audience qui découlerait de l'abandon du projet de Leyla Jones.

Déjà, le maître d'hôtel s'approchait de la table, suivi par une jeune femme un peu replète, qui semblait fort mal à l'aise. Maculoso reconnut aisément la petite arriviste qui avait travaillé comme interne à la Maison-Blanche. Elle n'avait que très peu changé. Elle restait boulotte et devait être toujours aussi complexée, sauf qu'elle avait maintenant appris à s'habiller. Elle avait troqué ses tuniques trop larges qui ne cachaient pas ses rondeurs pour des vêtements ajustés qui la mettaient plus en valeur. Quand elle arriva à la table et qu'il se leva, grand prince, pour lui faire la bise, elle rougit. Maculoso sut dès ce moment qu'elle ne lui refuserait rien, et regretta le choix du restaurant.

* * *

Leyla était en train de mettre la dernière main à son émission pour la chaîne NCC lorsqu'elle fut dérangée par la sonnerie du téléphone. Il était rare que quelqu'un la contacte sur la ligne fixe de l'appartement. Elle prit l'appel et reconnut la voix traînante de l'inspecteur Bernstein :

« Rose est là ? Je dois lui parler. »

Au moment où il disait cela, une clef tourna dans la serrure et Rose apparut. Elle était allée courir dans le parc dès son retour des Hamptons, quelques heures auparavant. Leyla lui passa le téléphone. Rose échangea quelques mots avec Bernstein, puis raccrocha.

« Il faut que nous allions au poste de police. Bernstein veut que nous parlions à sa secrétaire. »

Une demi-heure plus tard, Leyla, Rose et François pénétraient dans le poste. L'inspecteur Bernstein les invita à entrer dans son bureau dans lequel se trouvait une femme aux cheveux en brosse.

« Je vous présente Rebecca Cohen, dit Bernstein. Elle travaillait comme réceptionniste ici. Pour la faire courte, elle a renseigné la personne responsable de l'assassinat de Wú sur l'avancement de l'enquête. Elle a été kidnappée par cette même personne. Elle s'est échappée, et accepte maintenant de nous dire ce qui s'est passé. »

Rose regarda la jeune femme. Elle était très pâle, presque frêle, et portait un t-shirt et un jean noirs trop grands, qui avaient dû lui être prêtés par Bernstein. François reconnut la secrétaire qu'il avait remarquée lors d'une précédente visite.

L'inspecteur Bernstein l'invita à parler. Quand elle leva la tête vers eux, son regard contenait de la peur mêlée de défiance.

– Une Asiatique m'a fait chanter. Je ne connais pas son nom. Elle m'a affirmé avoir des renseignements sur mes relations et qu'elle allait en informer ma communauté si je ne l'aidais pas. Je suis juive et... lesbienne, et ça se passerait très mal où j'habite, à Riverdale, si ça se savait.

Leyla se pencha vers Rose et François :

« Riverdale est un quartier qui abrite une grande communauté de juifs orthodoxes. »

François regarda la coupe en brosse de Rebecca. Tout s'expliquait maintenant. De confession juive orthodoxe, elle portait en temps normal une perruque qui cachait ses vrais cheveux.

Rebecca continua.

– Elle était au courant de mes préférences amoureuses et, bien sûr, savait que je travaillais dans le commissariat qui s'occupait des investigations sur l'assassinat du professeur Wú. Elle m'a demandé de la tenir informée de l'avancement de l'enquête. C'est à cause de moi qu'elle a su que vous aviez retrouvé la clef du cadenas, dit-elle en regardant Rose, et c'est moi qui lui ai donné vos adresses pour qu'elle cambriole vos appartements. Elle était furieuse d'être rentrée bredouille, et que vous ayez trouvé le casier au vestiaire de l'université avant elle. C'est pour cela qu'elle m'a demandé d'aller enquêter. J'ai volé l'identité d'une inspectrice en congé maternité, mais je me suis fait repérer. Du coup, je n'ai plus osé revenir au poste, dit-elle d'une traite en se tournant à la fin vers l'inspecteur Bernstein. Je suis allée, par la suite, au bar où elle m'avait donné rendez-vous. Il y avait une autre femme asiatique présente, c'est elle qui m'a emmenée dans les toilettes et qui m'a endormie avec, je suppose, du chloroforme. Je me suis réveillée dans les anciennes latrines d'un entrepôt qui avaient été transformées en cellule, d'où j'ai pu m'échapper, termina-t-elle fièrement.

– On a réussi à retrouver les ravisseuses ? demanda Rose à Bernstein.

– Non, répondit-il. On a envoyé des hommes sur place après que Rebecca est revenue ici. Entre-temps, les criminelles ont dû s'apercevoir qu'elle s'était échappée. Elles n'y sont pas retournées depuis que nous avons établi la surveillance policière.

– Pourriez-vous me donner la description des kidnappeuses ? ajouta Rose.

– Ce sont deux femmes d'Asie, je n'en sais pas plus, très androgynes. L'une est très fine, l'autre un peu moins.

– Dans quels bars les avez-vous rencontrées ?

– The Dyke Dive, sur Columbus. Et le China Girl à Chinatown, où elles m'ont enlevée.

Rose nota les noms des établissements pendant qu'un policier emmenait Rebecca. Quand elle fut sortie, Rose se tourna vers François.

– La description correspond à celle qu'a recueillie Tang. Je pense qu'on devrait aller faire un petit tour dans ces endroits.

– Oui… Je te rappelle seulement que nous avons d'abord quelqu'un à aller chercher.

Queens, N.Y.

– Vol Air France AF 8702 en provenance de Nice, arrivé. Zut ! dit Rose à François, on est en retard ! J'espère qu'il n'a pas pris un taxi.

Quittant des yeux le panneau qui indiquait les arrivées, ils se ruèrent en direction de la porte par laquelle les passagers sortaient de l'aérogare. Rose chuchota à François :

– Regarde les étiquettes sur les sacs de voyage. NCE ! Les passagers de Nice sont en train de sortir.

– En effet, et on dirait que l'avion s'est rapidement vidé. Ils amènent les mineurs non accompagnés, qui sortent en principe en dernier.

Rose jeta un coup d'œil autour d'elle. Le terminal était rempli de voyageurs et de ceux qui étaient venus les chercher. Elle allait proposer à François qu'ils se séparent pour mieux retrouver Olivier quand soudain elle le vit. Debout devant la carte du métro, une petite valise à la main, portant un chapeau de paille et une chemise hawaïenne, se trouvait le sosie de François avec vingt kilos de plus.

– Olivier ! l'appela-t-elle, on est ici !

Olivier se retourna et leva les bras au ciel.

– Rose ! François ! Et moi qui m'imaginais que j'allais devoir comprendre le fonctionnement du métro new-yorkais.

– Même si on a confiance en tes capacités intellectuelles, on ne t'aurait pas fait ça, vieux frère, le rassura François en le prenant dans ses bras. Puis en le regardant : Vraiment ? Tu avais besoin de te déguiser en touriste pour venir à New York ?

Olivier ne broncha pas. Il avait l'habitude de faire fi des piques de son jumeau. François prit sa valise et l'invita à les suivre. Une fois qu'ils se furent entassés dans un taxi, Rose lui demanda :

– Tu as le document ?

– Tu veux dire ce pour quoi tu m'as fait venir à New York parce que tu as décrété qu'aucun moyen électronique n'était suffisamment sûr pour le transférer ?

– Oui, répondit Rose. Tu m'as dit qu'il s'agissait d'une affaire d'État !

– Et tu verras que je n'ai pas menti, confirma Olivier.

Quand ils arrivèrent à l'appartement, Rose perçut immédiatement que quelque chose ne tournait pas rond avec Leyla.

– Ça ne va pas ? remarqua-t-elle.

– Non. NCC ne veut plus produire mon reportage, lui apprit Leyla avec une mine déconfite.

– Comment ! ? Pourquoi ?

– Comme je l'avais pressenti, Luke m'a savonné la planche, soupira la jeune femme en se laissant tomber dans le canapé du salon.

– Attends, prends un verre, suggéra François en se mettant à servir de généreux ballons de rouge. Leyla accepta de bon cœur.

– Qu'est-ce que t'a dit le producteur ? poursuivit Rose.

– Que mon reportage risquait de mettre à mal les intérêts du pays, des trucs comme ça. À l'entendre, j'allais être responsable du début de la troisième guerre mondiale. Et comme mon père ne peut plus me soutenir, je n'ai aucune chance.

– Tu vas faire quoi maintenant ?

– J'y pensais dans le métro en revenant ici. Je ne vais pas me laisser museler. Il faut que je tape plus fort ! Il faut que je m'adresse à une source d'informations qui est ouvertement contre le gouvernement actuel : le *New York Times*.

– Bonne idée ! Tu sais comment les aborder ?

– Oui, mon directeur de thèse connaît bien une de leurs journalistes. Je suis certaine que si je lui parle, il pourra m'arranger un entretien.

– Bien ! réagit Rose, pleine d'entrain, et là, tu es sûre que Luke n'aura pas de moyens de pression !

Manhattan, N.Y.

Après avoir fini de déguster le curry d'agneau préparé par son frère en son honneur, que même le chat avait eu le droit de goûter, Olivier sortit le document pour lequel il avait pris l'avion depuis Nice. Leyla le saisit et se mit à le traduire à haute voix. Rose et François lui demandèrent plusieurs fois de répéter certains passages, afin qu'ils soient sûrs de ne pas rêver.

Il répertoriait le hacking opéré par le gouvernement chinois entre juillet 2014 et novembre 2016, sur ordre de John Maculoso, pour aider le président américain actuel à gagner les élections. Le document couvrait vingt pages recto verso. Détournement et falsification d'e-mails, propagation de fake news sur les réseaux sociaux, divulgation d'informations délibérément fausses destinées à certains électeurs habitant dans des États dont dépendait le résultat des votes. Les hackers chinois avaient très bien manœuvré. Jusqu'à présent, ceux qui alléguaient que de tels agissements existaient s'étaient fait traiter de conspirationnistes ou de paranoïaques. Ce papier démontrait qu'ils avaient raison. Cette liste constituait la preuve que les démocrates cherchaient désespérément.

– On peut être certains de sa véracité ? demanda Rose à Olivier.

– Il faudrait effectuer certaines vérifications, répondit-il.

– Je peux les faire avec toi, assura Leyla.

– Entendu, et pendant ce temps nous irons dans le bar indiqué par Rebecca, fit Rose en attrapant François par le bras.

Quelques minutes plus tard, ils arrivaient devant l'enseigne lumineuse rose du Dyke Dive.

– C'est ici, indiqua Rose à François. Elle commença à descendre les quelques marches qui y accédaient. François rechigna.

– Il faut vraiment que je vienne ? Je me sens mal à l'aise dans ces trucs.

Rose se retourna.

– Et moi alors, tu crois que je me sens comment ? Si tu n'es pas là, on va tellement me draguer que je ne vais pas pouvoir mener l'enquête.

– Justement, si tu te fais draguer, tu vas pouvoir obtenir des informations !

– Non, je vais être ralentie dans mes investigations. Bon allez, trêve de tergiversations, on y va !

À cette heure de la nuit, le bar était plein à craquer et il y faisait sombre. Les yeux de Rose et François eurent d'abord de la peine à s'acclimater. Dès qu'elle commença à voir mieux, Rose aperçut deux silhouettes très fines, vêtues de longs manteaux de cuir noir, dans le fond de l'établissement.

– Là-bas ! chuchota Rose à François en indiquant la direction des deux Asiatiques.

– Essayons de nous approcher, souffla François.

Ils se frayèrent un passage parmi la foule des femmes, en essayant de se dissimuler au regard des ravisseuses. Celles-ci leur tournaient le dos et François parvint à se rapprocher d'elles sans être remarqué.

Soudain, une femme assez âgée, couverte de tatouages et qui semblait avoir connu de meilleures années, invectiva François.

– Qu'est-ce que tu fais là, toi ? On ne veut pas de mecs, ici ! Vous nous faites assez chier ailleurs !

Rose se précipita pour dire qu'il était avec elle, mais, déjà, l'une des Asiatiques s'était retournée et les avait repérés. Elle glissa quelque chose à l'oreille de sa copine et se dirigea vers les toilettes, alors que l'autre slalomait entre les convives, à l'opposé de Rose et François, pour atteindre la porte.

– Elles se séparent ! cria Rose. Suis celle-là ! dit-elle à François en désignant celle qui partait en direction des toilettes, je m'occupe de l'autre !

Poussant les quelques personnes qui se trouvaient devant les toilettes, François ouvrit la porte et se faufila à l'intérieur. Il se trouva dans une vaste pièce meublée de canapés où certaines femmes étaient affalées alors que d'autres, penchées sur une table basse, prenaient des lignes de coke. Elles se mirent à protester en voyant un homme. Ayant remarqué une porte qui se refermait sur un pan de manteau, François se rua dans cette direction, bousculant celles qui voulaient l'empêcher de passer. Il poussa le battant et se retrouva dans une allée donnant sur Columbus Avenue. Il aperçut la silhouette qui courait dans la direction de l'avenue et lui emboîta le pas. En arrivant sur la grande artère qui grouillait de voitures, François crut l'avoir perdue de vue, puis la remarqua une dizaine de mètres plus loin en train de héler un taxi. Malgré les nombreux véhicules disponibles, pas un ne s'arrêta pour cette Asiatique curieusement vêtue. Les chauffeurs new-yorkais, en dépit de leurs origines diverses, étaient connus pour être racistes.

Profitant du contretemps, François s'élança vers la kidnappeuse qui, l'apercevant, se jeta sur la chaussée. Une première voiture l'évita de peu, puis une seconde la heurta de plein fouet. La femme fit un vol plané d'une dizaine de mètres avant de s'écraser sur le bitume. François se précipita entre les véhicules qui s'étaient arrêtés à la vue de l'accident. Quand il arriva vers le corps, une flaque rouge commençait à apparaître sous sa tête. Il se pencha sur elle. Elle le regarda une seconde, puis serra la mâchoire. Très vite, une bave mousseuse s'échappa de ses lèvres. François plaça ses doigts sur sa carotide, et soupira. Elle était morte.

Il se releva et appela Rose. Cette dernière répondit, essoufflée.

– Je l'ai perdue.

– Merde. Et la mienne vient de mourir.

– Quoi ? Comment ?

– Elle s'est fait renverser par une voiture. Elle semblait avoir survécu, mais elle a mordu dans une capsule sous une de ses dents, je suppose, en me voyant arriver.

– Eh bien, elle ne voulait vraiment pas être prise vivante.

– Apparemment, non.

Chapitre 21

29 mai

Manhattan, N.Y.

Leyla et Olivier avaient travaillé toute la nuit. Leyla avait d'abord traduit le document de l'imam puis ils avaient fait toutes les vérifications possibles. Ils étaient convaincus que le document venait de l'ordinateur d'un hacker connu qui œuvrait pour le service officiel du gouvernement chinois. Ils avaient recherché la véracité de toutes les actions qui y étaient indiquées. Les faux e-mails avaient bien été envoyés, des informations de propagande avaient été postées par des groupes fictifs sur Facebook, des chaînes de télévision locales avaient reçu des dépêches alarmantes et créées de toutes pièces. Tout cela pour influencer certains électeurs. Tout coïncidait.

Autour de la table du petit-déjeuner, tout le monde se taisait. Chacun évaluait l'ampleur de la découverte. Puis Leyla prit la parole. Cette liste constituait le pendant de la publication qu'on lui interdisait de produire. Si elle retravaillait son reportage et y insérait les faits indiqués dans le document de l'imam, les éditeurs se battraient pour la publier. Elle allait se mettre immédiatement à l'ouvrage, pour aller au plus vite le présenter au *New York Times*.

– C'est d'accord, dit Rose, mais avant, il faut que nous parlions au FBI. Il y a vraisemblablement des arrestations à faire, et si tu publies ton article d'abord, les coupables risquent de s'échapper.

– Évidemment, acquiesça Leyla. Je vais réviser mon papier et j'attendrai votre feu vert pour l'apporter au *New York Times*.

– Allons rendre visite à Don Tang, proposa Rose.

Munis de la traduction, Rose et François se rendirent au bureau de Tang. Ils trouvèrent le jeune homme assis derrière une pile de papiers qu'il lisait en prenant des notes.

Tang jeta un rapide coup d'œil au document qu'ils lui tendaient puis l'examina plus en détail, les yeux écarquillés. Il avait vu le hackage et le nom de Maculoso. Il n'avait pas besoin qu'on lui fasse un dessin.

– Vous l'avez authentifié ? questionna-t-il.

– Oui, répondirent en chœur Rose et François.

– Suivez-moi, leur dit-il.

Il les précéda dans un dédale de couloirs jusqu'à une porte sur laquelle était indiqué « Chief, Federal Bureau of Investigation, New York Section ». Tang frappa, puis entra.

– Bonjour, père, dit-il.

Rose et François se trouvèrent en face d'un homme qui ne ressemblait en rien à Tang. Il avait l'air d'un WASP américain pure souche. Devant leur surprise, Tang expliqua :

– C'est mon père adoptif. Nous gardons cette information secrète, les gens sont tellement jaloux et médisants.

– Et je t'ai toujours dit que tu n'avais pas de passe-droits, reprit son père. Tu prends rendez-vous pour me voir, comme tout le monde.

– Je crois que tu ne vas pas m'en vouloir d'avoir pris quelques libertés, dit Tang en lui tendant la liste. Son père parcourut rapidement le document puis releva la tête. Ses yeux vifs scrutèrent Rose et François :

– Qui est au courant ?

– Nous deux, une journaliste, l'imam qui les a apportées ici, et un informaticien qui a réussi à casser la protection du document, répondit Rose.

– Un hacker, vous voulez dire.

– En quelque sorte.

– Plus les Chinois, précisa François.

– C'est énorme, dit l'agent. La journaliste prévoit d'utiliser ces données ?

– Nous lui avons fait promettre de ne rien divulguer avant que vous ayez pu procéder aux arrestations, le rassura Rose.

Pendant que le chef du FBI discutait avec François et Rose, Tang avait pris un appel sur son portable. Quand il raccrocha, il interrompit leur conversation.

– Mon informateur me dit que le gangster mandaté par Maculoso s'apprête à faire un gros coup. Je ne suis pas exactement sûr de ce dont il s'agit, il faut donc que j'y aille.

– Qu'est-ce que c'est encore que cette histoire ! s'écrièrent en même temps François et le père de Tang.

– Pas le temps de vous expliquer. Rose et François, vous venez avec moi ?

* * *

Leyla apportait les dernières touches à son article. Elle y avait intégré les informations contenues dans le document. Son pamphlet était une bombe atomique dénonçant les exactions du président américain pour parvenir au pouvoir. En exergue, comme illustration des libertés que la soif de pouvoir de son gouvernement bafouait, elle avait mis des photos des camps dans lesquels étaient internés les Ouïghours en Chine. Sous couvert d'immenses manufactures dans lesquelles étaient installées à perte de vue des rangées de machines à coudre, prêtes à inonder l'Occident de vêtements bon marché, l'État chinois procédait à une purification ethnique systématique. Il prétendait qu'il s'agissait d'industries normales, et il était en effet difficile de différencier ces usines de celles du parti. Mais les chants entonnés, les harangues répétées mot pour mot, ne trompaient pas. C'était bien là des camps de rééducation, visant à inculquer à la minorité musulmane une « pensée correcte », comme le présentait le gouvernement.

Leyla expliquait pourquoi, alors que jusqu'à récemment les autorités américaines avaient condamné ces camps, la nouvelle administration s'était révélée moins virulente, minimisant les similitudes avec des camps de concentration, les décrivant au contraire comme des usines de production de masse. Ainsi, dans une attitude incompréhensible aux économistes, le nouveau Président avait en début de mandat accepté des volumes de marchandises à prix réduit, fermant les yeux sur la façon dont ces produits étaient confectionnés. Cependant, sa base électorale avait commencé à exprimer son courroux. Les prix cassés obligeaient les entreprises américaines à réduire les leurs ainsi que leurs marges, et le citoyen lambda en payait le coût.

Le Président, qui briguait un second mandat, ne pouvait pas perdre ses principaux électeurs. Il avait ainsi répudié l'accord secret avec la Chine. Oubliant les services rendus par les hackers chinois, il avait refusé d'importer les produits de ce pays à des prix dérisoires. La guerre des tarifs avait donc repris de plus belle, suivie de négociations futiles lors desquelles les Chinois campaient sur leurs positions, n'ayant de cesse de rappeler au Président leur entente occulte.

L'article de Leyla expliquait tout, dans les moindres détails. Elle n'avait plus qu'à attendre que le FBI lui donne son accord pour la publication.

* * *

Dans le crépuscule, une voiture banalisée du FBI roulait à vive allure sur la 5e Avenue en direction de Harlem. À son bord, trois énergumènes. Le premier était un grand Mexicain à la moustache collée de travers, aux cheveux longs, vêtu d'un pantalon et d'une chemise en jean sur laquelle il avait passé une veste sans manches en cuir. À ses pieds, traînait un étui à guitare. Le second était un miséreux au visage noirci au brou de noix, qui portait une perruque de cheveux poivre et sel frisés, dont les haillons cachaient une arme à sa ceinture. Le troisième, qui conduisait la voiture, était un petit Asiatique aux cheveux attachés par un catogan, et qui arborait des lunettes rondes à la Harry Potter.

Arrivé à la 142e Rue, le véhicule bifurqua à gauche jusqu'au Frederick Douglass Boulevard, qu'il suivit jusqu'à la 155e Rue. Le conducteur, qui n'était autre que Don Tang, appela son informateur par la radio. Ce dernier lui indiqua qu'il avait vu Debiosi, le criminel qui était allé rendre visite à Maculoso à Washington, entrer et sortir plusieurs fois d'un bâtiment se trouvant sur la droite de l'intersection entre le Boulevard et la 155e Rue, et hébergeant un restaurant portoricain. À coup sûr, il repérait les lieux où il voulait commettre un méfait. La 155e Rue était surplombée par une voie de métro aérienne. L'informateur était caché derrière l'un des piliers de cette voie. Il suffisait que Tang, François et Rose se garent un peu plus loin et se mettent en position pour observer les allées et venues dans le restaurant.

Tang tourna à droite et passa devant une vitrine graisseuse surmontée d'un auvent sur lequel on pouvait lire « Arroz y Pollo ». Il se parqua quelques mètres après, et sortit une photo de Debiosi.

– Voici celui que nous recherchons. Déployons-nous, préconisa-t-il à Rose et François. Rose, je te propose d'aller t'asseoir sur le banc là-bas, et toi François, va te poser avec ta guitare pas loin de l'entrée du restaurant. Moi, je vais y entrer, commander à manger, et m'installer à une table. Il leur tendit des oreillettes pour qu'ils puissent communiquer sans être repérés.

Ils prirent position et se mirent à attendre. La nuit était belle et chaude, et les piétons se promenaient nombreux dans la rue. Des jeunes, jeans baggy descendus sur le bas des fesses et casquettes portées à l'envers, déambulaient en petits groupes, suivis de quelques mères avec des poussettes qui tentaient d'endormir leurs bébés alors qu'elles gloussaient entre elles sur le trottoir. Quelques couples de personnes âgées se déplaçaient lentement, habitués au *paseo* dans leur pays d'origine.

Soudain, l'oreillette de Rose grésilla. C'était l'informateur.

«Le mec marche en direction du restaurant, 200 mètres.»

Quelques minutes plus tard, François prit le relais.

«Le suspect vient de passer devant moi. Identité confirmée. C'est bien notre homme.»

«Il entre dans le restaurant, signala Rose, à toi de jouer, Don».

Ils entendirent la voix de Tang qui mâchait : «Suspect dans la file de commandes. Je le surveille.» Puis peu de temps après: «Il s'assied à une table en face d'une porte qui doit conduire à l'intérieur de l'immeuble. Il observe la salle. Ne m'a pas calculé. Se dirige en direction de la porte et se glisse à l'intérieur. Je le suis.»

«On te couvre», confirma Rose en se levant d'un bond de son banc. Elle entra dans le restaurant, suivie de près par François, qui tenait toujours son étui à guitare. Ils se ruèrent sur la porte où venait de disparaître Tang. Elle donnait sur un escalier montant à l'étage. Dans la pénombre, Rose vit Tang accroupi au bas des marches. Il pointa son index vers le haut pour lui indiquer que Debiosi était dans le couloir au-dessus d'eux. Rose et François s'avancèrent vers Tang et se mirent à genoux au pied de l'escalier. Ils entendaient des pas feutrés dans le couloir. L'homme progressait lentement, vérifiant quelque chose. Il semblait vouloir ouvrir des portes. Soudain, Rose se lança vers le haut des marches, arme au poing.

«Jetez votre arme!»

«Attention!» hurla François en s'élançant vers elle.

Debiosi se retourna et tira. François tomba à terre.

«Merde!» jura Tang. D'un geste, il bondit jusqu'en haut des marches et déchargea son arme sur Debiosi. Celui-ci s'affaissa. Tang s'avança vers lui en le maintenant en joue, mais la mesure était inutile. La balle avait transpercé le cœur, Debiosi était mort. Rose s'approcha de François. Une mare de sang commençait à s'étendre derrière son dos.

«Il est gravement touché, mais je sens son pouls!» cria-t-elle.

Tang saisit la radio qui était cachée sous sa veste et exigea une ambulance en urgence. Au même moment, un léger bruit de serrure se fit entendre à l'autre bout du couloir. Instinctivement, Rose se plaça entre l'endroit d'où venait le son et François, pour le protéger de son corps au besoin. Tang prit la porte en joue, qui s'entrebâilla. On aperçut le visage d'un vieux Chinois. Il leva les mains en l'air.

« Ne nous faites pas de mal ! » supplia-t-il.

Un autre Chinois apparut, qui tenait aussi les mains levées. Rose le reconnut immédiatement. Il s'agissait de l'imam Tursun.

– C'est Tursun ! chuchota-t-elle à Tang.

Puis retournant son attention sur François :

– Il perd beaucoup de sang, il faut faire vite !

À peine eut-elle terminé sa phrase qu'on entendit des bruits de pas et de radios dans l'escalier. Deux infirmiers surgirent avec un brancard. Ils firent un rapide bandage pour diminuer l'hémorragie et quelques minutes plus tard repartirent, sirènes hurlantes. En suivant le véhicule des yeux, entourée d'une foule de curieux, Rose sentit une immense tristesse l'envahir.

Chapitre 22

31 mai

Manhattan, N.Y.

Jason Duncan, rédacteur en chef du *New York Times*, n'en revenait pas de la conversation téléphonique qu'il venait d'avoir. Leyla Jones, la fille du propriétaire de plusieurs chaînes de télévision, qui l'appelait pour lui proposer un article ! Et de ce qu'il en comprenait, c'était de la bombe, un sujet susceptible d'attirer des records de lecture.

Deux heures plus tard, il vit entrer une jeune femme aux cheveux d'ébène et aux grands yeux noirs. Il avait entendu dire que la seconde femme de Daniel Jones, qui était décédée, était d'origine moyen-orientale. Il n'était pas étonnant que sa fille s'intéresse aux problèmes des musulmans dans le monde. Il la reçut avec effusion :

– Leyla ! Je suis ravi de faire votre connaissance.

Leyla lui répondit avec réserve. Elle se rendait bien compte qu'il voyait surtout en elle le potentiel d'un reportage qui ferait les gros titres avec, cerise sur le gâteau, la possibilité de damer le pion à ses concurrents. Elle sortit le dossier de son sac, et le posa sur le bureau de Duncan en le fixant droit dans les yeux.

– Voici l'article. Si je vous confie le projet, je veux avoir un droit de regard sur tout le processus de publication. Pas de suppressions, pas d'ajouts, pas de modifications, sans que je les approuve.

Duncan l'observa, surpris par son aplomb et sa détermination.

– Bien, dit-il. Il commença à lire rapidement le synopsis, et plus sa lecture progressait, plus il pâlissait. L'article qu'avait écrit Leyla était susceptible de faire tomber un gouvernement. C'était un *Pentagon Papers*. La fin du Président. L'*impeachment*. Tout ce dont il rêvait depuis des mois.

Il se tourna vers Leyla.

– Vous avez la preuve de ce que vous avancez ?

Elle lui tendit une copie de la clef USB.

– Tout est là-dessus. Cette clef a été remise par l'imam Tursun au professeur Wú. Nous avons attesté les informations et le FBI en a fait de même. C'est parfaitement véridique.

Washington, D.C.

Maculoso fulminait. Maintenant qu'il était parvenu à l'empêcher de produire un reportage avec NCC, il avait appris que Leyla Jones avait été aperçue en train de se rendre dans le bâtiment qui appartenait au *New York Times*. Il était certain qu'elle essayait de leur refourguer son satané article. À cette feuille de chou à la solde des démocrates ! Et puis pourquoi pas le *Washington Post*, pendant qu'elle y était ! Il allait devoir réagir, et vite. Il n'avait, évidemment, pas d'appuis au *Times*. Qu'à cela ne tienne ! Aux grands maux, les grands moyens. Il savait qui envoyer à la rédaction du journal.

Manhattan, N.Y.

La salle d'audience était comble. Les New-Yorkais étaient venus en masse écouter les plaidoiries finales de l'affaire ministère public contre Giolli, précédées de la déposition de Rose.

Cette dernière fut escortée dans la salle par un huissier, et elle s'assit à la place réservée aux témoins. Patrick se mit à l'interroger. Après les formules d'usage visant à la présenter au jury, il commença à lui poser des questions quant à son implication dans l'enquête.

– Mademoiselle McGawn, pensez-vous que l'accusé ici présent avait des soutiens politiques d'envergure ?

L'avocat de Giolli bondit :

– Objection ! Cela appelle le témoin à spéculer.

– Ce n'est pas de la spéculation, répliqua Patrick. Si vous me permettez de continuer à poser des questions au témoin, vous vous en rendrez vite compte, madame la juge, dit-il en s'adressant à la magistrate qui siégeait en habit à côté de Rose.

– C'est bien, continuez, poursuivit la femme de loi.

– Je le pense, en effet, répondit Rose.

– Qu'est-ce qui vous permet de dire cela ?

– L'important réseau qu'avait tissé l'accusé, et les dérogations obtenues, notamment lors de l'ouverture de comptes sur le territoire monégasque. Il avait le pouvoir de donner des autorisations sans qu'aucune autre autorité ait un droit de regard.

– Cela n'est-il pas une des prérogatives de la fonction de procureur ?

– Non. Les lois monégasques sont claires, ce n'est pas au procureur qu'il appartient d'autoriser l'ouverture de comptes. Mais les pouvoirs politiques ont fermé les yeux.

Patrick arrêta là l'interrogatoire. Ils étaient convenus qu'elle allait répondre de façon vague, afin que la défense essaie de la discréditer en lui demandant de préciser ses explications.

L'avocat de Giolli prit la parole :

– Mademoiselle McGawn, si j'ai bien compris, vous doutez que le réseau construit par l'accusé soit uniquement le fait de sa fonction, c'est bien cela ?

– Oui, affirma Rose.

– Parce que, notamment, il avait des autorisations pour ouvrir des comptes qui ne rentraient pas dans les attributions de sa position, je vous ai bien suivie sur ce point ?

– Absolument, approuva Rose.

– Mais vous-même, vous n'êtes pas monégasque, n'est-ce pas ?

– Je suis monégasque par ma mère.

L'avocat de Giolli parut surpris par la réponse et jeta un regard noir à son collaborateur, qui visiblement n'avait pas fait de recherches suffisamment approfondies. Il reformula la question :

– Vous n'êtes cependant pas experte du système administratif et judiciaire monégasque ?

– Non, admit Rose.

– Vous n'avez donc ni la compétence ni une preuve de ce que vous avancez, sommes-nous bien d'accord ?

Rose afficha un sourire en coin.

– C'est vrai, je n'ai pas cette compétence, reconnut-elle. Par contre, j'ai bien une preuve, que je peux produire si le tribunal le désire, dit-elle en se tournant vers la juge.

Avant que l'avocat n'ait pu s'y opposer, la magistrate demanda :

– Sous quelle forme cette preuve se présente-t-elle ?

– Sous la forme d'une clef USB, lança Rose.

– Et l'avez-vous sur vous ?

– Oui, madame la juge, conclut-elle sereinement.

L'avocat de Giolli gronda :

– Objection ! Le témoin n'est pas censé offrir des preuves ! On ne sait pas ce que contient cette clef !

– Pouvez-vous nous dire plus précisément ce qui se trouve là-dessus ? l'interrogea la juge.

– On y entend un ordre donné par une personne qui, vu l'endroit où elle se trouve, ne peut être que haut placée, reprit alors Rose.

– Je demande la permission de m'approcher, dit l'avocat de Giolli à la juge. Patrick s'avança en même temps pour participer à la conversation sans que les jurés les entendent.

– Cet enregistrement est une surprise complète, s'écria l'avocat de Giolli. Je requiers que la défense puisse l'examiner avant qu'il ne soit soumis, le cas échéant, au jury.

– Accordé, répondit la juge.

Invitant Rose à retourner dans la salle des pas perdus, Patrick, les avocats de la défense et la juge se retirèrent dans le bureau de cette dernière.

– C'est inadmissible ! attaqua l'avocat de Giolli dès que la porte fut fermée.

– Je vous propose d'écouter d'abord l'enregistrement avant de vous prononcer, avertit O'Brien avec calme.

La juge prit la clef USB que lui avait remise Rose et l'inséra dans son ordinateur. On entendit clairement l'ordre, puis l'annonce de bienvenue sur Air Force One. L'avocat de Giolli devint pâle comme un linge. Il se tourna vers O'Brien.

– Je pense que nous devrions nous entretenir juste tous les deux, suggéra-t-il.

– En effet, confirma le jeune procureur. Toutefois, je précise d'ores et déjà que votre client devra admettre tous ses crimes lors d'une allocation publique, continua-t-il. Sinon, il n'y aura pas de transaction extrajudiciaire. N'est-ce pas, madame la juge ? lui dit-il.

– Absolument, déclara cette dernière.

L'avocat de Giolli, ayant perdu toute sa superbe, baissa la tête et se mura dans le silence.

* * *

L'orage faisait rage dehors. Malgré l'heure tardive, Jason Duncan admirait les éclairs depuis son bureau au quarantième étage du bâtiment du *New York Times*, lorsqu'on frappa à sa porte. Sans se retourner, il lança un « entrez » distrait. Deux hommes en costume sombre prirent place dans les fauteuils devant son bureau.

– Bonjour, monsieur Duncan. Services secrets. Pouvez-vous nous accorder quelques instants ?

Jason pivota sur sa chaise et les regarda, surpris.

– Oui, mais puis-je savoir de quoi il s'agit ?

– Vous travaillez bien avec Leyla Jones ?

– Travailler, c'est beaucoup dire. Elle a rédigé un article pour le journal.

– Vous avez déjà vu le projet ?

– Oui.

– Et vous avez prévu de le publier ?

– Oui.

L'agent toussota.

– Vous n'êtes pas sans savoir que cela ne sera pas possible.

– Et pour quelle raison, je vous prie ? demanda Jason qui sentait la moutarde lui monter au nez.

– Raison d'État.

Jason se mit à rire.

– Malheureusement, messieurs, Services secrets ou pas, je pense que vous avez entendu parler de la liberté de la presse ainsi que du premier amendement à la Constitution ? L'article de Mlle Jones ne tombe sous aucune des exceptions qui permettent de limiter cette liberté, la raison d'État n'en étant, à l'heure actuelle, pas une.

Tout en disant cela, Jason, sans se lever, indiqua d'un geste la porte aux agents.

« De toute façon, l'article est sorti de presse. La version papier du journal est distribuée en ce moment dans toute la ville. Nous venons aussi de le rendre disponible sur internet. Merci de votre visite. Je ne vous raccompagne pas. »

Il pivota de nouveau sur sa chaise pour continuer à regarder le spectacle du ciel déchaîné. Comme les agents passaient la porte, il leur lança :

– Si j'ai un conseil à donner à celui qui vous a envoyés, c'est de commencer à rédiger son discours de démission.

Chapitre 23

1er juin

Manhattan, N.Y.

Le bruit d'une porte qui claque réveilla Rose. La veille, elle était allée rendre visite à François, toujours à l'hôpital. Puis, parce que le travail était encore le meilleur remède contre ses idées sombres, elle était retournée au bar où elle avait vu les Asiatiques, sans succès. Pas de trace de celle qui s'était échappée, et les habituées s'étaient montrées très peu loquaces, même si Rose n'était pas accompagnée. Elle avait erré, seule, dans les rues de New York. La marche sans but sur les larges avenues, dans cette ville qui ne dormait jamais, l'aidait à remettre en place ses sentiments troublés. Elle devait sa vie à François. Elle s'était employée à le rejeter pendant tout le séjour, et lui, il avait pris une balle pour elle. Par hasard, ses pas la conduisirent dans une boîte de jazz. Envoûtée par le pianiste qui s'y produisait, il était minuit passé lorsqu'elle rentra chez elle.

Leyla fit irruption dans sa chambre, le *New York Times* à la main :

– Tada ! fit-elle en le lançant sur son lit.

«*Le Président a collaboré avec la Chine pour gagner les élections*», titrait la une du journal. Puis, juste en dessous, commençait l'article de Leyla, avec en encadré une photo de la jeune femme. Rose le parcourut rapidement, puis se leva et prit Leyla dans ses bras.

– Je suis si fière de toi ! s'exclama-t-elle.

– Je n'aurais rien réussi sans toi, répondit Leyla. Tu m'as donné le courage d'exprimer mes opinions ! Je n'osais pas le faire avant de te connaître, poursuivit-elle avec un grand sourire. Puis, changeant de sujet : «Et François, comment va-t-il ?»

Rose détourna son regard. Sa lèvre inférieure se mit à trembler un peu.

– Il est toujours dans un état critique, répondit-elle faiblement. Ils le maintiennent dans un coma artificiel.

– Ne pleure pas ! implora Leyla en voyant une larme couler sur la joue de son amie, tu n'as rien à te reprocher !

– Je sais, mais je ne l'ai pas bien traité ces derniers temps. Surtout avec Patrick, ajouta-t-elle.

– Il l'avait un peu cherché, non ?

– Oui et non. Tu sais, quand je suis allée à Miami pour l'assassinat de Simmons, j'ai croisé Mélissa, la fille que j'avais retrouvée dans le lit de François. En bref, c'était une de ses anciennes petites amies, et je la connais aussi. Elle m'a expliqué qu'ils ne s'étaient pas remis ensemble, que c'était un coup d'un soir lié à l'alcool.

– Et tu la crois ?

– Oui, c'est une fille bien.

– D'accord, mais si François tombe dans les bras de toutes ses anciennes petites copines dès que tu as le dos tourné, ça risque d'être compliqué.

– C'est vrai, même si nous ne nous étions pas encore remis en couple. Donc techniquement, il ne me trompait pas. Nous avons joué de malchance. J'aurais dû en discuter avec lui, au lieu de repartir à Londres. Après, nous sommes entrés dans ce jeu stupide, je suis sortie avec Patrick en grande partie pour l'embêter, et maintenant il gît sur un lit d'hôpital entre la vie et la mort sans que nous ayons pu régler nos différends !

Ne sachant que répondre, Leyla prit la main de Rose entre les siennes, sans la regarder. Elles restèrent ainsi, silencieuses, les yeux dans le vide, chacune perdue dans ses pensées, pendant de longues minutes.

Washington, D.C.

John Maculoso entra sans frapper dans le bureau du Président, le *New York Times* dans une main.

– Vous avez vu cela ?

Évidemment, le Président n'avait rien vu. Il ne lisait jamais les grands quotidiens du pays, se concentrant au contraire sur les nouvelles véhiculées par les chaînes de télévision de l'acabit de Tox News. Malgré son admiration immodérée pour l'homme d'État, ce manque d'intérêt énervait Maculoso. Il balança la copie du journal qu'il avait apportée sur l'immense table qui servait de bureau au chef d'État. Ce dernier lança un coup d'œil sur son titre et le repoussa d'un air méprisant :

– *Fake news*, dit-il, ils ne peuvent rien prouver.

– Sauf votre respect, cette fois-ci, je crois bien que si, rétorqua Maculoso.

Au son alarmé de la voix de son directeur de cabinet, le Président leva la tête.

– Comment cela ?

– Ils ont un document qui recense tous les cas de hacking. Et par qui ils ont été commandités, ajouta-t-il.

– Faites voir ça, ordonna le Président en se saisissant du journal. Il parcourut l'article.

– Mon nom n'apparaît pas, n'est-ce pas ?

– Non, mais le mien, oui.

Le chef d'État se tut un moment, dévisageant son directeur de cabinet. Cela faisait quinze ans que ce dernier le suivait et lui rendait de bons et loyaux services. Néanmoins, il ne fallait jamais s'attacher.

– Vous savez ce qu'il vous reste à faire.

Maculoso le regarda, estomaqué. Le Président allait le sacrifier en prétendant qu'il ne connaissait rien à cette affaire ? Vraiment ? C'était ainsi qu'il récompensait des dizaines d'années de dévouement à sa cause ?

Son interlocuteur leva les yeux au ciel :

– Voyons, ne faites pas cette tête, John ! Ce n'est pas la peine que nous tombions tous les deux à cause de ce scandale ! Il vaut mieux que vous encaissiez le coup et que je reste aux commandes, de façon à pouvoir vous aider par la suite.

Maculoso considéra rapidement ses options, puis il conclut qu'il n'en avait pas.

– Que suggérez-vous que je fasse ?

– Je vais organiser une conférence de presse. Vous expliquerez que vous êtes le seul instigateur de ce hacking et que vous avez agi sans que je sois au courant.

Manhattan, N.Y.

Rose s'était rendue au bureau de l'inspecteur Bernstein, qui l'avait appelée pour lui dire qu'ils avaient identifié la femme qui avait trouvé la mort lors de la poursuite avec François. Bernstein l'informa qu'il s'agissait de Zhang Ting, une employée du consulat de Chine. Apparemment, elle y travaillait à la cuisine.

– Une cuistot ! dit Rose, surprise. C'est la première fois que je vois une cuisinière avec une capsule de cyanure entre les dents !

– En effet, reprit Bernstein, c'est encore un mensonge des Chinois. Cependant, comme ils bénéficient de l'immunité diplomatique, nous ne pouvons pas les interroger. Pouvez-vous me raconter ce qu'il s'est passé avec celle que vous poursuiviez ?

– Oui, bien sûr. Elle s'est enfuie par la porte du bar. Comme j'avais de la peine à me frayer un chemin, je suis arrivée dans la rue une demi-minute après elle. Elle courait, mais son long manteau l'entravait un peu et je suis arrivée à reprendre du terrain. À un certain moment, elle a été gênée par un groupe de jeunes qui sortaient d'un bar. Le feu était vert pour les piétons, elle en a profité pour changer de trottoir afin de les éviter. Un livreur à vélo est passé au rouge et m'a heurtée de plein fouet. Il n'allait pas vite, ni moi ni lui n'avons été blessés. Mais la femme a saisi cette chance pour s'échapper.

– Comment pourriez-vous la décrire? demanda Bernstein.

– Grande, environ 1,75 m. Très mince, cheveux courts, visage émacié, très androgyne.

– Cela correspond à la description qu'en a donnée Rebecca.

– Et par le serveur interrogé par Tang, dit Rose. Vous n'avez rien dans vos dossiers qui corresponde à cette personne?

– Non, rien. J'ai même demandé à l'immigration, mais ils n'ont émis aucun visa à une ressortissante chinoise qui lui ressemble, de près ou de loin.

– Cela confirme ce que disait Tang. On dirait une immigrante clandestine. Vous avez interrogé le consulat de Chine?

– Oui... Ils disent qu'ils ne savent rien.

– Comme par hasard. Bon. Je retournerai encore une fois ce soir au bar où nous les avons vues, histoire de sonder quelques habituées, conclut Rose.

* * *

Assis devant Rose et Leyla dans le réfectoire de l'hôpital, le sergent Zacharia buvait lentement un cappuccino. Grace, son infirmière, avait appelé quelques heures plus tôt pour avertir Rose qu'il était sorti du coma le jour précédent et avait recouvré ses esprits. Il allait bientôt être transféré dans un centre pour sans-abris. Rose avait décidé d'aller lui rendre visite pour essayer de glaner quelques informations et voir si elle pouvait lui trouver un arrangement plus satisfaisant.

Il était propre et sobre. Avec ses yeux verts, il était presque beau, même si ses années de galère l'avaient marqué. Il souriait à Rose et Leyla de façon bienveillante en mangeant joyeusement les pralinés qu'elles lui avaient apportés.

– Quelque part, je suis reconnaissant de ce qui m'est arrivé, cela m'a désintoxiqué, dit-il en les regardant. Rose décocha un coup d'œil à Leyla. Elle se demandait s'il savait qu'il allait être renvoyé de l'hôpital et qu'il terminerait certainement à la rue. Leyla ne lui retourna pas son œillade. Elle fixait Zacharia, comme fascinée. Sans s'en préoccuper, Rose décida de commencer à interroger l'homme.

– Zacharia, vous souvenez-vous de votre attaque ?

– Un peu.

– Avez-vous pu voir vos assaillants ?

– Mal, car elles sont venues de derrière, et en plus j'avais beaucoup bu ce jour-là, vous savez, répondit-il, sa voix se cassant un peu sous l'effet de la honte. J'ai quand même remarqué que c'étaient des femmes, des Asiatiques. En parlant, il laissait son regard traîner dans la rue, de l'autre côté des baies vitrées du réfectoire. Soudain, il se raidit.

– C'est elle ! s'écria-t-il, en montrant une femme en noir qui traversait la route dans leur direction. Rose ne fit qu'un bond. C'était elle, en effet, la femme qu'elle avait aperçue dans le bar. Que faisait-elle ici? Elle devait avoir ses informateurs à l'hôpital et avait dû apprendre que Zacharia avait repris connaissance. Elle venait finir ce qu'elle avait commencé.

– Reste ici avec Zacharia et protégez-vous! cria Rose à Leyla tout en se ruant vers la sortie du réfectoire.

L'Asiatique avait dû voir l'agitation à travers les vitres, car elle battait maintenant en retraite. Rose se lança à ses trousses. L'autre avait quelques dizaines de mètres d'avance. Rose la vit descendre dans une station de métro, et s'y engouffra à son tour quelques secondes plus tard.

Quand elle arriva sur le quai, une rame allait partir. Elle vit que la femme était montée dedans, et s'élança juste au moment où les portes se fermaient. Voyant que Rose était parvenue à la suivre, Park Nam-Ji se mit à courir en direction de la portière latérale qui donnait sur le wagon suivant. Elle l'ouvrit, passa avec agilité la passerelle, et reprit sa course folle pour s'éloigner de Rose. Cette dernière se jeta à sa poursuite, opérant la même manœuvre. Entre les voitures, le bruit était assourdissant et l'odeur du tunnel putride. Elles traversèrent ainsi plusieurs wagons, sans que Rose réussisse à la rattraper. Le train se mit à freiner. Il arrivait à la station City Hall.

Dès que les portières s'ouvrirent, Park Nam-Ji bondit dehors, Rose sur ses talons. Elle choisit de prendre un couloir en sens interdit. Il était encore vide, mais une rame venait d'arriver. Alors que Park Nam-Ji pourrait le remonter sans peine, Rose allait se retrouver rapidement contre un flot de passagers se hâtant pour attraper leur train, et sa progression allait être ralentie.

Rose perdait du terrain. Enfin, le couloir s'élargit et elle parvint dans une grande salle d'où partaient plusieurs tunnels. Elle entendit, sans y prêter attention, les haut-parleurs annoncer qu'une ligne de métro était perturbée. Elle vit l'Asiatique s'engouffrer dans une galerie, la suivit, et arriva sur un quai bondé en raison du dérangement. Pendant quelques instants, Park Nam-Ji disparut dans la foule, puis Rose crut la voir se frayer un chemin parmi la cohue. Elle s'élança dans cette direction. Péniblement, elle atteignit le bout de la plateforme, mais n'y trouvant personne, elle commença à revenir sur ses pas. Les passagers ne cessaient d'arriver sur le quai alors que les haut-parleurs répétaient qu'il y avait eu un problème sur la voie et que le métro était retardé. Il était presque impossible de bouger tant la plateforme était comble. Soudain, elle sentit une présence derrière elle, et se retourna. L'Asiatique la regardait, grande, tendue, sombre, masque de haine et de mépris. Sans un mot, elle brandit une seringue. Une femme hurla. Rose ne pouvait se dégager, coincée entre un obèse et une femme avec une poussette.

La tueuse se jeta en avant, prête à planter l'aiguille dans le corps de Rose. Dans un mouvement de désespoir, cette dernière se baissa et attrapa Park Nam-Ji par les chevilles, la faisant vaciller. Celle-ci riposta d'un coup de pied qui atteignit Rose à la gorge et l'envoya valser. L'Asiatique allait se ruer sur elle quand deux agents de sécurité, qui avaient percé la foule, la ceinturèrent. Rose essaya de leur crier de maintenir sa bouche ouverte afin qu'elle ne puisse pas croquer la capsule de cyanure, mais aucun son ne sortit. Elle vit Park Nam-Ji faire un petit mouvement de la mâchoire, et s'effondrer sans vie entre les mains qui la tenaient.

Les passagers s'étaient écartés, regardant la scène. Plus personne ne disait un mot. Certains affichaient un air de stupéfaction, d'autres se mirent à crier. Les agents sortirent leurs badges et ordonnèrent aux usagers d'évacuer le quai.

Rose s'assit par terre, reprenant lentement son souffle. L'un des hommes lui demanda si elle était touchée ; heureusement elle n'avait rien. La tueuse n'avait pas réussi à planter la seringue et sa dose létale de poison.

Après de longues minutes, Rose se releva. Au moment où l'assassin avait tenté de la piquer, le visage de François lui était apparu. Était-ce de mauvais augure ? Avait-il perdu sa bataille contre la mort ? Il fallait qu'elle le voie, et tout de suite. Elle frissonna : il lui peinait de l'admettre, mais les choses se passaient mieux lorsqu'ils les affrontaient ensemble.

Chapitre 24

10 juin

Washington, D.C.

John Maculoso se tenait derrière le pupitre de la salle de presse de la Maison-Blanche, le logo du bâtiment à l'arrière-plan, blanc sur fond bleu. Devant lui, la pièce était pleine et de nombreux journalistes s'appuyaient contre les murs, n'ayant pas trouvé de place assise.

Maculoso se racla la gorge. Immédiatement, le brouhaha qui régnait s'arrêta.

« Je suis John Maculoso, commença-t-il, directeur de cabinet du Président. Je suis ici pour m'exprimer sur les allégations récentes qui sont parues d'abord dans le *New York Times*, puis ont été reprises dans d'autres journaux du pays, selon lesquelles des hackers chinois ont aidé le Président à gagner son élection. Le *New York Times* a publié la liste des instances de hacking, ainsi que les personnes qui les ont ordonnées. J'apparais souvent comme commanditaire. »

Maculoso but une gorgée d'eau. L'assistance était suspendue à ses lèvres.

« Je ne démens pas ces faits. Ils sont vrais. J'ai instruit des hackers chinois afin qu'ils dérobent des informations sur les électeurs résidant dans les États décisifs pour les élections ainsi que sur les opposants du Président, leurs finances, leur famille. Grâce à eux, nous avons eu un coup d'avance pendant toute l'élection présidentielle. » Il se tut, et regarda les journalistes. On aurait entendu une mouche voler. « Le Président souhaitait que je vous dise que j'étais le seul instigateur de ces manœuvres, ce qui est faux. Il était au courant des contacts que j'avais avec ces hackers. C'est lui qui m'avait demandé de les joindre. »

Un frémissement parcourut l'assistance. Maculoso continua.

« Je vous fais part de cela aujourd'hui car cela fait vingt ans que je travaille avec cet homme. J'ai avalé un nombre incroyable de couleuvres pendant cette période, sans broncher. Mais qu'il veuille me faire porter le chapeau alors que ses actes relèvent de la trahison, je ne le tolère pas. J'irai en prison, et il y ira aussi. Ou au moins, il ne sera plus Président. »

Marquant un temps de silence, il regarda l'assistance.

« Merci de votre attention. Je laisse maintenant la parole à la House Speaker. »

Alors que Maculoso reculait d'un pas pour se distancer du pupitre, deux hommes vêtus de costumes noirs s'approchèrent de lui et l'invitèrent à les suivre à l'extérieur de la salle de presse. Une femme élégante, d'une soixantaine d'années, s'avança et prit la parole.

«Je remercie monsieur le directeur de cabinet pour sa déclaration courageuse. Il sera poursuivi pour ses actes, mais la transparence dont il a fait preuve aujourd'hui sera prise en compte lors de sa défense. Pour ma part, je ne vais pas vous faire un long discours. Je tiens dans les mains une motion d'*impeachment* que je vais déposer cet après-midi même, en mon rôle de Speaker of the House of Representatives, au Parlement. Les actes du Président sont inadmissibles et indéfendables, et le rendent impropre à diriger le pays. Il doit immédiatement quitter sa fonction. Je vous remercie de votre attention.»

À peine eut-elle prononcé ces mots que l'assemblée des journalistes explosa dans un brouhaha de questions. La parlementaire répondit à quelques-unes, puis déserta rapidement la pièce.

Manhattan, N.Y.

Assis devant une tasse de thé chaud, l'imam Tursun conversait en turc avec Leyla. Après l'attaque dont il avait failli être la victime, et vu les faits dont il avait connaissance, il habitait maintenant dans une résidence protégée par les membres d'une milice privée mandatée par de riches démocrates sympathisants de la cause ouïghoure. Leyla l'avait sollicité pour un entretien exclusif. Sa frêle silhouette tapie au fond d'un gros fauteuil, l'imam se mit à parler.

– Je connaissais Liang Wú depuis plusieurs années. Il aidait certains membres de notre communauté à demander asile aux États-Unis. Par mon rôle de leader religieux, je conseillais les requérants en Chine et je les aiguillais vers lui.

Tursun tourna son regard vers la fenêtre, perdu dans ses souvenirs. Puis il secoua la tête et enchaîna :

– Sous l'administration américaine actuelle, les choses se sont compliquées. Les demandes d'asile étaient souvent refusées. En Chine, la situation de notre minorité religieuse se détériorait aussi. De plus en plus d'Ouïghours étaient envoyés dans des camps. Autour de moi, tous les jours, des amis, des proches, disparaissaient.

Tursun frissonna à ce souvenir.

– J'ai décidé de partir car ma vie était en danger. Mais, déjà, obtenir un visa était devenu presque impossible. C'est pourquoi Wú a décidé de s'adresser au gouvernement turc. Comme notre minorité est turcophone, ce gouvernement a pour habitude de nous aider. Il a réussi à me procurer un visa. J'ai quitté la Chine en traversant à dos de mulet le massif de l'Himalaya jusqu'au Népal, puis j'ai poursuivi jusqu'en Inde. Depuis New Delhi, j'ai pris l'avion pour la Turquie. De là, j'ai pu venir aux États-Unis pour déposer une demande d'asile.

L'imam but une gorgée de thé avant de poursuivre.

– Une fois ici, j'ai d'abord été hébergé dans une villa louée par l'ambassade turque pendant que ma demande était en cours, mais ils se sont vite aperçus que ma présence mettait à mal leurs relations avec la Chine, un important partenaire commercial. J'ai donc été transféré, comme vous le savez, à l'ambassade d'Arabie saoudite. Après quelque temps, j'ai découvert que j'étais surveillé et que ma liberté de mouvement était réduite. J'ai commencé à craindre pour ma vie. C'est pour cela que je me suis échappé. J'ai appris plus tard que la seule raison pour laquelle les Saoudiens avaient accepté de m'accueillir était qu'ils avaient une dette envers les Turcs à la suite de l'assassinat d'un journaliste à l'ambassade saoudienne d'Istanbul, une affaire que les Turcs avaient réussi à étouffer. Les Américains ont demandé aux Saoudiens, leurs alliés de toujours, de payer leur dette envers les Turcs en permettant de m'installer pour un moment dans leur ambassade de Washington.

– Comment avez-vous obtenu la liste des cas de hacking ?

– Je viens d'une famille ouïghoure mais je n'ai pas suivi tout de suite des études religieuses. Mes parents voulaient cacher leur religion. J'ai étudié l'informatique. C'est pendant cette période que j'ai subi des pressions et des discriminations à cause de ma foi, et j'ai commencé à m'y intéresser davantage. Au sortir de l'université, je ne trouvais pas de travail et je suis devenu imam tout en faisant des petits jobs d'informaticien à gauche et à droite. C'est dans ce cadre que je suis tombé sur les e-mails entre les Américains et les hackers chinois, et j'ai reconstitué leurs agissements. J'ai pris le document avec moi quand je suis parti car je savais qu'il faut toujours avoir une monnaie d'échange.

– Comment avez-vous fait pour le transmettre à Wú ?

– Quand je résidais dans la villa à Arlington, j'étais libre de mes mouvements. Je pouvais sortir à n'importe quel moment. Lorsque Wú m'a contacté pour discuter du problème ouïghour, je lui ai remis la clef USB qui contenait le document.

– Et pourquoi ?

– Parce qu'il souhaitait l'utiliser contre le gouvernement américain, justement. Il voulait faire la lumière sur ce scandale pour amener le Président actuel à démissionner. Il le détestait parce qu'il bradait les droits humains au profit d'avantages commerciaux. Il était en meilleure position que moi pour mener cette attaque. Quant à moi, je songeais à gagner une petite notoriété me permettant d'obtenir plus rapidement l'asile par la suite.

– Affirmeriez-vous que sa mort est liée à ce document ?

– C'est ce que j'ai d'abord cru, puis j'ai bien réfléchi, et je ne le pense pas. Je n'en ai pas mentionné l'existence jusqu'à ce que j'apprenne que Wú avait été assassiné. En plus, je n'ai jamais dit de quoi il s'agissait.

– Mais alors, pourquoi l'a-t-on tué ?

– Je pense que c'est le gouvernement chinois. Liang Wú devenait trop présent, trop actif dans la dénonciation de la répression des minorités par ce gouvernement, et, par conséquent, trop dangereux.

– Pensez-vous que les contacts qu'il a eus avec moi sont pour quelque chose dans son meurtre ?

– Non. Je pense plutôt que c'est sa rencontre avec cette femme.

– Quelle femme ?

– Cette Asiatique, vous savez ? Elle est Coréenne, je crois. Sa mort sur un quai de métro a fait la une de tous les journaux.

Leyla hocha la tête pour lui signifier qu'elle voyait à qui il faisait référence.

– Il m'avait parlé d'elle. Il avait l'air subjugué. Elle l'avait contacté peu de temps avant sa mort. Elle se disait journaliste pour un quotidien sud-coréen qui enquêtait sur les violations des droits de l'homme par le gouvernement chinois. Je l'avais prévenu de se méfier, mais elle était, à ses dires, extrêmement belle, il était complètement séduit. Il est tombé amoureux et a baissé sa garde.

– Vous connaissiez son nom ?

– Non.

– Savez-vous ce qu'il s'est passé ce fameux soir où on l'a retrouvé mort dans le parc ?

– Je n'en ai aucune idée, malheureusement, je ne peux vous être d'aucune aide.

Leyla referma son calepin, remercia l'imam, et prit congé de lui. Elle allait publier l'interview dans le *Times*, ainsi qu'un second article de fond.

Manhattan, N.Y.

Don Tang avait classé toutes les paperasses collectées pendant l'enquête sur l'assassinat de Wú. Le ministère public aurait besoin de cette documentation pour construire son réquisitoire contre le consul de Chine à New York, arrêté après qu'un collègue de l'employée des cuisines du consulat eut révélé que cette dernière avait été recrutée par le diplomate lui-même pour prêter main-forte à la dénommée Park Nam-Ji.

Tang avait finalement réussi, grâce aux bases de données de la CIA, à en savoir plus sur cette dernière.

Née en Corée du Nord, elle avait vite été remarquée, toute petite, par le régime totalitaire pour son intelligence vive et son endurance physique. Enlevée à ses parents dès l'âge de cinq ans, elle avait été entraînée dans des camps de miliciens à la solde du dictateur. Élevée au milieu des hommes, elle avait subi les pires attaques à l'adolescence, mais elle avait rapidement commencé à faire payer de leur vie ceux qui s'en prenaient à elle. Quand Park Nam-Ji n'officiait pas comme assassin pour le régime, ce dernier la « louait » à des puissances alliées ayant des missions délicates à accomplir. D'une grande beauté, elle n'hésitait pas à user de ses charmes pour attirer ses victimes qu'elle amadouait aussi grâce à sa parfaite maîtrise du chinois, du russe et de l'anglais.

En étudiant les vidéos de surveillance, Tang avait découvert qu'elle s'était présentée un jour au bureau de Wú comme journaliste voulant écrire un article de fond sur les violations des droits humains en Chine. Elle n'avait pas tardé à faire évoluer leur relation de travail vers quelque chose de plus romantique. À partir de là, elle n'avait eu aucune difficulté à inciter le professeur à boire un soir qu'ils étaient sortis ensemble. Elle l'avait ensuite emmené dans Central Park ivre mort avec l'aide de sa collègue chinoise, et elle avait maquillé le meurtre en une rencontre perverse ayant mal tourné.

Tang referma la dernière chemise en papier, la plaça dans le carton destiné au tribunal et regarda par la fenêtre. Au-delà des hauts bâtiments administratifs qui entouraient celui du FBI, il pouvait apercevoir les premiers immeubles de Chinatown, pauvres et délabrés. Il restait encore beaucoup à faire pour que les droits des populations chinoises soient respectés, aussi bien aux États-Unis qu'en Chine.

Washington, D.C.

Et voilà que le stylo ne marchait pas. Fallait-il vraiment que tout se ligue contre lui jusqu'à la dernière minute dans cette affaire ? Il secoua frénétiquement l'objet, et parvint à en tirer la dernière goutte d'encre pour apposer sa signature sur l'accord tarifaire.

Avec le commencement de la procédure d'*impeachment* contre le Président américain et le début de l'enquête pénale à l'encontre du consul chinois, les négociations entre les deux nations étaient soudain devenues beaucoup moins houleuses. Douglas avait réussi à faire accepter des taux raisonnables convenant aux deux parties. L'annonce n'avait pas plongé les bourses mondiales dans une chute libre incontrôlable. Ses actions avaient été remarquées par la House Speaker, une démocrate qui, en application des règles constitutionnelles, avait pris les rênes du pays après la destitution du vice-président en personne. Elle avait tout de suite désigné Freeman secrétaire adjoint du département du Commerce, le deuxième Noir américain seulement à occuper cette position. Dès sa nomination, il avait proposé un plan basé sur une vision économique à long terme, qui tenait compte des considérations environnementales, malgré la réticence initiale de certains lobbys. Il commençait ainsi à obtenir un soutien de taille au sein de la population.

Douglas Freeman tendit le porte-documents à son homologue chinois et se leva pour lui serrer la main, sous le crépitement des flashes des photographes.

Manhattan, N.Y.

Patrick O'Brien acheva la rédaction du *plea bargain*. Après les révélations faites par Rose, Giolli n'avait eu d'autre choix que d'admettre publiquement les appuis dont il avait bénéficié. De plus, le FBI avait examiné l'enregistrement, et ses experts en reconnaissance vocale avaient déterminé que la personne qui donnait l'ordre n'était autre que John Maculoso, l'âme damnée du Président. Par conséquent, le dossier du cartel était allé grossir le nombre des affaires qui impliquaient maintenant le chef d'État, entre trafic d'influence, menaces, corruption et divers blanchiments. La procédure d'*impeachment* battait son plein, et une fois cette mesure exécutée, le Président ne bénéficierait plus d'aucune immunité. O'Brien se réjouissait d'instruire quelques dossiers contre cet homme qu'il détestait. Giolli, quant à lui, n'avait pas pu négocier une transaction favorable. Au lieu de l'assignation à résidence surveillée dont le mafieux avait profité jusqu'à son procès, Patrick avait obtenu qu'il passe cinq des dix prochaines années qu'il devait tirer dans une prison fédérale américaine. Comme les conséquences financières de ses actions avaient eu lieu à New York, il avait été décidé qu'il effectuerait la première partie de sa peine à Rikers Island. O'Brien ne pouvait imaginer ce qu'un dandy tel que Giolli allait subir dans cette prison. Mais au vu de ses crimes, il ne s'en souciait guère. Il était temps qu'il paie un peu.

Dès qu'il eut sauvegardé son document, Patrick se retrouva à penser à Rose. Après l'attaque dont elle avait été victime, elle était venue lui parler à son bureau, et lui avait annoncé avec franchise qu'elle ne pouvait pas continuer leur relation. Elle avait invoqué la distance qui allait les séparer, puisqu'elle repartait à Londres. Il avait senti qu'il y avait autre chose et avait voulu lui poser quelques questions. Rose, drapée dans son orgueil, avait écourté la conversation. Patrick s'était ravisé : après tout, avec une femme de tête comme Rose, il valait mieux s'incliner et rester bons amis.

Fort Lauderdale, FL

La villa était telle que Bernstein l'avait imaginée : bordée de grands palmiers et entourée d'un petit jardin qui la séparait du bâtiment mitoyen. Comme toutes les autres résidences qui donnaient sur Palm

Drive, elle était de style « italien », un nom exotique attribué par les promoteurs à ces bâtisses sans étage surmontées d'un toit de tuiles.

L'inspecteur descendit de la camionnette avec laquelle il avait transporté ses dernières affaires depuis New York et se planta devant sa maison, mains sur les hanches. Il n'était pas peu fier. Il avait si bien réussi à boucler son ultime enquête que ses supérieurs l'avaient laissé partir à la retraite avec trois mois d'avance. Bien sûr, l'inspectrice de Scotland Yard n'était pas pour rien dans son succès, alors que Rebecca Cohen, cette jeune femme qu'il avait prise sous son aile, aurait pu faire tout capoter. Quelle idée avait-il eu de vouloir ainsi tendre la main à un membre de sa communauté ? De toute sa carrière, il avait su séparer les deux choses. À vrai dire, il n'était pas très religieux lui-même, contrairement à la plupart des habitants de Riverdale, mais les appartements y étaient spacieux et bon marché. Bref, le jeu en avait valu la chandelle ! Personne ne pouvait lui reprocher de ne pas s'être aperçu que sa protégée tirait avantage de son travail hors du quartier orthodoxe pour retrouver d'autres femmes. D'ailleurs, tout ne s'était pas trop mal terminé pour elle aussi. Elle avait négocié une liberté conditionnelle et était promptement allée vendre son histoire à une chaîne de télévision, qui en ferait une mini-série.

Le vieil inspecteur se dirigea vers la porte de sa nouvelle villa. Le monde pouvait bien s'arrêter de tourner, il ne laisserait plus personne le déranger.

Épilogue

Southampton, N.Y.

Rose, François et Olivier sirotaient un jus de pamplemousse fraîchement pressé. Étendu sur une chaise longue, une couverture sur les jambes, François caressait le chat de Leyla qui ronronnait, imperturbable.

Sorti du coma peu après l'attaque subie par Rose dans le métro, François s'était très vite remis, et les médecins l'avaient laissé quitter l'hôpital à condition qu'il se repose avant de reprendre l'avion pour l'Europe. Leyla avait immédiatement proposé un séjour dans les Hamptons.

Le ressac des vagues, quelques mètres plus loin, faisait écho aux cris des goélands. Leyla apparut, un sourire triomphant aux lèvres, et posa devant eux une copie du *New York Times* qui titrait à la une: «Ombres chinoises: les dessous de l'affaire Liang Wú, par Leyla Jones». Suivait un article qui occupait les trois premières pages du journal, dans lequel Leyla relatait son entretien avec l'imam Tursun, révélant les vraies raisons du meurtre de Wú. Elle avait fait des recherches sur la meurtrière et était en mesure d'expliquer que Wú avait été assassiné par une agente chinoise d'origine nord-coréenne, une véritable machine à tuer, qui avait préféré, tout comme l'employée du consulat chinois, se donner la mort plutôt que d'être arrêtée.

– Bravo, la félicita Rose. Qu'en pense ton père ?

– Il est fier de moi, dit Leyla.

– Et tes frères ? demanda François.

– Ils sont furax. Surtout Luke, qui a perdu sa place à Tox News. Bien fait, continua Leyla avec un clin d'œil. Puis, se tournant vers Olivier : tiens, les coordonnées de Tursun. Entre hackers, vous aurez probablement des choses à vous dire. Ah, et il y a autre chose, poursuivit-elle.

Au même moment, Céline arriva, suivie d'un homme vêtu d'un uniforme de jardinier. Rose ne le reconnut pas tout de suite, puis s'exclama :

– Sergent Zacharia !

L'ancien vagabond de Central Park s'avança et lui serra la main avec ferveur.

– J'ai parlé à mon père de sa situation, et je l'ai convaincu de lui donner une chance. Au lieu de repartir dans un centre pour S.D.F., il est venu ici. Il travaille sur la propriété depuis une semaine et apparemment, tout va bien. N'est-ce pas, Zacharia ?

– Oui, confirma-t-il bravement.

– Ce sont ses traumatismes passés conjugués à l'abus d'alcool qui provoquaient des hallucinations, les informa Céline. Mais son coma l'a sevré.

– En plus, depuis que je ne me drogue plus, je ressens moins l'envie de boire. Tout cela grâce à vous, dit Zacharia, souriant, en regardant Rose et Leyla.

– Tant mieux! s'enthousiasma François.

– Bon, je vais tester la température de l'eau! lança Rose.

Alors qu'elle allait s'élancer vers la plage, son téléphone, qui était posé à côté de François, sonna.

– C'est ton Patrick, dit-il en le lui tendant.

Rose bloqua un instant, hésitant à lui dire qu'elle avait mis fin à la relation; mais elle ne voulait pas que Patrick raccroche.

– Allo? fit-elle tout en dévisageant François, qui tourna la tête, blessé.

– Les avocats de Giolli ont préparé une demande d'extradition.

– Pardon? Pour la France?

– Monaco.

– Ils ont des chances de succès?

– En principe non, toutefois, vu l'instabilité politique ici, ils arriveront peut-être à faire valoir des arguments qui gagneront la faveur du juge.

– Et cette procédure peut prendre combien de temps?

– Au moins six mois.

Rose raccrocha, pensive. Si Giolli parvenait à revenir sur ses terres, Dieu sait quels privilèges il obtiendrait.

Avant de repartir vers la mer, Rose jeta un coup d'œil à François. Il était en pleine conversation avec Daniel. Dès qu'elle serait de retour de la baignade, elle lui parlerait.

Table des matières

Cet ouvrage a été imprimé sur du papier certifié
FSC BioTop de Papyrus Suisse.

Achevé d'imprimer en 2023
sur les presses de l'imprimerie Slatkine
à Genève (Suisse).